Jutta Mehler, Jahrgang 1949, hängte frühzeitig das Jurastudium an den Nagel und zog wieder aufs Land, nach Niederbayern, wo sie während ihrer Kindheit gelebt hatte. Seitdem schreibt Jutta Mehler Romane und Erzählungen, die vorwiegend auf authentischen Lebensgeschichten basieren. Im Emons Verlag erschienen Ihre Kriminalromane »Saure Milch«, »Honigmilch«, »Milchschaum«, »Magermilch«, »Milchrahmstrudel«, »Eselsmilch« und »Mord und Mandelbaiser«.

JUTTA MEHLER

Honigmilch

NIEDERBAYERN KRIMI

emons:

Bibliografische Information der Deutschen Nationalbibliothek
Die Deutsche Nationalbibliothek verzeichnet diese Publikation
in der Deutschen Nationalbibliografie; detaillierte bibliografische
Daten sind im Internet über http://dnb.d-nb.de abrufbar.

© Emons Verlag GmbH
Alle Rechte vorbehalten
Umschlagfotografie: JBM/buchcover.com
Umschlaggestaltung: Tobias Doetsch, Berlin
Druck und Bindung: CPI – Clausen & Bosse, Leck
Printed in Germany 2014
Erstausgabe 2010
ISBN 978-3-89705-784-5
Originalausgabe
Niederbayern Krimi

Unser Newsletter informiert Sie
regelmäßig über Neues von emons:
Kostenlos bestellen unter
www.emons-verlag.de

1

Fanni trug ganz allein selbst die Schuld daran, dass sie auf Annabels Leiche stieß. Was musste sie auch ein heimliches Stelldichein mit Sprudel arrangieren? Ein Treffen, das sie auf den Gipfel des Großen Falkenstein führen würde.

Fanni hatte selbst Schuld, und sie verdiente es nicht anders, weil sie auch noch über die Planke kletterte, die den erlaubten Weg von der Naturschutzzone abgrenzte.

Bevor Fanni beschloss, verbotenes Terrain zu betreten, hatte sie Hand in Hand mit Sprudel unter dem Gipfelkreuz verweilt und ins Tal geblickt. Direkt vor ihnen lag das Dörfchen Lindbergmühle, weiter rechts sahen sie Regenhütte, und ganz links in der Ferne konnten sie den Sendemast auf der Kuppe des Brotjackelriegel erkennen.

Die Sonne schien, doch der böhmische Wind wehte frisch, und deshalb saßen alle anderen Wanderer bei Kaffee und Kuchen in der Falkenstein-Schutzhütte, die knappe hundert Meter unterhalb des Gipfels stand.

Fanni und Sprudel wollten soeben auch dorthin absteigen, als Fanni auf die Holzplanke deutete, die das frei zugängliche Gipfelgebiet auf der Nordostseite eingrenzte.

»Schau«, sagte sie, »hier dahinter liegt die ehemalige Telefonschneise. Früher sind wir die manchmal mit Skiern hinuntergefahren. Vor dreißig Jahren war das noch nicht verboten. Damals hat es noch keinen interessiert, wo die Wanderer herumgestiefelt sind, und Nationalparkranger kannte man nur aus amerikanischen Filmen.« Fanni hockte sich auf die Planke und ließ die Beine baumeln. »Ende der Neunziger wurde dann plötzlich schier der komplette Bayerische Wald zum Nationalpark erklärt. Lusen, Rachel und Falkenstein, sämtliche Schachten, alles steht jetzt unter dem Dekret der Nationalparkverwaltung. Und sobald du deinen Fuß auf ein Steinchen außerhalb des markierten Weges setzt, kommt ein Ranger und pfeift dich zurück.«

Sprudel schmunzelte. »Sind wohl nicht besonders beliebt hier, die Nationalparkranger?«

»Grünzeug-Gendarmen werden sie von den Einheimischen genannt«, grinste Fanni und spähte die Telefonschneise hinunter.

Sie schwang die Beine auf die verbotene Seite der Planke und zeigte auf den Felsbrocken, der die Einfahrt in die Schneise in zwei schmale Rinnen teilte. »Für mich war es immer ein Riesenproblem, mit Skiern an dem Felsen da vorbeizukommen. In den Rinnen wirst du leicht zu schnell, und dann klebst du am nächsten Baum, bevor du abschwingen kannst. Na ja«, gab sie zu, »eine Rosi Mittermaier war ich nie.«

Sprudel beäugte den Stein. »Es sieht so aus, als käme man überhaupt nicht daran vorbei.«

»Zugewachsen«, antwortete Fanni. »Die ganze Schneise wächst langsam zu.«

Sie löste sich von der Planke und machte ein paar Schritte auf unerlaubtem Boden.

Und das rächte sich auf der Stelle.

Am Fuß des Felsens, talwärts gelegen, entdeckte Fanni eine helle Hose. Aus der Hose ragten zwei Füße, die in weißen Turnschuhen steckten.

Fanni erstarrte.

Sie sah schnell weg und dann doch wieder hin. Ihr Blick fand eine weiße Bluse mit rötlichen Klecksen. Er fand ein weißes Gesicht, eingerahmt von schwarzen Haaren.

Schnell fort von hier!, riefen Fannis Gefühle. *Hau ab, lass dich in nichts reinziehen.*

»Was ist, Fanni?«, rief Sprudel.

Sag »Nichts« *und geh*, riet Fannis Kleinmut.

Eine Verletzte, die Hilfe braucht!, brachten einsichtige Gedanken Ordnung in den Krawall – *Notruf! Sofort!*

Bevor Fanni auf die Anweisung ihrer Vernunft reagieren konnte, schwang sich Sprudel über das Geländer, trat zu ihr und sog scharf die Luft ein.

Eine Sekunde später kniete er bereits am Boden und beugte sich über das weiße Gesicht. Zweige und Brombeerranken legten sich auf seine Schultern, seine Haare.

Sprudel wischte sie weg und sah auf. »Fanni«, sagte er, »du musst zur Hütte hinunterlaufen. Der Wirt soll schnellstens den Notarzt rufen. Er wird ja wohl ein Telefon haben. Mein Handy …«

Fanni hörte nicht mehr, weshalb Sprudel sein Handy nicht benutzen konnte – ihr eigenes lag wie immer zu Hause. Sie sprang bereits über die Planke und rannte den felsigen Pfad zur Falkenstein-Schutzhütte hinunter.

Sie hielt auf den überdachten Eingang zu, als ihr ein silbernes Edelweiß ins Auge sprang. Es prangte auf einer Tafel am Hauseck. »Dienststelle Bergwacht« stand darunter.

Bergwacht?

Bei Unfällen in den Bergen rückt die Bergwacht an!

Fanni schlug einen Haken ums Hütteneck und entdeckte eine Eingangstür, die in den Anbau an der Ostseite der Falkenstein-Schutzhütte führte. Sie drückte die Klinke hinunter, riss die Brettertür auf und trat in einen winzigen Flur. Links erzitterten ein Schrubber und ein Reiserbesen in der plötzlichen Zugluft, als wollten sie Fanni grüßen.

Direkt vor sich sah Fanni eine zweite Tür und öffnete sie.

Zwei Bergwächter saßen am Tisch, volle Biergläser vor sich. Der eine schnitt soeben ein Stück Geräuchertes auf, der andere säbelte dicke Scheiben von einem Brotlaib.

»Komm nur rein«, forderten sie Fanni auf, die in der offenen Tür zum Stehen gekommen war. »Magst mitessen? Warum schnaufst du denn so?«

»Unfall«, keuchte Fanni, »in der Telefonschneise.«

»Was sagst du?«, fragte der eine.

»Unfall!«, schrie Fanni.

Da ließen die beiden seufzend ihre Halben, das Geselchte und das Bauernbrot im Stich, zogen sich rote Anoraks über, auf deren Rückseite ein weißes Edelweiß leuchtete, und folgten Fanni.

Sprudel kniete nicht mehr allein unter dem Felsen. Ein Nationalparkranger hockte neben ihm und sprach in sein Handy.

Als Fanni mit Rudi und Sepp, wie sich die Bergwächter ihr inzwischen vorgestellt hatten, herankam, erhob sich Sprudel, ging ihnen entgegen und bat sie, hinter der Planke zu bleiben.

»Sie hat uns hergeholt!«, rief Sepp und deutete anklagend auf Fanni. »Wir sind die Bergrettung.«

»Hier gibt es niemanden mehr zu retten«, entgegnete Sprudel. »Der Ranger hat bereits die Polizei alarmiert.«

»Tot?«, fragte Sepp.

Sprudel nickte.

»Auf dem Felsen herumgeturnt, abgerutscht, Genick gebrochen«, diagnostizierte Rudi ohne den geringsten Sichtkontakt zur Leiche.

Sepp machte ein paar Schritte am Geländer entlang und reckte den Hals.

»Weißt, wer das ist?«, fragte er Rudi.

Der sah ihn erwartungsvoll an.

»Die Annabel ist das«, verkündete Sepp, »schau hin, erkennst sie nicht?«

Rudi rückte nun seinerseits zu der Stelle vor, von der aus man einen Blick auf das weiße Gesicht werfen konnte, und beugte sich über die Planke.

»Tatz und Fell von der Katz, das ist sie!«, sagte er. »Und überall Blutspritzer.«

Blut?

Fanni wollte die Verunglückte nicht noch einmal ansehen müssen und die Blutspritzer, die sie zuvor für ein abstraktes Muster auf der Bluse gehalten hatte, schon gar nicht. Was also trieb sie auf den Baumstumpf, von dem aus sie einen freien Blick auf die tote junge Frau hatte?

Misstrauen? Skepsis? Der Zwang, sich selbst ein Bild zu machen?

Die Kleckse auf der Bluse – eigentlich mehr braun als rot – konnten durchaus Blutspuren sein. Und ja, sie setzten sich in dem weißen Gesicht fort – kleiner, verwaschener, weniger deutlich auf der milchigen Haut.

Fanni fielen Bruchstücke aus dem Märchen von Schneewittchen ein: »… weiß wie Milch, rot wie Blut …«

Ja, Annabel war schön wie Schneewittchen. Sie hätte in eine Werbebroschüre gepasst. Als Reklame für Sonnenschutzmittel, für Hautlotion, für Tönungsshampoo. Ihr schwarzes Haar glänzte seidig. Dort, wo ein Sonnenstrahl darauf fiel, schimmerte es dunkelrot.

Fanni wandte sich ab.

Als sie von dem Baumstumpf herunterstieg, sah sie, dass sich um Rudi und Sepp ein Grüppchen Menschen angesammelt hatte, und erst jetzt drangen die Stimmen in ihr Bewusstsein.

»Freilich ist das die Annabel«, rief Sepp soeben, »die Annabel Scheichenzuber ist das.«

Sein Bayrisch machte ein »Anerbeel« daraus.

Fanni seufzte. Sie hatte nie begriffen, was manch eingefleischten Bayern dazu veranlasste, seinen Kindern derart unbayrische Vornamen zu geben. Zum einen, fand Fanni, passte nun mal eine Anna oder Lisa, ein Toni oder Franz besser zu Scheichenzuber, Steigelmeier oder Brezendorfer als eine Jaqueline, Nicole oder ein Pierre. Zum anderen wurden diese unkonventionellen Vornamen besonders in Niederbayern ausnahmslos verhunzt. Leni hatte in ihrer Klasse eine Tschaklinn gehabt, Vera eine Nikohl.

»Weiß das der Max schon, dass seine Aushilfsbedienung tot in der Telefonschneise liegt?«, hörte Fanni eine Stimme fragen.

»Wird es früh genug erfahren«, antwortete eine andere.

»Wo kommt das Mädel denn her?«, meldete sich eine dritte. »Die Familie muss doch …«

»Die Annabel wohnt in Zwiesel«, verkündete Rudi, »am Finkenschlag. Ihr Vater ist Fahrkartenverkäufer bei der Bahn.«

»Die Annabel geht auf die Glasfachschule«, fügte Sepp hinzu und verbesserte sich dann leise: »Ist auf die Glasfachschule gegangen.«

»Hat nicht vorhin einer gesagt, das Mädel bedient in der Schutzhütte?«, warf eine der Stimmen ein.

»Bloß am Wochenende«, beeilte sich Rudi Auskunft zu erteilen. »Da hilft sie unserer Heide.«

»Die kommt eh gerade«, rief Sepp und deutete zum Aufstiegspfad.

Alle Köpfe – Fannis inbegriffen – drehten sich in die gewiesene Richtung.

Heide hielt ihren knöchellangen Dirndlrock mit einer Hand gerafft, um nicht auf den Saum zu treten. Ihre Bluse leuchtete sunilweiß. Aus den mit einer Spange zusammengehaltenen platinblonden Haaren fielen ein paar Korkenzieherlocken in das großzügige Dekolleté, das wie eine Geburtstagstorte von weißen Spitzen umrahmt war.

Die böse Stiefmutter-Königin?

Nein, dachte Fanni. So aufgeputzt sie auch hier erscheint, Heide strahlt Wärme aus, Freundlichkeit, Wohlwollen. Ihr Outfit ist wohl eher ein Zugeständnis an die Gäste der Falkensteinhütte. Welcher Wanderer bestellt nicht gern ein zweites Bier, wenn er Heide damit an seinen Tisch locken kann?

Als Heide an die Planke trat, bemerkte Fanni, wie schwer sie atmete.

»Einer von den Grünzeug-Gendarmen hat beim Max angerufen«, hechelte Heide. »Er hat behauptet, dass die Anna...« Sie brach mitten im Satz ab.

Sepp wies mit dem Daumen über seine Schulter.

Heide blickte zu dem Felsblock, wo Sprudel neben Annabel Wache hielt. Der Ranger telefonierte noch immer.

Fanni fragte sich, wen er wohl jetzt von dem Unglück verständigte. Max den Hüttenwirt hatte er offensichtlich schon informiert.

Heide bekreuzigte sich.

»Ja«, nickte Sepp, »tot ist sie. Kannst es ihm ausrichten, dem Max. Oder kommt er selber noch heraufgehumpelt auf seinen Krücken?«

Heide schüttelte den Kopf. »Er schafft doch kaum die Strecke zwischen Tresen und Stammtisch.«

Inzwischen bewegte sich eine Menschenkarawane von der Hütte zum Gipfelplateau.

Fanni starrte die Leute an.

Woher wissen sie es?, fragte sie sich, und im selben Augenblick fiel ihr die Antwort ein: Max der Hüttenwirt sprengt die Nachricht wie ein Marktschreier aus.

Immer mehr Gaffer drängten heran – sie konnten unmöglich zuvor alle in der Hütte gesessen haben. Die in der ersten Reihe wurden ans Geländer gedrückt.

Fanni zog sich unter eine Fichte am Ende der Planke zurück.

Der Nationalparkranger unterbrach sein Telefongespräch, rief: »Zurücktreten!« und fuchtelte mit den Armen, als wollte er Fliegen verscheuchen.

Die Gaffer drängelten weiter.

Sprudel verließ seinen Posten bei Annabel, trat an die Planke und wandte sich an die Bergwachtmänner. »Wir sollten die Neugierigen fernhalten. Es könnten wichtige Spuren verwischt werden.«

»Ah was«, entgegnete Rudi, »bist du ein Kriminaler, weil du dich so gut auskennst?«

»Ein ehemaliger«, antwortete Sprudel knapp. »Aber muss man denn ein Kriminalbeamter sein, um zu wissen, wie wichtig Spuren am Tatort sind?«

»Tatort«, plusterte sich Rudi auf. »Vom Stein ist sie runtergefallen, die Annabel, und hat sich das Genick gebrochen dabei. Da muss ich kein *Kriminalbeamter* sein, damit ich das weiß.«

»Komm, Rudi«, mischte sich Sepp ein, »wir halten die Leute lieber auf Abstand. Das kann doch nicht schaden, wenn sich die Kripo ein unverfälschtes Bild von der Sache machen kann.«

Unverfälschtes Bild, dachte Fanni, diesen Ausdruck hätte ich dem Kerl da, der jeden duzt, gar nicht zugetraut.

Sie setzte sich auf die Holzbank, die genau dort, wo das Geländer an einem Felswändchen endete, unter der Fichte stand.

Die Schaulustigen hatten sich inzwischen ein Stück von der Planke entfernt und umringten nun die Bergwachtmänner.

Fanni vernahm Rudis Stimme: »Zwanzig ist die Annabel, grade mal zwanzig.«

»Gar nicht wahr«, widersprach Bergwacht-Sepp. »Zweiundzwanzig ist sie. Das weiß ich, weil sie mit meiner Gisela eingeschult worden ist.«

Dem konnte Rudi nichts entgegensetzen. Fanni sah ihm von Weitem an, dass er an dieser Niederlage zu kauen hatte. Er schwieg einen Moment verstimmt, doch plötzlich schien ihm etwas Wichtiges einzufallen.

»Wo ist denn der Severin?«

»Ja, wo wird er denn schon sein?«, antwortete Sepp. »Daheim, vor seinem Computer. Was anderes kennt der doch nicht am Wochenende.«

»Der Severin hat aber die Annabel heut früh in seinem Auto hergebracht«, sagte Bergwacht-Rudi, »das hab ich selber gesehen.«

Bergwacht-Sepp schaute ihn skeptisch an. »Seit wann darf denn der auf der gesperrten Forststraße vom Waldhaus zur Hütte fahren?«, fragte er.

»Er hat den Max dabeigehabt«, antwortete Rudi, und das schien alles zu erklären.

Fanni musste eine Weile darüber nachgrübeln, bis auch ihr aufging, was Rudi meinte. Max der Hüttenwirt ging an Krücken, das hatte sie ja soeben selbst mitbekommen. Und deshalb besaß er gewiss eine Sondergenehmigung, die ihm erlaubte, jederzeit in einem Wagen vom Zwiesler Waldhaus zur Falkenstein-Schutzhütte zu fahren.

Fanni wurde durch lautes Schnaufen zu ihrer Linken vom Gespräch der Bergwachtmänner abgelenkt. Ein älterer Herr in Bundhosen, Lodenjanker und Trachtenhut hetzte den Pfad herauf. Er trug einen abgeschabten Rucksack aus der Vorkriegszeit.

Luis Trenker!

Eher eine Parodie auf ihn, dachte Fanni.

Der Ankömmling war klein und rundlich und sah mehr nach gemütlichem Opa als nach Bergkraxler aus. Seine Brille war vom Atemdunst angelaufen. Als er das Plateau erreichte, nahm er sie ab und schwenkte sie an einem ihrer Drahtbügel hin und her, damit sie wieder klar wurde.

Während er mit kurzsichtigen Augen in die Runde blinzelte, entdeckte ihn Rudi.

»He, Krautdoktor!«, schrie er. »Hast du es auch schon mitgekriegt?«

Der Bundhosen-Opa setzte die Brille wieder auf, wandte sich der Gruppe um die beiden Bergwächter zu und sah Rudi geradezu flehentlich an.

»Annabel«, keuchte er.

Rudi zeigte auf den Felsblock hinter dem Geländer und schüttelte mit feierlich-ernster Miene den Kopf.

Der Opa schrie auf und stürzte auf die Planke zu, als wolle er darüberhechten. Sepp erwischte ihn am Lodenjanker.

»Der Annabel kann keiner mehr helfen«, sagte er. »Wir nicht und du auch nicht – ganz egal, wie viel Kräutersaft du ihr brauen würdest.«

Fanni hörte den Opa schluchzen.

Ich sollte absteigen und nach Eisenstein zurückfahren, dachte sie. Es ist schon spät. Um sieben Uhr wird im Festsaal das Abendessen aufgetragen. Es fällt auf, wenn ich nicht da bin.

Aber sie blieb sitzen.

Fanni blieb sitzen und starrte den Waldboden zu ihren Füßen

an, bis sie Sprudel neben sich spürte. Er legte den Arm um ihre Schultern.

»Hofer wird gleich da sein«, sagte er.

Hofer? Im nächsten Augenblick fiel es ihr ein. Hofer war Dienststellenleiter der Polizeiinspektion Regen-Zwiesel. Sprudel und Hofer kannten sich aus gemeinsamen Jahren bei der Polizeidirektion in Straubing. Kurz nachdem Sprudel in Pension gegangen war, war Hofer zum Chef in Regen befördert worden. Er war es, der Sprudel eingeladen hatte, in seiner Dienststelle eine Vortragsreihe zum Thema Verhörmethoden zu halten. Und Sprudel war angereist.

Wegen einer Vortragsreihe!

Fanni musste lächeln.

Im vergangenen Jahr war Sprudel bereits dreimal von Levanto an der italienischen Riviera, wo er seit seiner Pensionierung lebte, nach Niederbayern gereist.

Aber nicht wegen einer Vortragsreihe, sondern wegen ihr.

Seit sie beide zusammen den Mord an Mirza Klein in Erlenweiler aufgeklärt hatten, verband Fanni und Sprudel eine enge Freundschaft. Tatsächlich war es viel mehr als eine Freundschaft.

Fanni wusste, dass Sprudel mit weit geöffneten Armen in der Tür seines Hauses in Levanto stehen würde, falls sie sich je dazu entschließen sollte, ihren Mann Hans Rot zu verlassen, um fast tausend Kilometer von ihren Kindern und Enkeln entfernt zu leben. Was Fanni nicht recht wusste, war, ob es klug wäre, die ihr so wertvolle Freundschaft mit Sprudel zugunsten einer Beziehung mit ihm aufzugeben.

Die Entscheidung darüber musste aufgeschoben werden – auf morgen, auf nächste Woche, nächstes Jahr.

Im Moment zählte nur, dass Sprudel hier war und mindestens zehn Tage bleiben würde.

Er hatte sich im Hotel Zur Waldbahn in Zwiesel ein Zimmer gemietet. Fanni hatte lauthals lachen müssen, als er es ihr erzählte. »Keine fünfzig Meter von deinem Hotel entfernt steht das Zwiesler Gymnasium«, hatte sie gerufen, »dort hab ich meine Abiturprüfungen geschrieben. Nicht besonders gut, zugegeben.«

»Ich muss gehen«, sagte Fanni jetzt.

Sprudel nickte. »Ich rede mit Hofer. Er wird nicht auf einer persönlichen Aussage von dir bestehen.«

Fanni erhob sich, und Sprudel stand ebenfalls auf. Er begleitete sie das felsige Stück bis zur Hütte hinunter, drückte sie zum Abschied an sich, ließ sie aber sogleich wieder los.

Fanni wohnte an diesem Wochenende ebenfalls in einem Hotel. Der Schützenverein von Bayrisch Eisenstein feierte Jubiläum und hatte seine wichtigsten Kontrahenten dazu eingeladen. Auf dem Programm standen für den Samstagabend ein kalt-warmes Abendbüfett zu den Klängen einer Tanzkapelle, für den Sonntag diverse Wettkämpfe und ein abschließendes Abendessen.

Schon vor Wochen hatte Hans Rot begonnen, Fanni zum Mitkommen zu bewegen. Zuerst hatte sie schlichtweg abgelehnt. Hans war ihr daraufhin mit allen möglichen Argumenten auf die Nerven gefallen. Zu guter Letzt hatte er ihr sogar zugestanden, während der Wettkämpfe am Sonntag ihrer eigenen Wege zu gehen. »Du kannst den ganzen Tag machen, was du willst – lesen, wandern, in der Sonne liegen. Erst zum Abendessen musst du im Festsaal erscheinen.«

Fanni hatte Nein gesagt.

Als Hans Rot zwei Tage später noch mal damit anfing, hatte sie wieder – und sehr entschieden – Nein gesagt.

Er fiel aus allen Wolken, als er zwei Wochen vor dem Jubiläumstermin einen letzten Versuch startete und ein Ja zu hören bekam.

Fanni hatte inzwischen erfahren, dass Sprudel anreisen und im Hotel Zur Waldbahn in Zwiesel absteigen würde. Und natürlich hatte sie sich für den Sonntag mit ihm verabredet. Zwiesler Waldhaus schien ihr dafür ein günstiger Treffpunkt, denn der Ort lag genau in der Mitte zwischen Bayrisch Eisenstein und Zwiesel am Fuße des gut dreizehnhundert Meter hohen Falkenstein.

Gegen sieben erschien Fanni – frisiert, umgezogen und mit einem Hauch Lippenstift geschminkt – im Festsaal.

»Was hast du bloß den ganzen Tag gemacht?«, fragte Hans Rot. »Seit dem Frühstück hast du dich nicht mehr blicken lassen.«

»Nichts Erwähnenswertes«, antwortete Fanni. »Ein Stück gelaufen, ein Stündchen gelesen …«

»Alle anderen Ehefrauen haben bei den Wettkämpfen zugesehen, haben Kaffee ausgeschenkt und Kuchen aufgeschnitten. Nur du warst wie vom Erdboden verschluckt.«

»Wir hatten doch ausgemacht …«, begann Fanni sich zu verteidigen. Aber ihr Mann hörte nicht mehr hin. Er hatte sich bereits seiner anderen Tischnachbarin zugewandt.

Fanni löffelte ihre Suppe und dachte über das verunglückte Mädchen nach – Annabel Scheichenzuber.

Der Stein, von dem sie fiel, überlegte Fanni, ist keine anderthalb Meter hoch. Selbst wenn Annabel auf seiner Spitze Pirouetten gedreht hätte, wie sollte sie sich beim Herunterfallen das Genick brechen? Unten liegt bloß Reiser herum, das einen Sturz eher abgefedert hätte, als eine schwere Verletzung zu verursachen.

Sie muss mit dem Kopf auf dem Stein aufgeschlagen sein!

»Hm«, machte Fanni und legte den Löffel neben den leeren Teller. Man schlägt nicht einfach so mit dem Kopf auf einen Felsbrocken. Dazu müsste man direkt davor über ein Hindernis stolpern, was bei Annabel nicht infrage kommt, weil sie unterhalb des Steins lag. Sie hätte weiter oben hinfallen, auf den Felsblock aufschlagen und dann darüber hinwegsegeln müssen.

Vielleicht ist sie dagegengelaufen!

Hangaufwärts? Dazu fehlte ihr wohl der nötige Schwung. Es sei denn … Es sei denn, sie wäre gestoßen worden.

Großartig! Ganz großartig! Miss Marple aus Niederbayern gelingt es, einen Bergunfall als Mordtat zu verkaufen!

Der Schweinebraten wurde serviert.

Fanni schob den fetten Fleischbrocken an den Tellerrand und zerteilte den Semmelknödel.

»Nach der Autopsie sehen wir weiter«, murmelte sie dabei.

Halt, schrillte es in ihrem Kopf, *die Polizei wird weitersehen! Du, Fanni Rot, wirst das Ergebnis der Autopsie nicht erfahren! Dich, Fanni Rot, geht das alles überhaupt nichts an!*

»Schmeckt's nicht?«

Fanni schreckte hoch. Hans Rot nahm sich das Fleischstück von ihrem Teller und drehte sich wieder seiner anderen Tischnachbarin zu.

Man sollte sich ausgiebig mit der blonden Heide unterhalten, dachte Fanni, als sie die halbe Erdbeere, die den Sahnepudding krönte, in den Mund steckte. Das Schälchen mit dem Rest ihres Nachtisches tauschte sie gegen das bereits leere ihres Mannes aus.

Heide und Annabel haben an den Wochenenden in der Falkenstein-Hütte Seite an Seite gearbeitet – samstags bestimmt bis in die Nacht hinein. Heide müsste eine Menge über Annabel zu erzählen haben.

Richtig, Miss Marple vom Bayerwald! Und Heide wird sicher alles, was sie weiß, zum Besten geben – vor der Polizei nämlich, falls die sich dafür interessiert. Halt du dich raus, Fanni Rot! Du hast dir zu Hause in Erlenweiler schon genug Feinde gemacht; vergangenes Jahr, als du mit Sprudel zusammen im Fall Mirza ermittelt hast. Willst du jetzt im gesamten Nationalpark in Misskredit geraten, indem du wieder alle möglichen Leute ausfragst, in ihren Privatangelegenheiten rumstocherst und sie sogar verdächtigst – unbegründet verdächtigst?

Der Vorstand der Eisensteiner Schützen klopfte an sein Glas. »Zum Abschluss unserer Jubiläumsfeier habe ich die Ehre, den diesjährigen Schützenpokal unseren Kameraden aus Erlenweiler überreichen zu dürfen. Und es ist mir eine besondere Freude, bekannt geben zu können, dass der Pokal von einem der aufstrebendsten Glaskünstler aus unserem Landkreis entworfen worden ist: Severin Ruckerbauer.«

»Severin Ruckerbauer«, wiederholte Fanni verwirrt.

Der Name war heute schon einmal gefallen – oben, auf dem Falkenstein. Severin, erinnerte sich Fanni, hatte Annabel an diesem Morgen in seinem Wagen zur Schutzhütte gebracht.

Fanni spitzte die Ohren, als sie ihr Tischgegenüber raunen hörte: »Die Freundin vom Severin soll tödlich verunglückt sein – heut Mittag. Ein Grünzeug-Gendarm hat es dem Vorstand erzählt.«

»Ist sie eine Eisensteinerin?«, fragte sein Nachbar.

Der Angesprochene schüttelte den Kopf. »Nein, die Annabel wohnt mit ihren Eltern in Zwiesel.«

»Annabel und Severin gehen zusammen auf die Glasfachschule«, mischte sich eine Schützenfrau zwei Plätze weiter links ein.

»Wie ist denn das Unglück passiert?«, fragte jemand von rechts.

»Das Mädel könnte erschlagen worden sein, meint der Grünzeug-Gendarm.«

Am Tisch breitete sich entsetztes Schweigen aus.

»Wer?« Die Frage lag eine Zeit lang in der Luft, bevor sie gestellt wurde.

Schulterzucken.

»Ich will ja nichts ausgestreut haben«, sagte die Schützenfrau, »aber zwischen der Annabel und dem Severin soll es ziemlich gewittert haben in der letzten Zeit.«

»Und deshalb soll er das Mädel erschlagen haben?«, riefen aufgebrachte Stimmen ringsum. »Einfach so? Mir nichts, dir nichts?«

Fanni bekam einen Stoß in die Rippen.

»Wir fahren nach Hause«, sagte Hans Rot. »Ich muss morgen früh raus. Ich kann mich nicht den halben Vormittag aufs Ohr legen so wie meine Frau.«

Manchmal könnte man schon einfach so, mir nichts, dir nichts jemanden erschlagen, dachte Fanni.

2

Sprudel meldete sich am Dienstagmorgen telefonisch, wie er es zwei Tage zuvor mit Fanni vereinbart hatte. Eine halbe Stunde später machte sie sich auf den Weg.

»Wir wandern von Klingenbrunn-Bahnhof zum großen Rachel«, rief sie Leni zu, während sie ihre Wanderschuhe schnürte.

Fannis älteste Tochter hatte vor einigen Wochen wieder ihr ehemaliges Kinderzimmer im elterlichen Haus in Erlenweiler bezogen. Wenn sie für ihre Promotion weder Testreihen noch Auswertungen im Labor durchführen musste, arbeitete sie lieber dort. »Weil es so schön ruhig ist auf dem Land«, pflegte sie die Wahl ihres Arbeitsplatzes zu begründen.

Leni war der einzige Mensch, der von Fannis intensiver Freundschaft mit dem pensionierten Kriminalkommissar wusste. Sie kannte Sprudel, seit sie im vergangenen Jahr etliche Monate in einem Forschungslabor in Genua gearbeitet hatte. Fanni war damals für zwei Wochen bei ihr zu Besuch gewesen, und die drei hatten gemeinsam herrliche Wanderungen durch die Cinque Terre unternommen.

Leni saß vor einer Schale Müsli und einer Tasse Kaffee am Küchentisch.

»Wie ungerecht das Leben spielt«, antwortete sie. »Mama geht zum Tête-à-Tête, und Klein-Leni muss Hausaufgaben machen.«

»Ich bring Klein-Leni auch eine hübsche neue Rassel mit und einen Marienkäfer aus Vollmilchschokolade.«

»Wie wär's mit einem großen Stück Prinzregententorte aus dem Café Blöchl in Zwiesel?«, fragte Leni.

Fanni nickte lächelnd und eilte aus dem Haus. Als sie mit dem Wagen aus der Zufahrt bog, sah sie Leni am Küchenfenster stehen und ihr nachwinken.

»Annabel Scheichenzuber wurde mit großem Kraftaufwand gegen den Felsbrocken in der Telefonschneise geschleudert«, sagte Sprudel. »Beim Aufprall hat sie sich eine tiefe Wunde am Hals zugezogen. Sie starb an einem Genickbruch.«

»So könnte es sich abgespielt haben«, erwiderte Fanni und wich einem Tümpel aus, der den Wanderweg in zwei Pfade teilte.

»Ich weiß aber gewiss, dass es so war«, betonte Sprudel. Fanni sah ihn erstaunt an, und er grinste zufrieden. »Der Autopsiebericht hat es mir verraten.«

»Bist du ins gerichtsmedizinische Institut eingebrochen?«, fragte Fanni.

»Das habe ich nicht nötig«, gab Sprudel zurück. »Rat und Beistand eines versierten Kriminalkommissars – pensioniert oder nicht – sind halt gefragt.«

»Angeber, Aufschneider, Sprücheklopfer. Und was steht sonst noch drin?«

»Wo?«, fragte Sprudel einfältig.

Fanni sah ihn streng an.

»Interessante Sachen stehen drin«, beeilte sich Sprudel zu sagen, »enorm interessante ...«

Fannis Blick wurde stechend, deshalb fuhr Sprudel schleunigst fort: »Annabel ist am Sonntag gegen dreizehn Uhr dreißig durch einen Genickbruch zu Tode gekommen. Sie starb innerhalb weniger Sekunden und vermutlich ohne einen Laut.«

Fanni nickte ungeduldig.

»Hätte Annabel den vergangenen Sonntag überlebt«, sprach Sprudel weiter, »dann wäre sie vielleicht in einigen Wochen an Kinderlähmung gestorben.«

Er machte eine Pause. Offenbar wollte er warten, bis Fanni die Information verdaut hatte. Das nahm allerdings einige Zeit in Anspruch.

Inzwischen waren sie beim Waldschmidthaus angekommen, das eine halbe Marschstunde unter dem Gipfel des großen Rachel lag. An Werktagen wie diesen wirkte es verlassen. Fanni ließ sich auf eine Bank an der Hausmauer fallen.

»Die Kinderlähmung ist ausgerottet«, keuchte sie.

»Offensichtlich nicht«, antwortete Sprudel. »In Annabels Speichel fanden sich haufenweise Poliomyelitisviren vom Typ Brunhilde. Sie muss bereits unter typischen Symptomen gelitten haben: Fieber, Nackensteifigkeit, Gliederschmerzen.«

Fanni schüttelte den Kopf. »Kann gar nicht sein«, sagte sie. »Heutzutage ist doch jeder gegen Kinderlähmung geimpft. Schluckimpfung! Da mussten wir in der Schule ausnahmslos antreten, erinnerst du dich nicht?«

»Ich erinnere mich sehr gut«, sagte Sprudel, »aber obwohl wir ausnahmslos antraten, konnte niemand dazu gezwungen werden, seine Kinder impfen zu lassen. Damals nicht und später ebenso wenig. Annabel hatte überhaupt keinen Impfschutz, weil sich ihre Eltern dagegen entschieden haben. Masern, Mumps und Keuchhusten hat sie alles durchgemacht. Mumps erst vor ein paar Monaten.«

»Trotzdem«, insistierte Fanni, »das Poliomyelitisvirus ist wegen der konsequenten Impfkampagnen nahezu ausgestorben. Wie soll sich Annabel Scheichenzuber mit dem Erreger infiziert haben?«

»Spielt das denn eine Rolle?«, fragte Sprudel. »Wir haben ein Gewaltverbrechen aufzuklären. Für Epidemiologie ist die WHO zuständig.«

»Und wenn beides zusammenhängt?«, murmelte Fanni.

Offensichtlich dachte Sprudel darüber nach, während sie die letzte Etappe zum Gipfel in Angriff nahmen. Auf dem Plateau unter den Felstrümmern, die den Gipfelaufbau bildeten, blieb er neben dem Bergwachthäuschen stehen und sagte: »Ich kann nicht das kleinste, fadenscheinigste Bindeglied entdecken.«

»Ich auch nicht«, gab Fanni zu. »Trotzdem, wir sollten das Virus im Auge behalten. Es gefällt mir nicht.«

Sprudel zog die Stirn in Falten. »Wie sieht es denn aus?«, fragte er und begann über die Felsen zum Gipfelkreuz zu klettern.

»Du weißt, was ich meine«, regte sich Fanni auf. »Und ich habe keine Ahnung, wie es aussieht. Wer sein Biologiestudium vorzeitig abbricht, so wie ich das vorzeiten gemacht habe, der bleibt ein ewiger Laie.«

Fanni hatte Sprudel bisher nicht verraten, dass sie in den Siebzigern ihre akademische Ausbildung, kaum begonnen, auch schon wieder beendet hatte, weil sie von einem der Professoren schwanger geworden war. Kurzerhand hatte sie damals Hans Rot geheiratet, damit ihre Affäre verborgen blieb. Leni war allerdings vor einiger Zeit dahintergekommen. Nun wussten außer Fanni drei Personen davon: Leni, deren Zwillingsbruder Leo und der biologische Vater der beiden, Professor Heimeran.

Beim Gipfelkreuz drehte sich Sprudel zu Fanni um, schloss sie in die Arme, gab ihr einen Kuss und sagte: »Berg Heil.«

Fanni verzog das Gesicht. Sie hasste diesen Gruß. Jedes Mal, wenn sie ihn hörte, musste sie an das »Sieg Heil«-Geschrei der Nazis denken, das ihr aus Filmen und Dokumentationen hinlänglich bekannt war. »Berg Heil«, hatte Fanni einmal irgendwo gelesen, war ein ungesundes Relikt, das sich aus dieser Zeit erhalten hatte. Sie erwiderte Sprudels Kuss und sagte: »Schön hier.«

Sprudel behielt den rechten Arm um ihre Schulter, und so standen sie und schauten in die Landschaft hinaus. Im Südosten konnte Fanni den Lusen erkennen, seinen nackten Gipfel, der wie eine Tonsur in den Baumbestand rasiert war. Im Nordosten verirrte sich ihr Blick in den Hügeln des Böhmerwaldes. Sie ließ ihn zurückwandern und an der Stelle verharren, die Sprudel im Visier hatte.

Auf einem Abhang des Rachelberges sah sie Hunderte toter Bäume.

»Traurig, diese Schlachtfelder, wo die Opfer liegen bleiben, bis sie vermodert sind«, sagte Fanni.

»Natur Natur sein lassen«, antwortete Sprudel, »das ist das Motto, unter dem Nationalparks gegründet werden.«

»Ausgesprochen edel«, murrte Fanni. »Und dieser Leitsatz veranlasst diejenigen, die im Nationalpark das Sagen haben, den halben Baumbestand dem Borkenkäfer zum Fraß vorzuwerfen.«

»Fanni«, rügte Sprudel, »du tust gerade so, als wären die Bäume gefällt worden, um sie an die Borkenkäfer zu verfüttern. Natur Natur sein zu lassen bedeutet, die dynamischen Abläufe in den Wäldern zu schützen, nicht einzugreifen, egal, was passiert.«

»Aha«, maulte Fanni, »dem Bayerischen Wald ist der Borkenkäfer passiert, und der hat ihn schier kahl gefressen. Pech aber auch.«

Sprudel musste grinsen. Fanni konnte manchmal wirklich halsstarrig sein. Mit wohlüberlegten Argumenten war ihr jedoch gewöhnlich beizukommen.

»Schau«, sagte er, »die alten Nadelwälder sind für den Borkenkäfer sehr anfällig, besonders dann, wenn es durch Stürme zu Windbrüchen kam. Im Nationalpark überlässt man es der Natur, die Lösung für dieses Problem zu finden. Und sie tut es. Die Monokulturen sterben aus, und dafür wächst ein kräftiger Mischwald an, der Borkenkäferpopulationen schwer gedeihen lässt und somit das natürliche Gleichgewicht wiederherstellt.«

»Hm«, machte Fanni.

Sprudel verbiss sich das Lachen und wartete auf das »Trotzdem«. Es kam postwendend.

»Trotzdem«, sagte Fanni, »diese Denkweise ist rigoros. Und wo führt sie hin? Zur Doktrin Laissez aller. Keine Hilfe für die Bäume, kein Impfstoff für die Kinder.«

Sprudel seufzte. »Dahin kann sie vereinzelt führen«, gab er zu. »Wie wohl das Zauberwort heißen mag, das es uns ermöglicht, die Balance zu halten?«

»Abwägen«, schnappte Fanni, und damit befanden sie sich wieder im Gleichklang.

Vom Gipfel aus wandten sie sich nach Osten und schlugen den Pfad ein, der sie über die Rachelschachtenhäng und den Parkplatz Gfäll wieder nach Klingenbrunn Bahnhof zurückbrachte.

Sprudel ließ sich auf ein Bänkchen fallen, das neben der Übersichtstafel mit den markierten Wanderwegen stand.

»Ich hab mir eine Blase gelaufen«, stöhnte er und kramte ein Mäppchen mit der Aufschrift »Verbandszeug« aus seinem Rucksack.

Fanni setzte sich neben ihn und sah zu, wie er die wunde Stelle an seiner Ferse verklebte. Als er damit fertig war, das Erste-Hilfe-Set verstaut hatte und der Schuh wieder ordnungsgemäß an seinem Fuß saß, stützte Sprudel den Kopf in die Hand, sodass sich eine Wangenfalte über das rechte Auge schob; mit dem linken sah er Fanni an.

Sie kannte diesen Blick.

»Mir hat unsere Wanderung heute auch sehr gut gefallen«, sagte sie nach einer Weile. »Aber hier im Rachelgebiet werden wir wohl kaum etwas finden, das uns auf die Spur von demjenigen führt, der Annabel Scheichenzuber erschlagen hat.«

Sprudel nickte. »Wir sollten uns auf den Falkenstein konzentrieren.«

»Annabels Bekannten dort auf den Zahn fühlen«, fügte Fanni hinzu.

»Max dem Hüttenwirt, der blonden Heide und denen, die regelmäßig in der Schutzhütte aufkreuzen«, konkretisierte Sprudel.

»Das werden wir tun!«, entschied Fanni.

Als Fanni gegen sechs zu Hause ankam, saß Leni am Esstisch und wickelte ein Knäuel Spaghetti auf ihre Gabel. Wenn Leni allein war, kochte sie Nudeln – immer.

Hans Rot hatte bereits am Morgen angekündigt, dass er direkt vom Büro aus zu einem kürzlich eröffneten Biergarten nach Niederalteich fahren wolle. Der Chef des Kreiswehrersatzamtes hatte zu einem Imbiss eingeladen.

Fanni holte sich einen Teller und setzte sich zu ihrer Tochter.

»Schmeckt vorzüglich«, lobte Leni ihre eigene Kochkunst. »Mit Sahne und Räucherlachs – von Sonntag waren noch drei Scheiben übrig.«

Fanni begann ebenfalls, Spaghetti aufzudrehen. »Was weißt du über Kinderlähmung?«, fragte sie.

»Ausgerottet«, antwortete Leni.

»Falsch«, sagte Fanni.

Leni starrte ihre leere Gabel an. »Ich wüsste nicht, dass das Virus in letzter Zeit von sich reden gemacht hätte.«

»Und früher?«, fragte Fanni.

Leni dachte nach. »Die Kinderlähmung«, sagte sie schließlich, »gilt eigentlich seit den Sechzigern als erledigt.« Sie sah Fanni fragend an. »Wie kommst du plötzlich auf Polioinfektionen?«

»Die Tote vom Falkenstein, Annabel – ich hab dir doch gestern von ihr erzählt –, hatte eine ganze Menge von diesen Polioerregern im Blut«, antwortete Fanni.

»Ist sie deshalb …?«, begann Leni.

Fanni schüttelte den Kopf. »Sie ist totgeschlagen worden.«

»Weil sie mit Polio infiziert war?«

»Klingt eher unwahrscheinlich, oder?«, fragte Fanni zurück.

»Sehr unwahrscheinlich«, stimmte Leni zu. »Andererseits«, sie grinste, »der erfahrene Kriminalist lässt kein Motiv unüberprüft.«

Fanni schnitt ihr eine Grimasse und sagte: »Der Impfstoff gegen Kinderlähmung ist doch schon recht früh entdeckt worden. Bald nach dem Krieg, glaube ich.«

»Hm«, seufzte Leni, »ein langer mit toten Affen gepflasterter Weg aus Versuch und Irrtum hat Anfang der Fünfziger einen inaktivierten Impfstoff hervorgebracht. Leider war das Serum zu schwach, sodass in den USA nach einer der ersten Impfkampagnen eine Epidemie ausbrach. Der eigentliche Durchbruch kam erst Anfang der Sechziger, als der von Albert Sabin entwickelte abgeschwächte Lebendimpfstoff eingesetzt wurde.«

Leni stockte und starrte ihre Mutter an. »Aber ich dachte …« Sie verstummte.

»Was?«, insistierte Fanni.

»Weißt du, Mama«, sagte Leni, »Lebendimpfstoff ist nicht ungefährlich. Die Viren darin sind nicht nur lebens-, sondern auch vermehrungsfähig. Sie werden mit dem Stuhl der geimpften Personen ausgeschieden. Durch Kontaktinfektion könnten sich Ungeimpfte anstecken. Dieser Impfstoff hat es aber geschafft, die Poliomyelitis so gut wie auszurotten.«

Leni versank für ein paar Augenblicke in Schweigen, dann schlug sie sich mit der flachen Hand an die Stirn. »Klar«, rief sie, »das ist der Grund! Eben weil das Virus fast ausgerottet ist, kann man es sich heutzutage wieder erlauben, den harmlosen Totimpfstoff zu verwenden. Er bietet zwar keinen hundertprozentigen Schutz, vermeidet aber, dass sich Ungeimpfte bei Geimpften anstecken. Alles eine Sache der Risikominimierung.«

»Minimierung«, wiederholte Fanni.

»Ja«, nickte Leni, »völlige Sicherheit wird es nie geben. Viren sind Überlebenskünstler, ein paar schlüpfen immer durch. Und deshalb kann Annabel den Polioerreger irgendwann, irgendwo aufgelesen haben, wenn sie nicht geimpft war.«

Leni stand auf, stellte die leeren Teller aufeinander und wollte sich eben auf den Weg zur Küche machen, da fiel ihr ein zu fragen: »Woher weißt du eigentlich, dass Annabel mit Polio infiziert war?«

»Steht im Autopsiebericht«, antwortete Fanni so beiläufig, als kämen Autopsieberichte jeden Morgen mit der Zeitung ins Haus.

Leni trug die Teller weg und klappte die Spülmaschine auf. Plötzlich lief sie ins Esszimmer zurück.

»Wie kam denn der Gerichtsmediziner auf den abwegigen Gedanken, bei einer Toten, die durch Genickbruch starb, nach Poliomyelitisviren zu suchen? Dazu hatte er doch überhaupt keinen Grund.«

Fanni starrte ihre Tochter an. Ja, dachte sie, Leni ist klug. Leni ist aufgeweckt. Leni ist scharfsinnig. Das Professoren-Gen lässt sich nicht verleugnen. Gut, dass sich Hans Rot für noch klüger hält, sonst hätte er längst was gemerkt.

Bevor sie Leni antworten konnte, sie habe keine Ahnung, weshalb der Gerichtsmediziner auf diese Viren gestoßen war, hörte sie ihren Mann hereinkommen.

Hans Rot beäugte das restliche Häufchen Spaghetti in der Schüssel und verzog angewidert das Gesicht. »Da hab ich aber Glück gehabt«, meinte er. »Vater Staat hat mir zum Abendessen Schweinshaxe serviert.«

»Gar nicht dumm von ihm«, murmelte Fanni, »das erspart ihm Rentenzahlungen für mindestes zwei Jahre.«

Sie stand auf, scheuchte Leni aus der Küche nach oben zu ihrer Doktorarbeit und räumte die Teller in die Spülmaschine.

»Welches Hemd soll ich morgen zu der grauen Hose anziehen?«, rief Hans Rot aus dem Schlafzimmer.

Fanni schenkte sich ein Glas Rotwein ein, nahm einen großen Schluck und starrte aus dem Fenster.

Wer hatte Schneewittchen umgebracht? Und warum? Hatten die Polioviren – Lenis Aussage nach mehrheitlich ausgemerzt – etwas mit der Tat zu tun oder nicht?

»Welches Hemd, Fanni?«, rief Hans Rot ungehalten.

3

»Sprudel«, sagte Fanni am Mittwochmorgen, als er anrief. »Ich hab eine Menge im Haushalt zu tun, und überdies kommt mein Mann zum Mittagessen nach Hause. Ich kann heute nicht weg. Auch am Nachmittag nicht. Hans macht früher Feierabend. Er will Lenis altes Auto wienern, weil sich zwei Kaufinteressenten gemeldet haben.«

Und genau das ist der Grund, dachte sie dabei, warum ich Hans Rot alles andere nachsehe. Er kümmert sich mit Vorliebe ums Banale. Und dieser Charakterzug ist an Wert nicht zu unterschätzen.

»In Ordnung«, sagte Sprudel und bemühte sich hörbar, nicht enttäuscht zu klingen. Fanni war ihm dankbar dafür. Denn das war es, was sie unter Freundschaft verstand: eine Mischung aus Toleranz, Vertrauen und Zusammenhalt.

»Wir könnten uns am Donnerstag um neun Uhr früh vor dem Zwiesler Gymnasium treffen«, schlug sie vor. »Donnerstags geht Hans am Mittag mit seinem Kollegen zum Weißwurstessen. Ich habe den ganzen Tag zur Verfügung.«

»Und ich habe Neuigkeiten«, sagte Sprudel.

»Sehr gut«, antwortete Fanni, »*ich* habe nämlich Fragen.«

Um kurz vor elf Uhr stand sie in der Küche und quirlte Eischnee für einen Kirschauflauf, denn Leni liebte Mehlspeisen. Sooft Leni zu Hause war, sorgte Fanni dafür, dass Aufläufe, Eierkuchen oder süße Nockerl auf den Tisch kamen. Für Hans Rot musste sie dann extra ein Schnitzel braten oder Leberkäse bräunen.

Als Fanni den Eischnee unter den Teig hob, steckte Leni den Kopf zur Tür herein.

»Ich geh ein Stündchen Gassi«, rief sie. »Zum Essen bin ich wieder da.«

Fanni nickte und schaltete das Backrohr an. Aus dem Kellergeschoss drang das Hupen das Wäschetrockners. Fanni rannte hinunter. Während sie die Socken zu Paaren sortierte, fragte sie sich, was Sprudel wohl für Neuigkeiten hatte. Seit Sonntag waren sicher alle möglichen Leute, die Annabel kannten, verhört worden.

Als Erste hatten die Kriminalbeamten vermutlich die blonde Heide und Max den Hüttenwirt befragt. Die beiden mussten ja bis kurz vor Annabels Tod mit ihr zusammen gewesen sein. Oder hatte Annabel etwa nicht gemeinsam mit Heide die Mittagsgäste in der Schutzhütte bedient? Rudi – oder war es Sepp – hatte doch gesagt, Severin habe seine Freundin am Morgen zur Arbeit gefahren. Eben.

Was hat eigentlich Severin gemacht, während Annabel Sonntagsbraten servierte?, überlegte Fanni. Ist er wieder weggefahren oder ist er geblieben? Sie seufzte. Sprudel wird hoffentlich Antworten darauf wissen.

Eilig lief sie mit einem Wäschekorb voller Sockenpaare nach oben und räumte sie in die Schubladen des Schlafzimmerschrankes. Gleich darauf stand sie wieder in der Küche.

Das Spiegelei neben der Leberkässcheibe begann gerade zu stocken, da trat Hans Rot in die Küche.

»Ist die Leni verrückt geworden?«, bellte er.

Fanni sah ihn perplex an.

»Unser Kind spaziert mit dem Böckl-Bankert und seinem Köter die Erlenweilerstraße herauf«, klärte er sie auf.

Fanni warf einen Blick aus dem Küchenfenster und konnte beobachten, wie der Sohn ihrer Nachbarn von schräg vis-à-vis Leni kurz umarmte, seinem Hund ein Kommando zurief, kehrtmachte und davonging. Eine Minute später schlug die Haustür zu.

Fanni trug das Essen auf.

»Du bist voller Hundehaare«, hörte sie die vorwurfsvolle Stimme ihres Mannes aus dem Flur, als Antwort darauf vernahm sie das Klappern der Kommodentüren. Leni suchte nach der Kleiderbürste.

Hans Rot kam ins Esszimmer und setzte sich schnaubend vor seinen Teller.

»Wie kannst du dich bloß mitten in Erlenweiler mit dem Böckl-Strolch sehen lassen?«, fauchte er, als Leni eintrat. »Was sollen die Leute denken?«

»Hat Jonas Böckl was ausgefressen?«, fragte Leni gleichgültig und nahm sich vom Auflauf.

»Davon kannst du ausgehen«, antwortete Hans Rot. »Der Bub ist ein Schlawiner, ein Gauner wie der Büchsen-Böckl, sein Vater, der ganz allein dafür verantwortlich ist, dass einer unserer redlichsten Nachbarn hinter Gittern sitzt.«

Fanni stutzte. Das war neu. Bisher hatten Hans Rot und andere Sympathisanten ihr die Schuld daran gegeben, dass dieser Nachbar ins Gefängnis gewandert war. Denn Fanni hatte gemeinsam mit Sprudel herausgefunden, dass er die Jungbäuerin Mirza in Fannis Garten getötet hatte. Für eine Weile standen damals alle Erlenweiler Männer unter Verdacht, die in der Nähe des Kleinhofs wohnten, auch Böckl. Aber Böckl hatte Mirza nicht angefasst. Was also, fragte sich Fanni, trug Böckl für eine Schuld?

Sie fragte ihren Mann.

»Denk doch mal eine Sekunde lang nach«, antwortete der unwirsch. »Böckl hat Mirza auf den Kleinhof gebracht. Er hat sie mit dem Bene verkuppelt, damit sie einen deutschen Pass bekommt, und dann hat er grinsend zugesehen, wie Mirza den armen Nachbarn so weit in die Enge trieb, dass der keinen anderen Ausweg mehr wusste, als sie zu erschlagen.«

»Großer Gott«, stöhnte Fanni.

»Nein, wirklich«, sagte Leni. »Das ist ja schlimmer, als hätte Böckl selbst zugeschlagen.« Sie sprach ernst, aber ihre Augen funkelten voller Spott.

Hans Rot merkte nichts. Er nickte seiner Tochter mit aufkeimendem Wohlwollen zu und tunkte die Reste seines Spiegeleis mit einem Stück Brot auf.

Fanni musterte Leni, die ihr gegenübersaß und genüsslich einen stattlichen Berg Kirschauflauf verspeiste.

Leni ist einunddreißig Jahre alt, dachte Fanni, sie kann sich treffen, mit wem sie will und wo sie will.

Doch schon einen Augenblick später überlegte sie, ob Leni an diesem Vormittag mit Jonas Böckl verabredet gewesen oder ihm zufällig über den Weg gelaufen war.

Es muss Zufall gewesen sein, sagte sie sich nach einer Weile. Vielleicht ist Jonas gerade aus dem Haus gekommen, als Leni vorbeiging, und dann sind beide zusammen die Erlenweilerstraße hinaufgestiefelt. Warum denn nicht, sie kennen sich doch von Kindesbeinen an.

»Hast du nicht dem Jonas mal eine Ohrfeige verpasst, weil er den Bene Klein immer gehänselt hat?«, fragte Fanni.

Leni nickte. »Aber aus dem Alter ist er wohl heraus«, meinte sie.

Fragt sich, dachte Fanni, in welchem Alter Jonas jetzt steckt. Ist er nicht fünf Jahre jünger als Leni? Sechsundzwanzig, da regiert selten die Besonnenheit, wie ich aus eigener Erfahrung weiß.

Gegen die Böckls gab es eigentlich nichts zu sagen. Sie verhielten sich anständig und unauffällig und hatten stets versucht, ihren ungebärdigen Sohn mit vernünftiger Strenge zu erziehen. Den Ansichten Böckls konnte Fanni viel öfter beipflichten als denen ihres Mannes.

Trotzdem! Fanni begegnete Böckl stets mit leichtem Argwohn. Weil Böckl Jäger war. Weil er Waffen handhabe wie Spielzeug, und weil er Hasen, Rebhühner, Hirsche und Rehböcke tötete wie Fanni Blattläuse.

»Jonas wird das Büchsenmacher-Geschäft von seinem Vater übernehmen«, verkündete Fanni. »Die Jagdprüfung hat er schon vor Jahren abgelegt.«

»Ich weiß«, antwortete Leni. Sie schob ihren Teller zur Seite, zog sich die Auflaufform heran und begann, den am Rand festgebackenen Teig mit der Gabel abzukratzen. »Er hat mir von seiner Waffensammlung erzählt«, sagte sie dabei. »Jonas besitzt jede Menge Pistolen: Brownings, Mauser, Berettas, eine Walther mit einem Nachnamen, den ich vergessen habe, und weiß der Kuckuck was noch alles.«

»Donnerwetter«, ließ sich Hans Rot vernehmen, und es klang ziemlich beeindruckt. Stand da etwa ein Sinneswandel an?

Fanni war es schnurzegal, was ihr Mann von Jonas, dessen Beruf oder dessen Hobby hielt. Fanni ging es einzig und allein um Leni. Und Leni, die als eingefleischte Pazifistin galt, Waffen verabscheute, allenfalls Mikroben jagte und selbst diese lieber züchtete, zählte hier seelenruhig die ominösen Kostbarkeiten einer Pistolensammlung auf. Was, um Himmels willen, hatte Leni Rot auf einmal mit Jonas Böckl zu schaffen?

Hans Rot trank sein Bier aus und stand auf. »Dann werde ich mir mal Lenis Vehikel vornehmen«, sagte er und trollte sich.

Fanni stellte die Auflaufform ins Spülbecken. Leni brachte kichernd die leeren Teller in die Küche.

»Was ist denn dir Spaßiges in den Sinn gekommen?«, fragte Fanni.

»Weißt du, Mami«, lachte Leni, »Jonas mag ja ein kundiger Jäger sein, aber vor allem ist er ein begnadeter Schürzenjäger.« Und damit hüpfte sie beschwingt die Treppe hinauf in ihr Mädchenzimmer, wo die Gen-Dateien auf sie warteten.

Fanni blieb ein wenig konfus zurück.

Sie kniete gerade vor dem Backrohr und scheuerte ein paar Fettspritzer vom Sichtglas, als ihr Mann noch mal zurückkam.

»Was ich dir vorhin schon sagen wollte: Für mich musst du heute kein Abendbrot herrichten. Die Eisensteiner Schützen spendieren Wurstsalat im Birkdorfer Wirtshaus. Alle Erlenweiler Schützen sind dazu eingeladen, und zwar ausdrücklich mit Ehegatten, falls dich das interessiert.«

Die Eisensteiner Schützen, blitzte es in Fannis Kopf auf, stets bestens informiert! Hatten die nicht letzten Sonntag binnen kürzester Zeit von Annabels Tod erfahren?

Fanni sah auf. »Ich komme mit.«

Wären aus Fannis Nase plötzlich Elefantenzähne gewachsen, hätte Hans Rot nicht entgeisterter dreinschauen können.

Volltreffer, freute sich Fanni, als mit dem Wurstsalat das Thema »Tod am Falkenstein« auf den Tisch kam.

»Die Polizei hat den Severin am Wickel«, tönte es von gegenüber.

»Der Severin hätte seiner Annabel nie was angetan«, rief Fannis Tischnachbar.

»Sie hat es zu weit getrieben«, schallte es von schräg vis-à-vis.

»Was hat sie denn getrieben?« Die Stimme gehörte einem aus Erlenweiler.

»Ja, meinst du, der Severin hat das gern gesehen, dass sie sich jeden Samstag bis spät in die Nacht von den Saufbrüdern auf der Hütte begrapschen hat lassen?«, antwortete ein Eisensteiner Dialekt.

»Aber er hat doch genau gewusst, dass es ihr nur ums Geldverdienen gegangen ist«, wandte ein anderer ein.

»Die zwei wollten zusammen einen Laden aufmachen, nächstes Jahr, nach dem Schulabschluss. So was läuft nicht ohne Startkapital«, erklärte der Eisensteiner Schützenvorstand gewichtig.

»Eben«, sagte Fannis Gegenüber, »und der Severin ist die ganze

Zeit bloß vor seinem Computer gehockt und hat Kriegsspiele gespielt. Damit ist bestimmt nichts verdient.«

Sein linker Nachbar schüttelte den Kopf. »Der Severin hat regelmäßig auf sein Konto eingezahlt, und das nicht wenig. Zu mir hat er mal gesagt, mehr als einen Laptop brauchst du nicht für lukrative Geschäfte.«

»Vielleicht hat er selber Kriegsspiele für Computer – ähm, erfunden«, meinte der Erlenweiler Vorstand.

»Könnte sein«, stimmte ihm sein Eisensteiner Kollege zu. »Aber das wiederum scheint der Annabel nicht recht gewesen zu sein.«

»Wieso?«, fragte ein ganzer Chor.

»Ich hab keine Ahnung«, antwortete der Gefragte, »aber eines weiß ich gewiss: Die beiden haben sich nur noch gestritten in letzter Zeit. Heftig gestritten.«

Etliche Schützen nickten.

»Wie Hund und Katz sind die auf einmal gewesen. Mord und Tot... ähm.«

Für eine Weile herrschte Schweigen am Tisch. Schließlich wandte sich das Gespräch den Schützenvereinen und ihren Belangen zu.

Der Vorstand der Eisensteiner brachte einen länglichen, in schwarzes Tuch eingewickelten Gegenstand an den Tisch.

»Ein Wildererstutzen«, sagte er, nachdem er den Stoff zurückgeschlagen hatte. »Dürfte so um 1860 verwendet worden sein.« Er wandte sich an seinen Kollegen aus Erlenweiler. »Ein Bekannter hat ihn mir zum Kauf angeboten, weil er weiß, dass unser Verein eine kleine Sammlung alter Waffen besitzt, die wir vergrößern möchten.«

Sein Kollege nahm ihm die Büchse aus der Hand und begutachtete sie. »Ziemlich ramponiert«, meinte er. »Angerostet, verbogen, sogar der Abzug ist weggebrochen.«

»Eben«, erwiderte der Eisensteiner. »Eben deswegen werde ich den Stutzen nicht kaufen. Ich wollte ihn schon zurückgeben, da ist mir eingefallen, dass euer Verein einen Büchsenmacher an der Hand hat, der selbst Waffen sammelt. Vielleicht hat der Interesse daran. Er könnte sich die Büchse wieder herrichten.«

»Der Böckl ist mein Nachbar«, meldete sich Hans Rot zu Wort. »Ich frag ihn. Du kannst mir den Stutzen gleich mitgeben.«

Das Gewehr wanderte von Hand zu Hand und kam langsam näher.

Fanni stand auf, ging zur Toilette, machte einen kleinen Rundgang ums Haus, kam zurück und setzte sich auf einen der Hocker an der ansonsten leeren Wirtshaustheke. Auf ihre Bitte hin brachte ihr der Wirt ein Glas Wasser. Während sie es in kleinen Schlucken trank, zog sie Bilanz:

Annabel und Severin benötigten Startkapital, weil sie zusammen ein Geschäft eröffnen wollten. Deswegen ging Annabel zum Bedienen in die Falkenstein Schutzhütte.

Das war aber ihrem Freund nicht recht.

Severin hatte derweil eine Möglichkeit gefunden, am Computer Geld zu verdienen.

Das wiederum schien Annabel nicht recht zu sein.

Sie stritten sich. Vermutlich stritten sie auch an dem Morgen, an dem Severin seine Freundin zur Arbeitsstelle fuhr. Und was passierte dann?

Fanni wollte dazu nichts einfallen.

Richtig, Fanni Rot! Du bist keinen Schritt weiter. Das hier war kein Volltreffer, das war ein Schuss in den Ofen!

4

Am Donnerstagmorgen gegen neun Uhr schloss Sprudel vor dem Hauptportal des Gymnasiums von Zwiesel Fanni in die Arme. Sie musste lachen.

»Vierzig Jahre früher, und ich hätte einen saftigen Verweis dafür bekommen«, kicherte sie.

Als Antwort darauf gab ihr Sprudel auf jede Backe einen Kuss.

»Heute schwänzen wir auch noch«, sagte er und fügte nach einer kleinen Pause hinzu: »Wenn du in Zwiesel zur Schule gegangen bist, dann müssen deine Eltern ja hier gelebt haben.«

»In der Nähe von Regen«, nickte Fanni. »Mein Vater war – genau wie der Vater von Hans – Angestellter bei Rodenstock, Optik und Feinmechanik. Meine Eltern und ich haben Tür an Tür mit den Rots in dem kleinen Dörfchen Weißenstein unterhalb der Burgruine gewohnt. Während meiner Zeit am Gymnasium bin ich jeden Tag mit dem Zug von Regen nach Zwiesel gefahren.«

»Und was hat dich dann nach Erlenweiler verschlagen?«, fragte Sprudel.

»Hans. Als er ans Kreiswehrersatzamt in Deggendorf versetzt worden ist, mussten wir vom Regen- ins Donautal umsiedeln. Das Grundstück in Erlenweiler haben wir meinen Eltern zu verdanken.«

»Du hast nie erwähnt, dass deine Eltern …«, begann Sprudel.

»Sie sind schon tot«, unterbrach ihn Fanni. »Papa starb vor fünf Jahren, Mama vor drei.«

Sie waren ein Stück die Straße hinuntergegangen, und nun blieb Sprudel vor einem blauen Kleinwagen stehen.

»Wie wär's mit einer Wanderung auf den Lusen?«, fragte er.

»Aber«, wandte Fanni ein, »wir hatten doch geplant, Max und der blonden Heide auf den Zahn zu fühlen.«

»Daraus wird nichts«, erklärte Sprudel. »Die Falkensteiner Schutzhütte ist heute geschlossen. Wir würden niemanden antreffen. Da können wir ebenso gut den Lusen ersteigen. Der Gipfel soll vor Zeiten ein imposanter Felsturm gewesen sein. Im Laufe der Jahrtausende ist er allerdings zu einer riesigen Geröllhalde verfallen, die der heutige Wanderer überwinden muss, um zum Gipfelkreuz zu gelangen.«

»Soweit ich mich erinnere«, erwiderte Fanni, »spaziert der heutige Wanderer bequem und komfortabel auf sorgsam angeordneten Steinplatten übers Geröll zum Gipfel.«

»Der Weg nennt sich Himmelsleiter«, entgegnete Sprudel, »müsste er daher nicht mühselig sein?«

»Nicht für Freigeister«, grinste Fanni.

Sprudel öffnete höflich die Tür zum Beifahrersitz seines Mietwagens. Wenn er nach Niederbayern reiste, um ein paar Tage mit Fanni zu verbringen, dann nahm er meist in Genua die Bahn und mietete nach seiner Ankunft in München einen Wagen.

»Wir fahren nach Waldhäuser. Zwischen Guglöd und Altschönau zweigt eine Straße dorthin ab«, kündigte er an, während er startete.

Fanni nickte. Sie kannte ihn recht gut, den Bayerwald.

»Von Waldhäuser aus«, fuhr Sprudel fort, »wandern wir zum Teufelsloch und von da weiter über die Himmelsleiter zum Lusengipfel.«

Fanni schnallte sich an.

Sie redeten nicht viel während der Fahrt. Erst als der Wagen im Schatten einer Fichte geparkt war und sie mit geschulterten Rucksäcken in den Guldensteig einbogen, fragte Fanni nach den Neuigkeiten, die Sprudel angekündigt hatte.

»Die aufregendste Nachricht lautet, dass am Montag eine weitere Leiche gefunden wurde.«

»Was?«, rief Fanni. »Auf dem Falkenstein?«

»Auf dem Weg dorthin«, antwortete Sprudel. »Im Höllbachgspreng, an einer Stelle, wo der Höllbach ziemlich reißend über die Felsen schäumt. Das Mädchen lag im Wasser. Es deutet allerdings nichts darauf hin, dass sie gewaltsam hineingestoßen wurde.«

»Sie kann doch nicht einfach ertrunken sein«, rief Fanni, »dazu ist der Höllbach nicht tief genug.«

»Das Mädchen ist deshalb ertrunken«, erklärte Sprudel, »weil es hinfiel, mit dem Kopf auf einen Felsbrocken schlug und das Bewusstsein verlor.«

»Sie ist also mitten im Höllbach auf den Steinen herumgeturnt, plötzlich gestürzt und ganz unglücklich aufgeschlagen«, rekapitulierte Fanni. »Warum kommt mir die Szene bloß so bekannt vor?«

»Ich weiß«, sagte Sprudel, »aber bisher ist kein direkter Zusammenhang zwischen den beiden Todesfällen ersichtlich. Und wie gesagt, der Tod des Mädchens vom Höllbachgspreng sieht eher nach einem Unfall aus.«

»Ist die Leiche schon identifiziert worden?«, fragte Fanni.

Sprudel nickte. »Das Mädchen heißt Irina Svetla und kommt aus Bergreichenstein. Der Ort liegt in Tschechien, er hat auch einen tschechischen Namen, den ich mir aber nicht merken konnte. Irina hat den Sommer über in der Zwiesler Waldhausalm als Bedienung gearbeitet. Sie ist zweiundzwanzig Jahre alt.«

»Zufälle gibt's aber auch«, bemerkte Fanni dazu trocken.

»Glaub mir«, sagte Sprudel, »die Polizei sucht intensiv nach Verknüpfungspunkten.«

Er zögerte einen Moment, dann fuhr er fort: »Dabei hat sich eine interessante Parallele ergeben.«

Fanni blieb stehen, weil der Weg so schmal wurde, dass sie nicht mehr nebeneinander hergehen konnten, und sah ihn gespannt an.

»Auch Irina litt an einer Krankheit«, erklärte Sprudel, »die heutzutage eher selten vorkommt. Irina war mit Syphilis infiziert.«

»Straßenstrich?«, wollte Fanni fragen. Aber bevor sie dazu kam, sagte Sprudel: »Irina war in Tschechien nicht als Prostituierte gemeldet, und den Zeugenaussagen nach ließ sie sich niemals mit Gästen der Waldhausalm ein.«

»Was für Zeugenaussagen?«, erkundigte sich Fanni.

»Hofer hat Irinas Kolleginnen befragt«, antwortete Sprudel. »Er hat die Besitzerin der Waldhausalm vernommen, den Koch, die Putzfrau und einen Nationalparkranger, der oft in der Alm einkehrt. Sie alle behaupten, dass Irina den ganzen Sommer über wie eine Nonne gelebt hat.«

Schaurig, dachte Fanni, während sie Sprudel den schmalen, steilen Pfad hinauffolgte. Es ist, als ob Mikroben aus längst vergangenen Zeiten am Falkenstein ein Comeback feierten. Ihr ging durch den Sinn, was Leni über Kinderlähmung gesagt hatte. Dabei fiel ihr auch die Frage ein, die Leni am Ende ihrer Unterhaltung aufgeworfen hatte. Fanni gab sie an Sprudel weiter:

»Wie kam der Gerichtsmediziner eigentlich dazu, bei Annabel

Scheichenzuber nach Poliomyelitisviren zu fahnden? Sie werden ihm wohl kaum ins Auge gesprungen sein.«

Darüber musste Sprudel eine Weile nachdenken. Mitten im Teufelsloch fiel ihm die Antwort ein.

»Heide wird ihn darauf gebracht haben«, sagte er, »die blonde Heide von der Falkenstein-Schutzhütte. Sie hat ausgesagt ...« Sprudel unterbrach sich.

»Weißt du, Fanni«, fuhr er nach einer kleinen Pause fort, »Hofer lässt mich die Vernehmungsprotokolle lesen, obwohl das nicht so ganz den Vorschriften entspricht. Aber egal, sagt Hofer, zwei Vögel können halt mehr Körnchen aufpicken als einer.« Er gluckste leise und sprach dann weiter: »Heide hat ausgesagt, dass sich Annabel seit Samstag krank fühlte und am Sonntagmorgen über Kopfschmerzen und Nackensteifigkeit klagte. Der Pathologe dachte vielleicht an Meningitis durch einen Zeckenbiss und machte die nötigen Tests. Dabei muss er die Polioviren entdeckt haben.«

Hört sich plausibel an, fand Fanni.

»Und wie kam der Pathologe bei Irina auf die Diagnose Syphilis?«, fragte sie.

»Irina befand sich bereits im Sekundärstadium«, erwiderte Sprudel, »in ihren Hautfalten zeigten sich die typischen Papeln. So steht es jedenfalls im Obduktionsbericht. Außerdem war sie schwanger.«

Sprudel schwieg und machte den ersten Schritt auf der Himmelsleiter.

Fanni folgte ihm nachdenklich.

Nach einigen Tritten fragte sie: »War Irina auch so schneewittchenschön wie Annabel?«

»Schneewittchenschön?«, fragte Sprudel erstaunt.

»So wie es im Märchen steht«, erklärte ihm Fanni. »Weiß wie Schnee, rot wie Blut, schwarz wie Ebenholz.«

Sprudel schüttelte den Kopf. »Dem Foto in ihrer Akte nach hatte Irina strohblonde Haare und eine gebräunte Gesichtshaut. Hübsch war sie schon, aber mehr auf die rustikale Art. Geierwallischön, wenn es denn ein Vergleich sein muss.«

»Wenig Ähnlichkeit zwischen den beiden?«

»Keine Ähnlichkeit.«

Kurze Zeit später standen sie unter dem Gipfelkreuz. Sie schauten auf die Nebelfelder im Tal, aus denen sich Hügel wie Elefantenrücken heraushoben. Am äußersten Rand eines solchen Nebelfeldes konnten sie das alte Böhmerwalddorf Bürstling ausmachen. Die herbstlichen Sonnenstrahlen malten Streifen auf die Steine um sie herum.

Fanni und Sprudel setzten sich eng zusammen auf einen angewärmten Felsblock und packten ihre Brote aus. Fanni kaute und dachte nach.

»Hatte Heide noch mehr zu bieten als Annabels Nackensteifigkeit?«, fragte sie nach einer Weile.

»Eine ganze Menge«, antwortete Sprudel. »Heide weiß über jeden Bescheid, der seinen Fuß in die Schutzhütte setzt, und über die Mädchen, die als Aushilfsbedienungen dort arbeiten, ist sie ganz besonders gut informiert.«

Er wollte schon weitersprechen, da öffnete Fanni eine gelbe Plastikbox und förderte zwei Stück Schokoladenkuchen zutage. Sprudel bekam glänzende Augen. Es vergingen gut zehn Minuten, bis er sagen konnte:

»Bevor Annabel am Sonntagmorgen zur Arbeit erschien, hat sie sich mit ihrem Freund gestritten. Das bestätigt auch Max der Wirt, den die beiden im Auto mitgenommen hatten. Es ging wohl wieder einmal darum ...«

»... dass es Severin satthatte, Annabel mit den Hüttengästen quasi teilen zu müssen«, beendete Fanni den Satz.

Sprudel schluckte, sagte aber nichts.

Schon ein Jahr zuvor, im Fall Mirza Klein, hatte Fanni von Zeit zu Zeit mit Informationen aufgewartet, an die sie logischerweise gar nicht gelangt sein konnte.

Sprudel schwieg weiter.

Willst du ihm nicht verraten, wie du wieder einmal vermeintlich Unmögliches geschafft hast?

»Was hat denn Severin gemacht, nachdem Annabel aus seinem Auto gestiegen war?«, fragte Fanni stattdessen.

»Heide sagt«, antwortete Sprudel, »sie hatte zu viel zu tun an diesem Morgen, um darauf zu achten. Die Übernachtungsgäste kamen zum Frühstück in die Wirtsstube, für den Mittagsansturm mussten noch Servietten gefaltet werden, und Max hatte – weiß der Himmel, warum – die Theke mit Himbeersirup vollgekleckert. Severin, sagt Heide, sei ihr nicht mehr unter die Augen gekommen. Weder sie noch Max können sich daran erinnern, wie lange sein Wagen draußen stand.«

»Da fragt sich doch der eifrige Ermittler«, sagte Fanni leise, »was steht in Severins Vernehmungsprotokoll?«

Sprudel zuckte die Schultern. »Severin ist gestern ausgiebig verhört worden. Ich war aber ab fünf in der Schutzhütte am Falkenstein und bin bis acht geblieben, weil ich die Stammtischbrüder, die Annabel Wochenende für Wochenende bedient hat, kennenlernen wollte.«

»Undercover«, grinste Fanni.

»Halbwegs«, antwortete Sprudel. »Es hat sich längst herumgesprochen, dass ich ein pensionierter Kriminalbeamter bin. Über meine Verbindung zu Hofer ist allerdings noch nichts durchgedrungen.«

»Und wen hast du am Stammtisch kennengelernt?«, wollte Fanni wissen.

»Doc Haller, der …«, begann Sprudel.

»… klein, rundlich, kurzsichtig, in Lodenjanker und Bundhose gekleidet und untröstlich über Annabels Tod ist«, fiel ihm Fanni ins Wort. »Ich habe den Krautdoktor am Sonntag gesehen. Gehört er dem Bergwachtverein an?«

Sprudel klaubte soeben die letzten Kuchenbrösel aus der Plastikbox. Fanni nahm ihm die Dose weg, klappte sie zu und verstaute sie in ihrem Rucksack.

»Nein, wieso?«, wunderte sich Sprudel. Dann ging ihm auf, dass Fanni über Haller nur das wusste, was sie soeben aufgezählt hatte.

»Dieser ältere Herr, den alle Krautdoktor oder kurz Doc nennen, ist ungefähr vor zwei Jahren aus Franken in den Bayerischen Wald gezogen«, gab er an Fanni weiter, was er tags zuvor erfahren hatte. »Nach seiner Pensionierung hat er sich in Ludwigsthal ein Häuschen gekauft, weil er unbedingt im Kerngebiet des Nationalparks wohnen wollte. Doc Haller ist Biologe, er kennt angeblich jedes Kraut im Wald und auf der Wiese, jeden Wurm unter der Erde, jeden Käfer in der Borke. Der Doc wandert Tag für Tag durch seinen geliebten Nationalpark, und meist kehrt er in der Falkensteiner Schutzhütte ein. Manchmal begleitet ihn seine Frau, manchmal kommt er alleine.«

»Biologe, so, so«, brummte Fanni.

Sprudel ging nicht darauf ein. »Der Doc scheint mir ein bisschen weltfremd«, berichtete er weiter. »Er interessiert sich hauptsächlich für Gänsefingerkraut und gelben Enzian und wie die Kräuter sonst noch alle heißen. Er hat ein Faible für Mäusebussard und Auerhahn, für Waldameise und Kreuzotter.«

»Mir schien«, sagte Fanni, »dass er auch ein Faible für Annabel hatte.«

»Ja«, nickte Sprudel. »Doc Haller macht den Eindruck, als habe Annabels Tod ihn mehr bestürzt als alle anderen.«

Irgendwie verständlich, sagte sich Fanni, wenn man bedenkt, dass der Krautdoktor den Nationalpark als eine Art Garten Eden betrachtet. Und plötzlich geschieht hier ein Verbrechen.

Sprudel stand auf. »Wir sollten zurückgehen. Es wird kalt auf den Steinen.«

»Und spät wird es auch«, stimmte Fanni zu.

»Sobald du wieder Zeit erübrigen kannst, Fanni«, sagte Sprudel beim Abstieg, »wandern wir noch mal auf den Falkenstein. Du musst dir die Stammgäste ansehen und Heide natürlich auch, dann kannst du dir selbst ein Bild von allen machen.«

»Wer sind denn die ganzen Stammtischbrüder?«, fragte Fanni.

»Zwei von ihnen kennst du bereits«, antwortete Sprudel. »Bergwacht-Rudi und Bergwacht-Sepp finden sich alle Sonn- und Feiertage, manchmal sogar werktags, für etliche Stunden in der Schutzhütte ein.«

»Müssen die derart oft Bergwachtdienst leisten?«, wunderte sich Fanni.

»Nein«, lächelte Sprudel, »Dienst tun sie eher selten. Sie kommen am liebsten privat, da macht eine Halbe mehr oder weniger nichts aus.«

Fanni nickte, sie kannte den Typ. Im Bayerwald nennt man ihn Bierdimpfel, überlegte sie. Es gibt ihn in jedem Dorfwirtshaus. Er sitzt am Stammtisch vor seinem Bier, und je weiter sich dessen Pegel senkt, desto lauter gibt der Bierdimpfel seine Meinung zum Besten, die selten auf seinem eigenen Mist gewachsen ist und die er in knappe Imperativsätze kleidet wie: »Weg mit den

Asylanten!« Ein waschechter Bierdimpfel fügt dann noch an: »Wenn's nach mir ging, wär keiner von denen mehr da, das garantier ich euch.«

Sprudel hatte eine Weile geschwiegen, weil er sich auf eine schlüpfrige Wegpassage konzentrieren musste, die ihn ein paar Minuten zuvor beinahe das Gleichgewicht gekostet hätte. Nebel war aufgezogen, und die Feuchtigkeit machte die Steine glatt und tückisch. Nun sagte er:

»Eigentlich muss man auch Max den Wirt zu den Stammtischbrüdern rechnen.« Er schmunzelte. »Max bringt jeden Tag mit Abstand die größte Zeche zusammen, hat Heide gestern gewitzelt.« Dann wurde er wieder ernst. »Ich fürchte allerdings, Max trinkt, um die Schmerzen in seinen Beinen zu betäuben.«

»Eine wenig empfehlenswerte Therapie«, warf Fanni ein. »Was ist denn mit seinen Beinen?«

»Max scheint an einer Arthrose der Kniegelenke zu leiden«, antwortete Sprudel. »Das jedenfalls habe ich mir aus Rudis Bemerkungen zusammengereimt. ›Eine Halbe für mich, Heide, und für den Max zwei neue Knie‹, und so weiter.«

Fanni zog eine Grimasse, Hans Rot hätte sich mit Bergwacht-Rudi gut verstanden.

»Am Hüttenstammtisch gibt es neun Sitzplätze«, fuhr Sprudel mit seiner Schilderung der Stammtischrunde fort. »Der Doc, Rudi, Sepp, Max und Docs Frau – wenn sie dabei ist – sitzen immer auf ihren gewohnten Stühlen. Die restlichen vier Plätze auf der Bank und einem weiteren Stuhl werden ganz unterschiedlich belegt: Nationalparkranger kommen und gehen, manchmal taucht ein Zollbeamter auf, Verwandte vom Wirt schneien herein. Wer für würdig befunden wird, darf an den Stammtisch. Ich durfte mich gestern auch dort niederlassen.«

»Gratuliere«, feixte Fanni.

Sie brachten das Teufelsloch hinter sich und strebten auf Waldhäuser zu.

»Kam gestern auch der Streit zwischen Annabel und Severin noch mal zur Sprache?«, fragte Fanni, als sie auf die geteerte Straße einbogen.

»Am Rande«, erwiderte Sprudel. »Heide hat erzählt, Annabel hätte ihr am Sonntagmorgen beim Serviettenfalten zugeflüstert, sie wäre fertig mit Severin Ruckerbauer, weil er ein Schwein sei. Ein perverses, widerwärtiges Schwein.«

»Ja, aber …«, stotterte Fanni.

Sprudel winkte ab. »Willst du die Meinung von Rudi und Sepp dazu hören?«

Fanni nickte.

»Ich zitiere«, begann Sprudel. »Dass sie immer gleich so übertreiben müssen, die Weiber. Was kann er denn schon gemacht haben, der Severin? Der Heide in den Ausschnitt gelinst? Dafür ist der ja da, gell, Heide.«

Fanni seufzte. »Ich fürchte, Sprudel, je mehr man dem Gerede der Leute zuhört, desto mehr Widersprüche und Ungereimtheiten ergeben sich. Bis eben dachte ich, Severin hätte aus Eifersucht mit Annabel gestritten und ihr Vorwürfe gemacht. Jetzt aber klingt es plötzlich so, als sei alles irgendwie umgekehrt gewesen.«

Sprudel legte ihr die Hand auf den Arm. »Genau das ist die Herausforderung für den Ermittler. An ihm liegt es, die Wahrheit dazwischen herauszufinden.«

Sie bogen um die Kurve, hinter der Sprudels Wagen geparkt war.

»Vielleicht«, sagte Fanni, »ist Annabels Tod durch Severins Aussage mittlerweile aufgeklärt. Warum sollte die Lösung nicht mal ganz einfach sein?«

Wegen Murphy!

Murphy?

Edward Murphy! Wie lautet sein Gesetz noch: Alles, was schieflaufen kann, läuft schief – oder so ähnlich.

»Vielleicht hat Severin inzwischen zugegeben, dass es am Sonntagmittag einen fürchterlichen Streit zwischen ihm und Annabel gab«, fuhr Fanni fort. »Einen Streit, der in Handgreiflichkeiten ausartete und bei dem Annabel so unglücklich fiel, dass …«

Sie hielt inne. »Wie kam der Gerichtsmediziner eigentlich zu der Gewissheit, dass Annabel auf eine Weise an den Stein gestoßen wurde, die ihr das Genick brach?«

»Aufgrund der Spurenlage«, antwortete Sprudel. »Hämatome an den Oberarmen, wo sie der Täter gepackt hatte, Blutspuren auf dem Stein, die Wunde am Hals, die zu der Felskante passte, und noch ein gutes Dutzend winzige, ganz spezielle medizinische Details, die ich dir nicht aufzählen kann. Dazu hätte ich den Autopsiebericht auswendig lernen müssen.«

Fanni brütete eine Weile vor sich hin. Plötzlich fragte sie: »Und bei Irina Svetla hat die Spurenlage einen Unfall dargestellt?«

»Die nicht vorhandene Spurenlage«, entgegnete Sprudel. »Blut und Gewebespuren hatte der Höllbach bereits weggewaschen. Abwehrverletzungen fehlten bei Irina, sodass ein Kampf auszuschließen ist. Abschürfungen und Schrammen an der Leiche stammen von den Steinen und Ästen im Höllbach, sagt der Autopsiebericht; und er sagt auch, dass der Schlag gegen den Kopf, der Irina bewusstlos machte, von einem Sturz herrührt, nicht von einer Waffe. Bitte, Fanni, frag mich jetzt nicht, wie der Gerichtsmediziner das unterscheiden kann.«

Sprudel schloss die Wagentür auf.

Fanni warf einen Blick zurück auf die Lusenhänge und sah, dass sie schon in der Dämmerung lagen. Plötzlich schnappte sie nach Luft.

»Sprudel, gestern um acht Uhr abends muss es ja schon stockfinster gewesen sein. Wie …«

»Der erfahrene Bergwanderer führt stets eine funktionsbereite Stirnlampe mit sich«, grinste er.

»Du bist«, japste Fanni, »im Finstern mutterseelenallein im Schein eines Funzellämpchens eineinhalb Stunden lang über Stock und Stein von der Schutzhütte ins Tal abgestiegen? Was, wenn du gestürzt wärst, dich verlaufen hättest?«

»Ich besitze eine sehr hochwertige Stirnlampe«, verteidigte sich Sprudel. »Und ich war nicht allein. Wir sind zu viert gewesen, Doc Haller, Rudi, Sepp und ich. Die drei kennen den Wald wie ihre Westentasche. Sie steigen oft nachts vom Falkenstein ab. Rudi und Sepp, weil sie an Werktagen morgens zur Arbeit müssen, der Doc, weil er seine Frau nachts nicht allein lassen will.«

Sprudel parkte vor dem Zwiesler Gymnasium neben Fannis Auto. Fanni gab ihm einen Kuss auf die Nase, stieg aus und öffnete die Fahrertür ihres eigenen Wagens.

Es war spät geworden. Ihr Mann würde längst zu Hause sein. Was sollte sie ihm sagen? Dass sie im Wald beim Pilzesammeln gewesen war? Hans Rot würde sich kaputtlachen, er würde sie tagelang damit aufziehen – aber er würde ihr glauben.

Bevor sie ihn anflunkerte, überlegte Fanni, musste sie allerdings herauskriegen, ob er bereits mit Leni gesprochen hatte. Leni würde natürlich nichts von Sprudel verraten haben, aber Fanni musste wissen, was sie Hans Rot statt der Wahrheit aufgetischt hatte.

Als Fanni zu Hause ankam, sagte Leni, er sei nur ganz kurz daheim erschienen, habe »Vereinsabend vom Kegelclub mit Ripperlessen« gerufen und sei wieder davongedüst.

Fanni atmete auf.

Sie nahm Plastikbox und Thermoskanne aus dem Rucksack, brachte beides in die Küche und sagte zu Leni: »Was weißt du über Syphilis?«

»Hat dich Sprudel damit angesteckt?«, fragte Leni feixend.

»Gör, Frechdachs, Satansbraten«, schimpfte Fanni. »Die Tote vom Höllbachgspreng hatte Lues, und mich würde interessieren, wie sie dazu kommen konnte.«

»Na wie wohl?«, sagte Leni trocken.

Fanni stach mit dem Zeigefinger in Lenis Backe. »Du weißt genau, was ich meine!«

»Okay, okay«, ergab sich Leni. Sie öffnete die Kühlschranktür, starrte eine halbe Minute lang hinein und machte sie dann wieder zu.

»Ich dachte, das Mädchen hatte Polio«, sagte sie plötzlich.

»Wer?«, fragte Fanni zerstreut.

»Na, die Tote vom Falkenstein«, erwiderte Leni.

Fanni griff sich an die Stirn. »Ach, das weißt du ja noch gar nicht. Es gibt eine zweite Tote. Sie heißt Irina Svetla, bediente den Sommer über in der Waldhausalm, ist vor ein paar Tagen im Höllbach ertrunken und hatte Syphilis.«

»Irina Svetla«, wiederholte Leni, »Irina Svetla. Den Namen habe ich doch neulich erst gehört.«

»Wann? Wo?«, rief Fanni.

Leni legte die Stirn in Falten. Nach einer Weile sagte sie:

»Kleiner Deal, Mama, du kochst jetzt Nudeln, machst eine leckere Soße dazu, und ich sehe inzwischen nach, was ich über den Lues-Erreger finde. Ich bin nämlich bloß Leni Rot und nicht Wikipedia. Und vielleicht fällt mir inzwischen auch wieder ein, woher ich den Namen Irina Svetla kenne.«

Sie hüpfte davon.

Fanni setzte eiligst Wasser auf.

Eine halbe Stunde später sagte Leni, während sie sich Krawattini auf den Teller häufte:

»Jonas hat den Namen Irina Svetla erwähnt.«

»Jonas Böckl?«, staunte Fanni.

Leni nickte. »Wie gesagt, Jonas ist ein Schürzenjäger. Besonders in Tschechien hat er etliche Eisen im Feuer. Er verbringt ja schier jedes Wochenende dort. Beim Jagen ...«

Leni schwieg und kaute Nudeln. Nachdem sie geschluckt hatte, sagte sie:

»Das Mädchen soll ertrunken sein?«

»Ein Unfall, heißt es«, berichtete Fanni und fügte hinzu: »Was hat denn Jonas von Irina erzählt?«

»Mir ist so«, antwortete Leni nachdenklich, »als hätte er verlauten lassen, dass er bei Irina nicht landen konnte.«

»Das passt zu dem, was Irinas Bekannte von der Waldhausalm bei der Polizei ausgesagt haben. Irina soll gelebt haben wie eine Nonne«, erklärte Fanni.

Leni lachte. »Also absolut nichts für Jonas.« Dann wurde sie ernst. »Wie kann man denn im Höllbach ertrinken?«

»Laut Autopsiebericht ist sie einfach hineingestürzt«, antwortete Fanni.

Leni sah von ihrem Teller auf und blickte Fanni an. »Von wo?«

Fanni blickte zurück.

»Du glaubst also nicht an einen Unfall?«, fragte Leni.

»Ich will den Autopsiebericht nicht anzweifeln«, erwiderte Fanni. »Aber ich sehe es doch ganz genau: Dir ist auch gleich der Gedanke gekommen, dass man vom Wanderweg nicht einfach in den Bach fallen kann. Irina muss also ein Stück hineingewatet und dann gestürzt sein. Aber warum nur?«

Leni dachte eine Zeit lang darüber nach. Dann sagte sie: »Irgendjemand hat sie gejagt.«

»Hat sie mitten in den Höllbach gejagt«, bekräftigte Fanni.

»Was meint denn Sprudel dazu?«, fragte Leni.

»Er akzeptiert bisher die schlichte Unfalltheorie«, antwortete Fanni. »Und bevor ich die Stelle, an der Irina ertrunken ist, nicht selbst gesehen habe, will ich ihm nicht mit Spekulationen kommen. Sprudel hat schon genug damit zu tun, seinen Freund Hofer im Fall Annabel zu unterstützen.«

Leni nahm sich eine zweite Portion Nudeln.

Und jetzt würdest du gern wissen, Fanni Rot, was Leni mit Jonas Böckl über dessen Liebschaften zu reden hat!

Sie wird es mir schon noch erzählen.

Und inzwischen machst du dir Sorgen, dass Jonas deine Leni in seine Jagdtrophäen einreihen könnte. Jonas, der Schürzenjäger, hat er möglicherweise Irina Svetla ...?

Ich vertraue Leni.

Es war so etwas wie ein Spiel zwischen Fanni und ihrer ältesten Tochter. Ein Verlässlichkeitsspiel. Leni gab manchmal nur Bruchstücke aus ihrem Leben preis und setzte auf Fannis Vertrauen. Und Fanni hatte sie noch nie enttäuscht. Das und der liebevoll-spöttische Ton, in dem sie gern miteinander umgingen, hatte sie zu Freundinnen gemacht – zu wirklichen Freundinnen.

Aber manchmal treibt es Leni ein wenig zu weit!

»Was weißt du denn nun über Syphilis, Miss Wikipedia?«, fragte Fanni und fügte hinzu: »Herauszukriegen, wie die keusche Irina zu dieser Infektion kam, könnte etwas Licht in die Sache bringen.«

»Der Erreger ist ein Bakterium«, begann Leni, »durch Penicillin leicht auszuschalten, seit der Grenzöffnung nach Osten allerdings wieder im Vormarsch begriffen ...« Sie unterbrach sich, weil Hans Rot hereinkam.

»Plauderstündchen bei Pasta asciutta?«, fragte er und fuhr ohne Atem zu holen fort: »Fannilein, du hast ja meine Tasche noch gar nicht gepackt.«

Fanni glotzte ihn verständnislos an.

»Hast du es etwa vergessen?«, fragte Hans Rot vorwurfsvoll.

Fanni glotzte noch immer, und deshalb sprach er weiter: »Was für ein Wochenende steht denn bevor, hm?«

Fanni regte sich nicht.

»Das letzte Septemberwochenende, Fannilein. Und was mache ich da jedes Jahr?«

In Fanni kam Leben.

»Sehr richtig«, lobte ihr Mann. »An diesem Wochenende findet seit 1983 der Herbstausflug der Kegelbrüder statt – ohne Schwestern«, fügte er grinsend hinzu.

Fanni sprang auf. Ihr Mann würde für zweieinhalb Tage verreisen, und sie hatte gar nicht daran gedacht. Sie raste ins Schlafzimmer. Für ein Wochenende mit Sprudel hätte sie sämtlichen Kegelbrüdern im Landkreis die Reisetaschen gepackt.

5

»Ich komme«, sagte Fanni am Freitagmittag in den Telefonhörer. »Ja, wir können zur Falkensteiner Schutzhütte wandern.«

Sie horchte einen Moment und antwortete dann: »Ich kann mir denken, dass freitags am Stammtisch in der Hütte erst gegen Abend richtig was los ist. Das macht nichts.«

Sie wedelte ungeduldig mit der Hand, weil Sprudel so lang redete, und schnitt ihm dann plötzlich das Wort ab: »Der Hüttenwirt bietet doch Schlaflager an. Wir bleiben über Nacht.«

Als sie auflegte, stand Leni neben ihr.

»Ha«, rief sie, »Rabenmutter, setzt sich auf den Falkenstein ab und lässt ihr Kind im Stich.«

Fanni bot ihr an, eine Tagesmutter für sie ausfindig zu machen.

»Deine Einsicht kommt zu spät«, klagte Leni. »Ich fahre übers Wochenende ins Labor zu meinen Mikroorganismen. Die mögen mich wenigstens.«

Sie umarmte ihre Mutter. »Ich muss ein paar Versuche abschließen. Sonntag bin ich wieder da.«

»Wir wandern durchs Höllbachgspreng hinauf«, bestimmte Fanni, nachdem sie vor dem Zwiesler Gymnasium in Sprudels Leihwagen umgestiegen war. »Kennst du die Fundstelle?«

Sprudel nickte. »Hofer hat sie mir gezeigt.«

Er bog in die Straße ein, die nach Eisenstein führte, und grinste zufrieden vor sich hin, denn Fanni hatte ihm soeben gesagt, dass sie bis Sonntag freihabe – durchgehend.

Gemächlich steuerte er durch Ludwigsthal und ließ eine Gruppe von Fußgängern passieren, die aus der Glasbläserei kamen. Wenig später setzte er den Blinker und bog rechts auf das Sträßchen nach Zwiesler Waldhaus ein. Im Ort stellte er den Wagen auf dem ausgewiesenen Wanderparkplatz ab.

Zu Fuß folgten Fanni und Sprudel der stilisierten Ameise, die einen der Wege auf den Falkenstein markierte.

»Ich hatte heute Vormittag Gelegenheit, Severins Vernehmungsprotokoll zu lesen«, sagte Sprudel.

Fanni sah ihn gespannt an.

»Severin kann für die Tatzeit mit einem Alibi aufwarten.«

»Aber damit ist er ja aus dem Schneider!«, rief Fanni.

»Nicht ganz«, entgegnete Sprudel, »das Alibi zeigt so seine Tücken.«

Und dann begann er zu erklären: »Severin behauptet, er sei am Sonntag gegen halb elf wieder in seinen Wagen gestiegen, die Forststraße Richtung Zwiesler Waldhaus hinuntergefahren und von dort gleich weiter nach Ludwigsthal, wo er bei seinen Eltern wohnt. Zu Hause angekommen, habe er sofort seinen Computer eingeschaltet, und sich bei World of Warcraft als Magier Azrael eingeloggt.«

Fanni kannte World of Warcraft. Bei Lenis Zwillingsbruder Leo flimmerten die Krieger, Druiden und Piraten dieser virtuellen Welt ständig über den Computerbildschirm. Einunddreißig Jahre alt, mit zwei Universitätsdiplomen in der Tasche, war Leo süchtig nach World of Warcraft. Er verwirklichte sich in der Rolle des Druiden Orahwak.

»Da könnte Severin aber ein schlechteres Alibi haben«, meinte Fanni. »Es lässt sich doch bestimmt nachweisen, wann er bei dem Spiel eingeloggt war.«

»Sicher«, gab ihr Sprudel recht. »Aber wer sagt denn, dass am Sonntagmittag nicht ein anderer Severins Rolle als Azrael übernommen hat.«

Fanni schnaubte, und Sprudel unterdrückte ein Schmunzeln. »Erstens«, erklärte Fanni, »kann nicht jeder Beliebige als Severins Azrael in World of Warcraft auftreten. Den Mitspielern würde es auffallen, wenn die Figur plötzlich langsamer oder ungeschickter agieren würde als sonst. Die Krieger, Druiden, Magier und Priester einer Spielergruppierung kennen sich nämlich untereinander besser, als du den Inhalt deiner Besteckschublade kennst.«

Sprudel grinste und sagte: »Zweitens?«

»Wie zweitens? Ach, zweitens. Zweitens würde es bedeuten, dass Severin von langer Hand geplant hat, seine Freundin am Sonntagmittag auf dem Falkensteingipfel zu erschlagen. Glaubst du das wirklich? Meinst du nicht, er hätte sich dafür ein abgelegeneres Plätzchen ausgesucht und einen günstigeren Zeitpunkt? Die Gefahr, gesehen zu werden, war doch enorm.«

Sprudel nickte. »Nein, ich glaube es nicht. Aber Severin ist bis jetzt der einzige Verdächtige zwischen Arber und Rachel. Die So-Ko nimmt deshalb sein Alibi ganz genau unter die Lupe.«

»Sicher mit Recht«, gab Fanni zu. »Aber gerade, weil dieses Alibi so seine Schwachstellen hat, klingt es für mich überzeugend. Und deshalb würde ich es für eine gute Idee halten, die Angelschnur nach anderen Verdächtigen auszuwerfen.«

»Und wo?«, fragte Sprudel. »In der Glasfachschule? In Ludwigsthal? Am Finkenschlag in Zwiesel, wo Annabel wohnte?«

»In der Schutzhütte am Falkenstein«, schlug Fanni vor, »am Stammtisch, dort wo all diejenigen sitzen, mit denen Annabel ihre Wochenenden geteilt hat.«

Sprudel seufzte. »Dann fangen wir halt da an.«

»Gut«, sagte Fanni zufrieden. Plötzlich blieb sie stehen. »Seltsam«, murmelte sie.

Sprudel wartete.

»Neulich habe ich einen Abend in Gesellschaft einiger Eisensteiner Schützen verbracht«, erzählte Fanni. »Ein paar von ihnen schienen Severin recht gut zu kennen.«

Hörbar fiel bei Sprudel ein fehlendes Puzzleteil an seinen Platz. Daher kamen also die Informationen über Annabel und ihren Freund, die Fanni letzthin aus dem Hut gezaubert hatte.

»Einer der Schützen erwähnte«, sprach Fanni indessen weiter, »Severin habe ihm erzählt, dass er am Computer Geld verdienen würde.« Sie runzelte die Stirn. »Mit World of Warcraft spielen?«

Sprudel nahm Fanni an der Hand und setzte den Weg fort. »Ein Spezialist der Kripo ist bereits dabei, Severins Dateien zu durchforsten. Er wird die Antwort darauf finden.«

An der Höllbachschwelle schnaufte Sprudel »Trinkpause«, wand sich aus den Rucksackträgern und angelte nach der Wasserflasche.

»Ich wusste gar nicht«, meinte er, »dass hier ein ausgewachsener See liegt.«

Fanni nickte. »Die Schwelle«, sagte sie. Und weil Sprudel so verwirrt dreinschaute, fuhr sie fort: »Um 1860 herum haben die Waldbauern hier eine Steinmauer gebaut, um den Höllbach aufzustauen. Wir stehen darauf.«

Sprudel sah seine Füße an. Sie befanden sich auf dem Weg, der am Ufer des Sees entlangführte. Sprudel drehte sich um, querte den Weg, und jetzt sah er den Abbruch. Eine Wand aus Felsgestein wuchs aus einem Bachbett, in dem aber nur das kleine Rinnsal floss, das die Schwelle ausspuckte.

»Die Höllbachschwelle«, trug Fanni vor, »gehörte zu einem Triftsystem für Baumstämme, die an den Hängen von Falkenstein und Arber geschlagen wurden. Hier am Falkenstein kamen die Stämme mit dem Höllbach herunter, sammelten sich in diesem Stausee und flutschten, sobald die Schwelle geöffnet wurde, weiter und weiter bis in den Großen Regen. Die Bloche vom Arber dagegen schwammen im Schmalzbach herunter und sammelten sich in der Schmalzbachschwelle, die man heutzutage als Schwellhäusl kennt und die tagaus, tagein von Touristen überrannt wird. Das Flüsschen Deffernik spülte die Arberbloche in den Regen.«

»Du bist ja ein Ass in Heimatkunde«, staunte Sprudel.

Fanni winkte ab und deutete auf eine Informationstafel am Wegrand.

Ich bin eine Niete in Heimatkunde, dachte sie. Wenn mir der Text auf dieser Tafel nicht ins Auge gefallen wäre, würde ich die Höllbachschwelle noch immer für den geschmolzenen Rest eines eiszeitlichen Gletschers halten.

Objektiv betrachtet war Fanni weder ein Ass noch eine Niete. Sie wusste über dies und das Bescheid, weil sie eine Menge Zeit mit Lesen verbrachte – vertat, wie ihr Mann sagte.

Sprudel schulterte seinen Rucksack wieder und folgte dem Weg auf der Mauerkrone, der nach wenigen Schritten in einen natürlichen Pfad längs des Ufers überging. Fanni blickte zur Höllbachhütte am Waldrand hinüber.

»Die Trifter haben das Häuschen gebaut«, sagte sie zu Sprudel. »Sie konnten schließlich nicht jeden Morgen von Ludwigsthal oder gar von Zwiesel hierherlaufen. Nachdem die Holztrift aus der Mode gekommen war, hat man es bis gut in die Sechziger als Jagdhütte benutzt. Dann begann die Hütte zu verfallen, weil inzwischen die Wälder kreuz und quer mit Forstwegen durchzogen waren, die man mit ganz normalen Autos befahren konnte. Kein Jäger, kein Förster, kein Holzfäller musste mehr die Nacht im Wald verbringen.«

»Sieht aber gar nicht verfallen aus«, warf Sprudel ein.

»Der Waldverein hat die Hütte vom Staatsforst gepachtet und

renoviert«, antwortete Fanni. »Seitdem sind die Übernachtungszahlen wieder gestiegen, weil die Unterkunft am Hauptwanderweg Ostsee – Wachau – Adria liegt.«

Sie ließen die Hütte rechts liegen und bogen in den Wanderweg ein, der am Höllbach entlang felsig und steil bergan führte. Nach einer halben Stunde erreichten sie die Stelle, an der der Weg den Höllbach querte. Ein paar Steintritte erleichterten den Übergang. Mitten im Bach blieb Sprudel stehen und zeigte flussabwärts.

»Siehst du den Baumstamm, der dort quer über den Felsen liegt?«, sagte er zu Fanni. »In dem Teich, der sich zwischen den zwei großen Steinen davor gebildet hat, ist Irina Svetla ertrunken, nachdem sie mit der Schläfe auf einem der Steine aufgeschlagen war.«

Fanni starrte die Stelle an. »Warum, in Gottes Namen«, fragte sie, »hätte sie da unten den Bach überqueren sollen? Schau doch, Sprudel, die Ufer fallen steil ab, sind schlüpfrig und mit allem möglichen Zeug bewachsen. Schon der Abstieg bis zum Bachbett sieht gelinde gesagt unwegsam aus, und eine Querung scheint mir hier ganz unmöglich. Der Baumstamm da riegelt das flachere Terrain ab, und dahinter rauscht das Wasser wie verrückt zu Tal. Hier quert niemand, der noch alle fünf Sinne beieinander hat.«

Sprudel schaute und nickte, und dann sagte er: »Der Nationalparkranger, der mich hierhergeführt hat, meint, dass Irina vielleicht aus lauter Übermut auf dem Baumstamm über den Bach balancieren wollte und dabei abgerutscht ist.«

Fanni schüttelte den Kopf. »Niemals! Sieh dir den Stamm doch an. Kein bisschen Rinde mehr dran. Das Holz hat sich mit Feuchtigkeit vollgesogen. Schon beim ersten Schritt müsste Irina ausgerutscht sein und gemerkt haben, dass sie über den Baumstamm nie ans andere Ufer kommt.«

Sprudel stimmte ihr zu, meinte aber: »Du hast ja recht, Fanni. Das Fatale ist nur, es gibt nicht den geringsten Hinweis auf Fremdverschulden.«

»Und auf der Uferböschung hat die Kripo nur Irinas Fußspuren gefunden, die ins Wasser führen?«, fragte Fanni.

»Der Ranger, der Irinas Leiche entdeckt hat«, antwortete Sprudel, »hat die Kripo zu einer glitschigen, zertrampelten Rinne geführt, die er als Abstieg zum Bach benutzte und die er sich dann wieder hinaufgearbeitet hat. In dieser Rinne wird wohl auch Irina hinuntergeschlittert sein. Aber leider hat der Ranger einen Tag später ihre Fußstapfen eingeebnet.«

»Also gibt es keine einzige Spur, die der Unfalltheorie widersprechen könnte.« Fanni starrte mürrisch ins gurgelnde Nass des Höllbachs.

»Trotzdem«, soufflierte Sprudel.

Fannis Mundwinkel hoben sich zu einem Lächeln. »Trotzdem«, wiederholte sie betont und fuhr nach einer kleinen Pause fort: »Die Fakten sprechen ganz klar für einen Unfall. Durch welche Dummheit auch immer, Irina hat ihren Tod selbst verschuldet, und damit schließen wir ihre Akte – zu Recht und mit gutem Gewissen. Und warum komme ich mir trotzdem an der Nase herumgeführt vor?«

Sprudel seufzte und machte einen großen Schritt zum nächsten Trittstein, um endlich ans andere Ufer zu gelangen. Vom letzten Stein unter der Uferböschung rutschte er ab und platschte mit dem Schuh ins Wasser. Fanni hörte ein leises Schmatzen, als er den Fuß wieder herauszog.

Irina muss gewusst haben, dachte sie, dass der Baumstamm nicht den geringsten Halt bietet. Schließlich ist sie in Bergreichenstein aufgewachsen. Und dieser Ort liegt direkt am Sumava, dem tschechischen Nationalpark, der den bayerischen fortsetzt. Irina hatte ihre Arbeitsstelle mitten im Kerngebiet der geschützten Naturparkzone. Sie kannte die Tücken von Bergbächen, von Waldpfaden und von Felsgestein. Was hat sie in den Höllbach getrieben? *Jonas Böckl, der Schürzenjäger? Er war doch hinter Irina her!* Aber wohl kaum, um sie zu erlegen.

Fanni stiefelte Sprudel nach, der nun, voll auf seinen Weg konzentriert, jeden Schritt bedachtsam setzte. Auch Fanni musste bei jedem Tritt acht geben. Der schlüpfrige Pfad führte unter einer Felswand entlang, die schwefelgelb und moosgrün gefleckt auf sie herunterblickte.

Es liegt an der Feuchtigkeit, dachte Fanni. Vom Bach wehen ständig wassergetränkte Luftschwaden herüber. Felswände und Bäume lassen keinen einzigen Sonnenstrahl durch, sodass kein bisschen von der Nässe verdampfen kann. Es muss wohl eine Art Schimmelpilz sein, der hier alles mit seinem Schleim überzieht.

Fanni spürte ein Frösteln, obwohl der Tag schön war und warm für September. Plötzlich überkam sie eine Ahnung davon, was ein Mensch empfinden musste, der bei Nebel oder Regen diese Klamm passierte. Furcht, überlegte sie und begann, sich die Szene auszumalen:

Wenn ich, sinnierte Fanni, ganz allein bei trübem, nasskaltem Wetter, womöglich auch noch in der Dämmerung, hier durchmüsste, dann wär mir bange. Wie leicht könnte ich von einem der Trittsteine abrutschen, mir das Bein brechen, und niemand würde mich finden. Ich müsste die ganze Nacht hier liegen, vielleicht auch noch den folgenden Tag über und die nächste Nacht, wenn das Wetter schlecht bliebe und kein Wanderer die Route durchs Höllbachgspreng nehmen wollte. Darüber hinaus, sagte sich Fanni, wäre mir auch aus ganz irrationalen Gründen bange. Denn das hier ist ein Ort, an dem man sich vor Geistern, Dämonen und allen möglichen Unwesen fürchten kann. Orks kamen Fanni in den Sinn, Vampire, menschenfressende Bäume, bestialische Riesenkäfer.

Sie schüttelte die Phantasien ab und fragte sich nachdenklich, ob Irina Svetla Angst gehabt hatte. Das Mädchen, überlegte Fanni, war mit den Wegen und Stegen vertraut, sie kannte sich aus, und sie lebte vermutlich in einer viel innigeren Beziehung zur Natur, als ich es tue. Irina hatte wahrscheinlich keine Angst – außer, ja, außer irgendetwas hat sie furchtbar erschreckt. Wenn Irina in Panik geraten wäre, könnte es dann sein, dass sie kopflos vom Wanderpfad weg und in die Wildnis gerannt wäre? Was konnte sie so erschrecken?

Eine Treibjagd auf Hasen, angeführt von Jonas Böckl?

Fanni zuckte zusammen. Hatte sich ein Teil ihrer Gedanken bereits mit Hans-Rot- und Bergwacht-Rudi-Sprüchen infiziert?

Sie bogen um die äußerste Kante der Felswand, und fast sofort wirkte das Terrain trockener. Jetzt stieg der Weg steil bergan. Trittsteine bildeten eine gewundene Treppe. Heftiges Atmen blies die Grübeleien über Irina Svetlas Tod aus Fannis Kopf.

Gut zwanzig Minuten später erreichten sie den Bergrücken, der sie im Verlauf der nächsten Stunde zum Gipfel des Falkenstein führen sollte. Der Wanderweg verbreitete sich und verlief nur noch sanft aufwärts. Sprudel blieb stehen, um durchzuatmen.

Als er weiterging, hielt sich Fanni an seiner Seite. »Ein Nationalparkranger hat Irina Svetla im Höllbach entdeckt, sagtest du?«

Sprudel nickte. »Auf dem Nachhauseweg quasi. Es war reiner Zufall, dass der Ranger übers Höllbachgspreng abstieg. Er wollte eigentlich den Weg über die Steinbachfälle nehmen, der ja viel kürzer ist. Aber einer der Gäste in der Falkenstein-Schutzhütte hatte am Sonntag beim Aufstieg seine Kamera nach einer Rast am Höllbach vergessen. Der Ranger versprach, danach zu suchen, und nahm deshalb diese Route. Jener Hüttengast gehörte übrigens zu einer Gruppe aus Passau, die auf dem Falkenstein Geburtstag gefeiert hat und einige Nächte dageblieben ist. Der Ranger sagt, er hätte Irina nur entdeckt, weil er in der Nähe der Stelle, an der sie lag, nach der Kamera Ausschau hielt.«

»Hat er sie denn gefunden?«, fragte Fanni.

»Davon rede ich doch die ganze Zeit«, antwortete Sprudel konsterniert.

»Ich meine die Kamera«, sagte Fanni.

Sprudel musste lachen, wurde aber schnell wieder ernst. »Komisch«, meinte er. »Die Kamera ist nicht aufgetaucht. Niemand hat sich mehr darum gekümmert.«

»Orks und Riesenkäfer klauen keine Kameras«, murmelte Fanni. Sprudel hörte es nicht, weil welke Buchenblätter unter seinen Füßen raschelten.

»Wann genau hat der Ranger Irina gefunden?«, fragte Fanni.

»Am Montag gegen achtzehn Uhr«, antwortete Sprudel. »Ertrunken ist sie bereits am Sonntagabend, sagt die Gerichtsmedizin.«

»Dann ist wohl den ganzen Montag über niemand hier vorbeigekommen«, folgerte Fanni.

»Vom Weg aus«, klärte sie Sprudel auf, »war Irina nicht zu sehen. Wer weiß, wann sie entdeckt worden wäre, hätte der Nationalparkranger nicht nach dieser Kamera gesucht.«

»Wieso hat sich der Gast nicht selbst um den Verbleib seiner Kamera gekümmert?«, fragte Fanni. »Er hätte doch tagsüber Zeit gehabt.«

Sprudel schüttelte den Kopf. »Er hat sie bis Montag spätnachmittags nicht vermisst. Und der Ranger hat sich nur deshalb bereit erklärt, sich danach umzusehen, weil er mitten in den Aufruhr um die fehlende Kamera geraten ist. Der Gast wollte vor der Schutz-hütte ein Gruppenfoto mit Max und Heide aufnehmen, lief in die Schlafkammer, um seinen Fotoapparat zu holen, und fand ihn nicht.«

Fanni fragte sich, ob die Hüttengäste aus Passau zu den Todes-fällen vernommen worden waren, und wollte sich eben danach er-kundigen, als Sprudel sagte:

»Der Nationalparkranger hat mir erzählt, dass er trotz sorgfäl-tigen Spähens Irina vermutlich nicht entdeckt hätte, wenn seine Aufmerksamkeit nicht auf einen blauen Schultergurt gerichtet ge-wesen wäre, an dem die Kamera angeblich befestigt war. Er nahm an, der Gurt müsse sichtbar vom grünbraunen Erdboden abste-chen. Und wirklich hat er einen blauen Fleck bemerkt. Es war aber Irinas Jacke.«

Fanni und Sprudel waren bei der Falkenstein-Schutzhütte ange-kommen. Sie kratzten auf dem Rost vor dem Eingang Erdklumpen und festgebackene Blätter von ihren Wanderschuhen, nahmen die Rucksäcke ab und traten ein.

»Sapperlot, der Kriminaler«, grölte ihnen Bergwacht-Rudi vom Stammtisch aus entgegen. »Verstärkung hat er auch mitbracht, und was für eine fesche. Da schaust, Krautdoktor, gell«, wandte er sich an seinen Nachbarn.

Doc Haller sprang auf wie ein Gummiball, als Sprudel Fanni vor-stellte, reichte ihr galant die Hand und rückte einen Stuhl für sie zurecht.

Fanni sah blinzelnde wässrig-blaue Augen und ein Netz von winzigen roten Äderchen, das beide Wangen überzog.

Doc Haller setzte sich neben sie und tätschelte ihren Arm. »Ein beschwerlicher Anstieg, herauf zu uns Waldschrate auf dem Fal-kenstein«, sagte er, »der macht ganz schön durstig.«

Im selben Moment trat Heide an den Tisch. »Und, was magst trinken?«, fragte sie Fanni.

»Zuerst gibt's einen Schnaps, und der geht aufs Haus«, rief Max der Wirt, bevor Fanni den Mund aufbrachte.

»So gehört sich das«, lobte Bergwacht-Sepp.

Die anderen Stammtischbrüder nickten beipflichtend.

Sämtliche Stühle um den Stammtisch herum waren nun besetzt.

Vis-à-vis von Fanni, Sprudel und dem Kräuterdoktor saß eingeklemmt zwischen Bergwacht-Rudi und Bergwacht-Sepp ein Nationalparkranger, die Stirnseite des Tisches teilten sich zwei Zollfahnder, Max der Wirt nahm die gesamte andere Stirnseite ein. Ab und zu, wenn alle Gäste in der Hütte versorgt waren, setzte sich Heide für ein paar Minuten neben ihn.

»Unser Krautdoktor hätt heut beinah einen Wolpertinger erwischt«, johlte Bergwacht-Rudi, nachdem er seinen Obstler gekippt hatte. »Und am vergangenen Sonntag hätten wir beinah einen überfahren, gell, Doc. Aber alles halt bloß *beinah*.«

»Weißt jetzt immer noch nicht, wie einer ausschaut?«, erkundigte sich der hakennasige Zollfahnder grinsend beim Doc.

Der lachte gutmütig, nahm seine Brille ab und blinzelte in die Runde. »Klar weiß ich das. Ein Wolpertinger sieht jede Minute anders aus. Ihr habt ihn vor Zeiten erfunden, und ständig erschafft ihr sein Erscheinungsbild neu.«

»So einfach ist das nicht«, widersprach ihm Max. »Da gibt's ganz strenge Grundregeln. Als Erstes musst du wissen, ob du es mit einem Feld-, Wald- und Wiesenwolpertinger, mit einem Fluss- oder Seewolpertinger, mit einem Flederwolpertinger oder mit einem Gebirgswolpertinger zu tun haben willst. Der Waldwolpertinger zum Beispiel braucht kräftige Hinterbeine und starke Hörndl, die er sein Leben lang nicht verlieren darf.«

»Hin und wieder sollen aber auch schon Mischkreaturen gesichtet worden sein«, warf Sepp ein. »Eulenartige mit Flossen, Hasenähnliche mit Flügeln.«

Fanni hörte nicht mehr richtig hin. Es war doch immer dasselbe, wenn man mit urwüchsigen Bayerwäldlern zusammenkam. Zuerst belehrten sie einen darüber, wo der Weißwurstäquator verlief, und dann tischten sie einem den Wolpertinger auf. Fanni war des Wolpertingergeschwätzes überdrüssig.

Im Bayerwald hatte man dieses Fabelwesen in den Zwanzigern des letzten Jahrhunderts erschaffen, damals, als die ersten Sommergäste hierherreisten. Und heutzutage gab es noch immer Bayerwäldler, die weder Zeit noch Mühe scheuten, ständig neue Wolpertinger zu erfinden. Rudi beschrieb soeben den Spratzlwurgler – Fanni hätte sich die Ohren zuhalten müssen, um seiner Stimme zu entgehen –, eine Art Hamster mit Federkleid und Rehbockgeweih.

Sepp übertrumpfte ihn mit dem Bolznschwanz, ein Feldhase mit einem Biberschwanz, einer Barschflosse auf dem Rücken und Widderhörnern auf dem Kopf.

»Allen Wolpertingern gemeinsam«, rief Doc Haller, »sind die Reißzähne, die ihnen aus dem Maul bis übers Kinn hinunterragen.«

Wenn sie sich auf Wolpertinger einschießen, dachte Fanni und löffelte die Suppe, die Sprudel für sie beide bestellt und die Heide soeben aufgetragen hatte, dann werden wir heute nichts mehr über Annabel und Irina erfahren. Und über das, was sich letzten Sonntag zugetragen hat, schon gar nicht.

Sie schossen sich ein.

Rudi kündigte dem Doc soeben an, dass er spätestens Ende Oktober einen Wolpertinger zu sehen und sogar zu kosten bekommen würde. Dem folgenden Hin und Her von Sticheleien und Anspielungen entnahm Fanni, dass Max alljährlich zum Saisonabschluss einen Wolpertingerbraten auf den Tisch brachte. Sie erfuhr sogar, wie er ihn zubereitete, und sagte sich wieder einmal, dass vielen Leuten für blanken Unfug kein Zeitopfer zu groß war.

Max brüstete sich damit, am letzten Tag der Hüttensaison bereits um fünf Uhr früh in der Küche zu stehen. Für den Wolpertingerbraten, erklärte er, löse er als Erstes von einer Wachtel die Knochen aus und brutzle den Vogel dann außen schön braun. Genauso verfahre er mit einer Taube, einem Huhn und einer Ente. Dann stecke er die Wachtel in die Taube, die Taube in das Huhn, das Huhn in die Ente und die Ente in eine Gans. Nun müsse die Gans samt Inhalt gut vier Stunden lang knusprig gebraten werden.

Fanni stöhnte vor Langeweile, was Bergwacht-Rudi prompt falsch interpretierte.

»Du musst dir heuer anschaun, wie der Max die Wolpertingergans auf den Tisch bringt«, keckerte er. »Der Max montiert ihr die Flügel wieder an und steckt ihr ein Geweih in den Hals. Sogar vier Klauenfüße bastelt er links und rechts hin.«

»Geh weiter, Heide«, rief der Wirt, »bring noch eine Runde Schnaps.«

Fanni konnte einen brauchen.

»Vielleicht«, sagte da Sprudel, »geht ja bei euch neuerdings ein Wolpertinger um, der junge Mädchen derart erschreckt, dass sie abstürzen und sich das Genick brechen.«

Prima, Sprudel, dachte Fanni, du hast es geschafft, das Gespräch in die gewünschte Richtung zu dirigieren. Oder hast du uns, fragte sie sich, soeben ganz unbewusst die Lösung präsentiert? Vielleicht hast du das, überlegte sie. Vielleicht sollten wir uns Annabels Mörder als Mischwesen vorstellen. Als Kreatur, die sich mit Attributen anderer Geschöpfe tarnt.

»Dazu braucht's keinen Wolpertinger«, rief Rudi. »Dazu haben wir die Mädchenhändler, die tschechischen Schlepper, die Luden.«

»Wen nun?«, fragte sich Fanni.

»Was redest du denn da?«, entgegnete Sepp. »Die Annabel und die Irina waren Hiesige samt Arbeitsplatz und Ausweispapier. Mit Hiesigen handeln die nicht.«

»Dann waren es halt die Schlepper«, insistierte Rudi. »Die Mädel sind ihnen auf eine Tour gekommen, da haben sie zugeschlagen.«

Nun meldete sich zum ersten Mal der zweite Zollfahnder zu Wort. Er trug eine Wollmütze, obwohl die Temperatur in der Hütte inzwischen bei gut fünfundzwanzig Grad lag.

»Schmarrn«, sagte er, »kein Schlepper führt heutzutage mehr seinen Trupp auf Schleichwegen über die grüne Grenze. Die transportieren ihre Kunden im Lkw geradewegs am Zollhaus vorbei ins Land, in Furth im Wald, in Eisenstein oder in Philippsreuth.«

»Ich glaub nicht, dass alle Schlepper so dreist vorgehen«, warf sein Kollege ein. »Ich denke mir, dass viele ihre Fracht vor der Grenze abladen, die Leute ein Stück zu Fuß gehen lassen und sie dann wieder auflesen.«

»Grad so meine ich das«, nickte Wollmütze beifällig. »Der Schlepper schickt seine Schützlinge auf dem kürzesten Weg über die Grenze. In Böhmisch Eisenstein lässt er sie aussteigen, und in Bayrisch Eisenstein lädt er sie wieder auf. Das heißt, er kommt mit ihnen nicht mal in die Nähe von Zwiesler Waldhaus, geschweige denn auf den Falkenstein.«

»Dann halt …«, begann Rudi.

Fanni fragte sich, warum Rudi Erklärungen für den Tod der beiden Mädchen ins Feld führte, die offensichtlich so dumm waren, dass nicht einmal seine Stammtischbrüder sie widerspruchslos hinnehmen konnten. Wollte er dem »Kriminaler« Sand in die Augen streuen?

»Ich glaub sowieso nicht an Mord und Totschlag«, sagte Rudi jetzt. »Ganz gewiss verhält es sich genauso, wie ich von Anfang an gesagt hab: Die Annabel ist auf dem Stein rumgeturnt, abgerutscht und – knacks. Sie hat sich ja öfter mal überschätzt.«

Die anderen schwiegen. Doc Haller nahm seine Brille ab, putzte sie versonnen, setzte sie wieder auf und sagte dann: »Die Annabel war ein reizendes Mädel – und klug.«

»Ein Satansbraten war sie«, konterte Rudi.

Fanni sah Sprudel an und rollte mit den Augen.

»Heide, eine Runde Schnaps auf die Annabel«, rief Max.

Fanni stand auf und machte sich auf den Weg zur Toilette. Der Boden unter ihr schwankte leicht.

Wie viele Schnäpse hattest du denn schon, Fanni Rot?

Auf dem Rückweg zur Gaststube – Fanni fröstelte, weil es auf dem Klo so kalt gewesen war – sah sie Doc Haller mit Heide in dem kleinen Vorraum stehen, der den Eingangsbereich von der Gaststube trennte. Die beiden unterhielten sich leise, dann reichte der Doc Heide ein Fläschchen und ging wieder zum Stammtisch zurück. Heide drehte sich in die andere Richtung und fand sich Fanni gegenüber.

Sie stutzte, lächelte aber plötzlich, hielt das Fläschchen auf Augenhöhe und klopfte mit dem Zeigefinger darauf.

»Unsern Doc, wenn wir den nicht hätten«, sagte sie. »Mit seinen Kräutersäften kuriert er schier alles. Ich habe mir vergangenes Jahr eine böse Blasenentzündung eingefangen. Furchtbar! Ständig hast du das Gefühl, du müsstest pinkeln, und dann kommt nichts – nur Brennen und Stechen und Pochen.«

Fanni nickte mitfühlend.

»Ich bin zu meinem Hausarzt«, fuhr Heide fort, »und der hat mir Antibiotika verschrieben. Die haben zwar geholfen, aber alle zwei, drei Monate fängt es beim Pinkeln wieder an zu brennen. Und dagegen hilft am besten das, was der Doc braut. Wie ein Wundermittel hilft es. Genauso wie es beim Sepp gegen seine eitrigen Mandeln hilft und beim Rudi gegen den Dünnpfiff.«

»Heide!« Die Stimme gehörte zu Max. »Wo bleibt denn der Schnaps?«

Krankheiten über Krankheiten, dachte Fanni. Dabei heißt es doch immer, die Luft im Bayerischen Wald sei so gesund!

Sie kehrte an ihren Platz am Stammtisch zurück. Bergwacht-Rudi erzählte einen Blondinenwitz. Fanni neigte sich dem Doc zu und fragte leise: »Was halten Sie denn von den Todesfällen und von den ungewöhnlichen Infektionen, unter denen die Mädchen litten?«

Der Doc nahm die Brille ab und blinzelte sie an. »Glauben Sie mir, Frau Rot, ich tue, was ich kann. Aber meine Freunde hier sind alle so unvernünftig. Nehmen Sie unsere Heide als Beispiel. Nie trägt sie Strümpfe. Sehen Sie ihre nackten Zehen in den Sandalen? So läuft sie von früh bis spät herum. Hier auf dem kalten Steinboden, der kein bisschen isoliert ist. Was würden Sie denn machen, wenn Sie Heides Blase wären?«

»Streiken«, murmelte Fanni folgsam.

»Sehen Sie«, nickte Doc Haller, »und das macht auch Rudis Darm. Er setzt sich gegen das viele Schweinefett zur Wehr, das ihm zugemutet wird, und –«

»Aber eine Kinderlähmung«, unterbrach ihn Fanni, »holt man sich doch nicht von kalten Füßen oder schwerem Essen.«

Doc Haller seufzte. »Der Gipfel aller Unvernunft ist es, sich nicht impfen zu lassen. Wie oft habe ich Annabel gepredigt, das nachzuholen, was in ihrer Kindheit versäumt wurde. Stellen Sie sich vor, es ist noch nicht lange her, da hatte sie Mumps.«

»Krautdoktor«, grölte Rudi, »weißt du, wie man eine Blondine dazu kriegt …«

Ein Blondinenwitz folgte dem anderen.

Fanni sah sich indessen die Stammtischbrüder der Reihe nach an:

Da hockte Max, der spendable Wirt, gesellig und trinkfest. Im Fall Annabel und auch im Fall Irina als Täter auszuschließen, weil arthritisch und deshalb gehbehindert – ohne Krücken wohl komplett lahm.

Bergwacht-Sepp und Bergwacht-Rudi, Letzterer dümmer als seine Blondinenwitze. Beide trugen das Edelweiß auf der Brust wie Steifftiere den Knopf im Ohr. Jeder von ihnen hätte Annabel erschlagen und Irina jagen können. Aber wo steckte ein mögliches Motiv?

Die Zollfahnder: deutsche Beamte als Totschläger?

Wäre ja nichts Neues!

Heide setzte sich neben Max und legte ihm die Hand auf die Schulter.

Ja, auch Heide zählte dazu. Heide, die personifizierte Tüchtigkeit. Heide, das Fleisch gewordene Zu-Diensten-Sein. Hatte Heide – unter einer Maske aus Wohlwollen und Liebenswürdigkeit – Annabel gehasst? Vielleicht weil Schneewittchen sie in den Schatten stellte?

Fanni schreckte auf, als sie Sepp Annabels Namen sagen hörte.

»Für alles hat sie sich interessiert«, sagte Sepp. »Von mir hat sie neulich ganz genau wissen wollen, wie lang ich mich schon mit meinen eitrigen Mandeln herumplag. Ob ich als Kind schon für Angina anfällig gewesen wär, wollte sie wissen.«

»Mich hat sie auch ausgefragt über meine Blasenentzündung«, warf Heide ein.

»Und dem Doc hat sie überhaupt keine Ruhe mehr lassen«, rief Rudi. »Ganze Arme voll Unkraut hat sie auf dem Tisch da ausgebreitet, und vom Doc wollte sie dann ganz genau hören, wie jeder Grashalm heißt und gegen was er hilft.«

»Wollte Annabel in Ihre Fußstapfen treten, Doc?«, fragte Fanni.

Haller stützte die Ellbogen auf den Tisch, legte den Kopf in die Hände und begann zu schluchzen.

»Er kann es halt nicht verwinden«, sagte Heide.

Um den Stammtisch wurde es still.

»Die letzte Runde für heute«, verkündete Max und scheuchte Heide damit wieder auf die Beine.

Die Zollfahnder brachen als Erste auf. Sepp und Rudi folgten ihnen.

»Wir zwei haben es ja nicht weit«, grinste Rudi. »Wir biegen ums Hauseck, und schon sind wir daheim.«

Es dauerte eine Weile, bis Fanni draufkam, was Rudi meinte. Die Bergwächter übernachteten im Anbau, in ihrer Dienststelle quasi, weil morgen Samstag war und sie nicht zur Arbeit mussten.

»Magst nicht dableiben?«, wandte sich Max an Doc Haller. »Es ist wirklich schon spät für einen Abstieg so ganz allein. Und Platz ist ja noch in der Männerkammer: Zweimal Zoll, einmal Kriminal macht drei, fünf Betten stehn drin.«

Doc Haller hatte inzwischen aus seinem Rucksack eine Stirnlampe an einem elastischen Band zutage gefördert. Nun befestigte er das Lämpchen an seinem Kopf.

»Meine Frau verlässt sich darauf, dass ich nach Hause komme«, sagte er. »Sie wartet auf mich.«

Das genaue Gegenteil von Hans Rot, dachte Fanni grimmig. Nach seinem Tagwerk spätabends noch zwei Stunden lang schier ohne Weg und Steg vom Falkenstein abzusteigen, damit sich seine Frau nicht einsam fühlt, würde dem nicht in den Sinn kommen. Wie gut, dass Hans Rots Frau nicht derart auf ihren Mann angewiesen ist.

Als der Doc die Wirtsstube verlassen hatte, warf Fanni einen Blick in die Runde und bemerkte erst jetzt, dass bereits sämtliche Gäste fort waren. Auf einigen Tischen standen Stühle, auf anderen hatte Heide Trockengestecke, Salz- und Pfefferstreuer, Maggieflaschen und Kerzenhalter aufgereiht.

Plötzlich öffnete sich die Tür noch mal, und Doc Haller steckte seinen Kopf mit der bereits brennenden Stirnlampe herein.

»Ach übrigens, Frau Rot«, sagte er, »sollten Sie nicht einschlafen können, so verlassen in der Weiberkammer, dann empfehle ich Ihnen meinen Schlaftrunk: heiße Milch mit Honig und einem ordentlichen Schuss Cognac. Max wird ihn sicher gern für Sie mixen.«

Dann war der Doc verschwunden.

Weil Fanni fand, sie habe für diesen Abend genug Alkohol konsumiert, wünschte sie Max und Heide eine gute Nacht und steuerte auf den Flur hinaus. Die Tür, auf der jemand mit einem Lötkolben das Wort »Männerkammer« eingebrannt hatte, ließ sie links liegen und wandte sich der gegenüberliegenden zu.

Sprudel war Fanni auf dem Fuß gefolgt, griff nun an ihr vorbei und öffnete die Tür. Fanni trat in die Weiberkammer, drehte sich dann zu ihm um und sagte: »Schlaf gut, Sprudel.«

Er sah sie an wie Adam den Apfel.

»Feste Vereinbarung«, nuschelte Fanni und stolperte dabei über drei der sechs Silben.

Sprudel nickte halbherzig, machte einen Schritt zurück und schloss die Tür.

Fanni sah sich um.

In der Weiberkammer standen fünf Betten, und damit erschöpfte sich die Einrichtung abgesehen von einem Bord an der Fensterwand. Darunter lehnte ihr Rucksack. Er drehte sich rasend schnell um die eigene Achse, und auch die Betten fuhren Karussell. Auf dem Kopfkissen des Nachtlagers, das ihrem Rucksack am nächsten stand, rotierte ein kleines Tütchen aus Klarsichtfolie. Fanni haschte danach, erwischte es beim zweiten Versuch und hielt es sich vor die Augen. In dem Tütchen befanden sich Schokoladeherzen.

Von Sprudel?

Von wem sonst!

Fanni verstaute das Präsent gerührt in ihrem Rucksack. Dann beschloss sie, das Zähneputzen ausfallen zu lassen, schlüpfte aus der Kleidung und kroch in ihren Schlafsack.

Na, Fanni, hat sich der Abend am Stammtisch gelohnt? Weißt du jetzt, wer Annabel und Irina auf dem Gewissen hat?

»Orks? Riesenkäfer? Der Hund von Baskerville?«, lallte der einzige Logiergast in der Weiberkammer.

Du bist besoffen, Fanni.

6

Dieser Logiergast trat am folgenden Tag so gegen halb zehn Uhr früh etwas verknautscht an den Stammtisch, wo Sprudel vor einer Tasse Kaffee saß.

Er wünschte Fanni einen guten Morgen, warf ihr einen abwägenden Blick zu, verkniff sich ein Grinsen und bestellte bei Heide Tee und Zwieback. Fanni roch den Kaffee in Sprudels Tasse, sah das Käsebrot auf seinem Teller und ging kotzen.

Danach fühlte sie sich geringfügig besser. Sprudel nötigte ihr den Zwieback auf.

»Möchtest du dich noch mal hinlegen oder lieber an die frische Luft gehen?«, fragte er, während Fanni eine Scheibe annagte.

»Luft«, ächzte sie.

Sprudel ließ sich von Heide Tee in seine Thermoskanne füllen und packte zwei Butterbrote ein. Fanni kämpfte sich in ihre Wanderschuhe, schulterte ihren Rucksack und verließ die Hütte. Draußen wartete sie auf Sprudel.

»Wollen wir zum Rukowitzschachten laufen?«, fragte Sprudel. Fanni nickte kraftlos.

»Es kommt sehr häufig vor«, meinte Sprudel, »dass sich Ermittlungen als extrem strapaziös erweisen.«

Fanni gab einen gurgelnden Laut von sich, den Sprudel zu Recht als Schmähung auslegen durfte.

Die Morgenluft wehte den Schnapsdunst weg, und die halbe Stunde Fußmarsch bis zum Schachten brachte Fannis Blutzirkulation und ihre Muskelfunktionen in Schwung. Nur der Magen spielte noch den Gekränkten.

Sie setzten sich auf die Bank oberhalb des Weges, der den Schachten querte, und rasteten. Fanni bettete den Kopf an Sprudels Schulter.

Nach einiger Zeit fragte er: »Weiter?«, denn es ging langsam auf Mittag zu.

»Ein großes Stück weiter«, antwortete Fanni, und erhob sich. Unterhalb des Rukowitzschachten bogen sie in einen Wanderweg ein, der bis zum Rachel verlief.

»Rachel 8 Std«, stand auf dem Holzschild, dessen zugespitzte Seite nach Südosten wies.

»So weit nun auch wieder nicht«, sagte Fanni.

Sprudel lachte. »Wenn man diesem Weg ein Stück folgt und sich dann Richtung Osten durch den Wald schlägt, müsste man laut Wanderkarte an die Grenzschneise gelangen, die über den Gipfel des Lackenberg nach Eisenstein verläuft.«

»Verboten«, antwortete Fanni. »Niemand darf sich im Kerngebiet des Nationalparks einfach durch den Wald schlagen.«

»Wenn der Nationalparkranger seinen Rausch ausschläft, tanzen die Wanderer auf dem Moos«, feixte Sprudel und verließ den markierten Weg.

Es erwies sich als gar nicht so einfach, im Gestrüpp der Nationalparkwildnis vorwärtszukommen. Entwurzelte Bäume blockierten kreuz und quer den Durchgang und mussten umgangen, überklettert oder sonst wie bewältigt werden.

Nach einer guten Stunde Anstieg entdeckte Sprudel einen der weiß-blauen Grenzpfosten. Sie folgten den Stangen bergwärts, und nach wenigen Minuten traten sie auf eine sonnenbeschienene Wiese. Sprudel drehte sich zu Fanni um und nahm ihre Hand.

»Schau«, flüsterte er, »das verbotene Land.«

Fast ehrfürchtig bewegten sie sich auf den Granitpfeiler zu, der den Gipfel des Lackenberg markierte. Neben dem Stein verkündete eine Tafel, dass der Lakenberg zum »Sumava«, dem tschechischen Nationalpark, gehöre.

Fanni lehnte sich an den Stein, atmete tief durch und schloss die Augen.

Nach einer Weile murmelte sie: »Warum versucht man immer, uns das zu verwehren, was am schönsten ist?«

»Weil Sehnsüchte wertvoller sein können als ihre Erfüllung«, antwortete Sprudel.

»Stimmt«, meinte Fanni prosaisch. Ihre Antwort belegte Sprudel, dass sich der Weingeist endgültig verzogen hatte.

Er packte die Butterbrote aus.

Fanni und Sprudel blieben eine geschlagene Stunde im Sonnenschein auf ihren Rucksäcken sitzen. Sie dösten vor sich hin, sagten mal dies und mal das.

Am frühen Nachmittag, Fannis Armbanduhr zeigte halb zwei, traten sie den Rückweg zur Hütte an.

»Was meinst du«, fragte Sprudel, als sie die Wildnis hinter sich gelassen hatten und gemütlich auf dem Forstweg dahinwanderten, »denkst du, wir könnten noch was Wichtiges erfahren, wenn wir einen weiteren Abend am Stammtisch verbringen?«

Fanni dachte an die Schnapsrunden und an die Blondinenwitze und schüttelte den Kopf. Die Weiberkammer fiel ihr ein, die Gemeinschaftstoilette und das fleckige Becken im Waschraum. Sie schüttelte den Kopf heftiger.

»Wir könnten ein Zimmer im Hotel Zur Waldbahn für dich mieten«, schlug Sprudel vor.

»Du wirst doch nicht heute schon zurückfahren wollen?«, fügte er nach einem Augenblick erschreckt an, weil Fanni schwieg.

Dem Umfang der Tasche nach zu urteilen, die in Fanni Rots Wagen liegt, bleibt sie vier Wochen!

»Ich …«, begann Fanni. Aber dann unterbrach sie sich.

Ziemlich genau in der Mitte des Rukowitzschachtens, abseits der Wege und Pfade, hatte sie Doc Haller entdeckt. Er hockte auf der Erde. Als Fanni und Sprudel näher herankamen, konnten sie erkennen, dass Haller einen Grashalm fotografierte.

Sie blieben neben dem Doc stehen und sahen zu. Schließlich erhob er sich und reichte zuerst Fanni, dann Sprudel die Hand. Mit einem Lächeln deutete er auf einen unscheinbaren Stängel zwischen den Grasbüscheln und sagte:

»Ysop.«

»Ach, und das wächst hier?«, erkundigte sich Fanni.

Der Doc nahm die Brille ab und blinzelte sie an. »Denken Sie, ich laufe herum und binde den Leuten Bären auf? Es handelt sich fraglos um echten Ysop, er hilft bei Rheuma, Migräne, Herzrasen.«

»Ysop ist wohl ein Heilkraut«, schmunzelte Sprudel, »und ich dachte schon, Sie wären auf Spurensuche.«

Doc Haller sah ihn forschend an. »Sie meinen, auf der Suche nach Wolpertingerspuren?«

Sprudel winkte ab. »Ich wollte keinesfalls Rudis Klamauk aufwärmen. Eigentlich dachte ich an Spuren, die bei der Aufklärung der beiden Todesfälle dienlich sein könnten.«

Der Doc runzelte die Stirn. »Das hier ist wohl kaum der richtige Ort, um danach zu suchen.« Er machte eine kleine Pause und fügte dann an: »Selbst wenn es welche gäbe.«

»Ja«, sagte Sprudel, »wenn es welche gäbe, hätten die Ermittler sie längst entdeckt.«

Doc Haller nickte, verstaute seine Kamera in einem Futteral, an dem ein Karabiner hing, und befestigte sie damit an seinem Gürtel. »Sie waren es doch, die Annabel gefunden hat«, wandte er sich an Fanni. »Sie waren als Erste am Tatort, aber auch Ihnen ist wohl nichts aufgefallen, das auf den Täter hinweisen könnte?«

»Ich war viel zu erschrocken«, antwortete Fanni.

»Verständlich«, sagte der Doc.

»Wie haben Sie denn von Annabels Tod erfahren?«, fragte ihn Sprudel.

»Max hat es mir erzählt. Ich bin am Sonntag in dem Moment in die Falkenstein-Schutzhütte gekommen, als sich drinnen alle aufmachten, um zum Unglücksort zu pilgern. Max sagte, einer der Nationalparkranger habe ihn angerufen und gesagt, dass Annabel ...«

Der Doc brach ab und wischte sich die Augen.

»Sie kamen wohl gerade vom Kräutersammeln und wollten sich stärken«, sagte Sprudel.

Doc Haller schüttelte den Kopf. »Nein – ja – nein.« Dann holte er tief Luft. »Eigentlich wollte ich am Vormittag auf dem Sulzschachten Winterlieb für mein Herbarium pflücken.« Plötzlich lachte er. »Meine Frau hat mir neulich empfohlen, das Stadtarchiv zu pachten, wo all die getrockneten Kräuter, sämtliche Fotos und die Berge von Aufzeichnungen wunderbar aufbewahrt werden könnten.«

»Aber Sie taten es nicht«, stellte Fanni fest.

»Das Stadtarchiv ist nicht zu verpachten«, antwortete der Doc streng.

»Sie pflückten kein Winterlieb«, sagte Fanni.

»Nein, ich musste meine Frau um zehn Uhr zu ihrer Schwester nach Teisnach bringen. Die beiden wollten – was wollten sie noch?«

»Die Fahrt hat Sie den ganzen Vormittag gekostet«, soufflierte Sprudel.

»Ja. Ich hätte auch noch zum Mittagessen bleiben sollen. Aber dann wäre ich überhaupt nicht mehr in meinen Wald gekommen. Zwölf hat es geschlagen, als ich durch Bodenmais in Richtung Zwiesler Waldhaus zurückgefahren bin.«

»Von dort sind Sie über die Steinbachfälle aufgestiegen und gleich zur Hütte gegangen?«, fragte Fanni.

Doc Haller nickte. »Und da habe ich von dem Unglück erfahren.« Er zog sein Taschentuch heraus, wischte sich noch einmal die Augen, putzte die Brille und setzte sie wieder auf.

»In der Hütte muss enormer Aufruhr geherrscht haben«, sagte Sprudel.

»Ja«, antwortete der Doc. »Den ganzen Nachmittag noch. Der Stammtisch war voll besetzt. Heide hat eine Runde Schnaps nach der anderen auftragen müssen. Max, die Bergwächter, die Zöllner und die Nationalparkranger haben sich auf ihre Weise von Annabel verabschiedet. Ich konnte da nicht mittun, bin bald wieder über die Steinbachfälle abgestiegen und nach Hause gefahren.« Er sah auf seine Armbanduhr. »Apropos, ich habe meiner Frau versprochen, heute frühzeitig zurückzukommen. Sie hat sich den Fuß verknackst, deshalb bin ich schon seit Tagen allein unterwegs, und das wird auch noch einige Zeit so bleiben. Das Bein muss geschont werden – ein, zwei Wochen mindestens.«

»Wir leisten Ihrer Frau gern ein wenig Gesellschaft, während Sie auf Kräutersuche sind«, bot Sprudel an.

Der Doc hob beide Hände, als wolle er einen Angriff abwehren. »Das ist nicht nötig. Die Schwester meiner Frau kommt heute Nachmittag, und sie wird eine Weile bleiben.«

Daraufhin verabschiedete sich der Doc freundlich und ging talwärts davon.

»Ist dir wieder unwohl? Du warst eben so schweigsam«, wandte sich Sprudel an Fanni, während sie langsam bergan in Richtung Falkenstein stiefelten.

Sie schüttelte den Kopf. »Ich habe nur darüber nachgedacht, dass es eine Menge Erfahrung braucht, um mit Naturkräutern Heilerfolge zu erzielen. Leni hat mir neulich Ysoptee mitgebracht. Sie sagte, er hilft bei Husten, Heiserkeit und geschwollenen Mandeln.«

Heide servierte ihnen Griesnockerlsuppe am Stammtisch, der für nachmittags bereits recht gut besetzt war. Max der Wirt orderte eine Runde Schnaps.

Fanni lehnte ab und erhob sich. Sie müsse ihre Sachen für den Abstieg zusammenpacken, sagte sie entschuldigend und strebte der Weiberkammer zu.

Durch die offen stehende Tür sah sie wenig später auch Sprudel aus der Wirtsstube kommen. Er eilte in die Männerkammer und trat kurz darauf mit seinem prall gefüllten Rucksack wieder heraus. Er habe sich schon von den Stammtischbrüdern verabschiedet, sagte er.

Fanni nickte, öffnete noch mal die Tür zur Gaststube und winkte ein kurzes Lebewohl. Dann strebten sie den Flur hinunter und traten hinaus unter das Vordach der Hütte.

An der Bretterwand lehnte Heide und sog gierig an einer Zigarette.

»Hart verdiente Ruhepause«, sagte Sprudel liebenswürdig.

Heide stieß eine dichte Rauchwolke aus und verkündete: »Schier nicht zu machen, ein ganzes Wochenende ohne Hilfe. Max muss schleunigst zusehen, dass er Ersatz herbringt für die Annabel.«

Fanni und Sprudel bemühten sich, verständnisvolle Mienen zu zeigen.

»Annabel war wohl ziemlich tüchtig?«, fragte Fanni.

»Das Mädel war mehr als aufgeweckt«, antwortete Heide. »Als sie mit dem Bedienen hier anfing, hat sie keinen halben Tag gebraucht, um Rudi und Konsorten zu zeigen wo es langgeht.« Sie paffte.

Fanni und Sprudel warteten, dass sie fortfuhr. Heide tat ihnen den Gefallen.

»Auf einer Hütte wird gern und viel getrunken«, sagte sie, »und bald merkt so mancher nicht mehr, wohin sich seine Hände verirren.« Sie lachte. »Wenn da eine nicht rigoros ist …«

»Merkwürdig«, sagte Fanni, »bei Ihnen wagt sich keiner zu weit vor, obwohl Sie ständig mit den Männern scherzen und schäkern. Wie haben Sie sich so viel Respekt verschafft?«

Heide rauchte und dachte nach. »Gewonnen hast du«, meinte sie nach einer Weile, »sobald es dir gelungen ist, vor versammelter Mannschaft dem Platzhirsch den Schneid abzukaufen. Vor fünfzehn Jahren, als ich in der Schutzhütte zu arbeiten angefangen habe, hatte der Kerl von der Wetterwarte dort drüben«, sie zeigte mit der Zigarette nach Westen, »am Stammtisch das Sagen. An meinem zweiten Arbeitstag hat er mich in den Hintern gezwickt. Ich trug gerade ein volles Halbeglas in jeder Hand, und zwei Sekunden später hatte der Wetterwart keinen trockenen Faden mehr am Leib. Einen Moment lang stand auf der Kippe, ob ich meine Arbeitsstelle behalten würde, dann hat *er* sich bei *mir* entschuldigt.«

»Und wer führt die Herde heutzutage an?«, fragte Sprudel.

»Vor ein paar Jahren ist die Wetterwarte geschlossen worden, und seitdem gibt's eigentlich keinen Häuptling mehr«, antwortete Heide. »Das Sagen hat Max. Nur Rudi, der Bergwächter, dreht gern ein bisschen auf. Unseren Rudi müssen wir ab und zu mal zurechtstutzen.«

»Hat er Annabel nachgestellt?«, fragte Sprudel.

Heide erstickte fast an einer Rauchschwade. »Nachgestellt!«, hustete sie. »Unser Rudi baggert jeden Rockzipfel an. Max sagt immer, wenn du einem Traktor eine Schürze umbindest, dann rennt der Rudi hinterher.«

Fanni und Sprudel mussten grinsen.

Heide drückte die Zigarette aus und sagte dabei: »Die Irina hat dem Rudi mal eins mit dem Handbesen übergezogen.«

»Irina Svetla?«, fragten Fanni und Sprudel synchron.

»Die Tote vom Höllbach«, nickte Heide. »Sie konnte ganz schön grob sein.«

»Irina kehrte also hin und wieder in der Schutzhütte ein«, stellte Sprudel fest.

»Oft«, sagte Heide. »Manchmal hat sie sogar bei uns übernachtet, je nachdem, zu welcher Schicht sie in der Zwiesler Waldhausalm eingeteilt war.«

Fanni und Sprudel schauten offenbar derart verdutzt aus, dass sich Heide zu weiteren Erklärungen genötigt sah:

»Irina hatte kein eigenes Auto, und deshalb ist es für sie sehr umständlich gewesen, von der Waldhausalm nach Bergreichenstein zu kommen, wo ihre Großmutter wohnt, bei der sie aufgewachsen ist. Zu Fuß hätte das vom Gsenget aus über Prásily gut fünf Stunden gedauert, mit Bus und Bahn vermutlich länger.«

»Heide!«

»Komme gleich, Max! – Die Irina«, fuhr sie fort, »hatte ein kleines Mansardenzimmer in der Zwiesler Waldhausalm, aber da ist ihr immer recht fad gewesen, deshalb ist sie öfter mal zu uns heraufgekommen. Den Aufstieg über die Steinbachfälle hat die Irina in eineinviertel Stunden geschafft, übers Höllbachgspreng hat sie knappe zwei gebraucht.«

»Irina und Annabel«, fragte Sprudel, »waren die beiden befreundet?«

Heide zuckte die Schultern. »Sie sind gut miteinander ausgekommen.« Sie lächelte. »Ziemlich gut sogar. An dem Tag, an dem die Irina mit dem Jonas Böckl aufgekreuzt ist und der auf der Stelle damit angefangen hat, die Annabel anzubalzen, hab ich gedacht, jetzt staubt es. Und was glaubt ihr, ist passiert? Die zwei Mädel haben sich über Jonas lustig gemacht. Ich hab sie miteinander kichern hören, in der Weiberkammer.«

Fanni schluckte. »Jonas Böckl, der Jäger?«

»Jäger ist er, ja«, antwortete Heide. »Die Irina hat ihn schleunigst abserviert. Und die Annabel hat ihn gar nicht erst auf Touren kommen lassen. Die war gewieft, die Annabel. Der hat keiner lang ein X für ein U vormachen können. Aber dass man als Mädel mit diesem Böckl-Jäger lieber nichts anfängt, kann eigentlich jeder sehen, der sie noch alle beieinander hat. Der Böckl hat ja schier den Rudi in den Schatten gestellt.«

Hat sie Leni noch alle beieinander?

Fanni fühlte sich plötzlich ein wenig schwindelig.

Heide wandte sich dem Eingang zu, aber Sprudels Stimme hielt sie zurück. »Bitte, Heide, mir geht da noch eine Frage im Kopf um, die nur Sie mir beantworten können.«

Heide drehte sich zu ihm um.

»Vergangenen Sonntag, als Annabel starb«, begann Sprudel, »haben Sie doch mit ihr zusammen mittags die Hüttengäste bedient. Da muss es Ihnen ja sofort aufgefallen sein, als die Annabel plötzlich verschwunden ist.«

Heide zuckte die Schultern. »Das Mädel hat sich von Zeit zu Zeit ganz schön was rausgenommen. Einmal hat sie in der Weiberkammer in aller Ruhe ein Kreuzworträtsel gelöst, obwohl die Gaststube gerammelt voll war. So falsch ist es nicht, wenn der Rudi sagt, sie war ein Satansbraten.«

»Haben Sie nach ihr gesucht?«, fragte Sprudel.

Heide zog ein Gesicht. »Ich habe ihre Tische mitbedient, wie hätte ich da noch nach ihr suchen sollen? Allerdings – an dem Sonntag habe ich gedacht, sie hätte sich hingelegt. Es ging ihr doch nicht so gut. Sie hatte ja – na ja, wir dachten Grippe.«

»Heide!«

»Komme!«

Sie trat endgültig durch die Tür. »Da drin ist die nächste Runde fällig. Kommt gut ins Tal, ihr zwei. Vielleicht verschlägt's euch mal wieder auf den Falkenstein.«

Den Abstieg nach Zwiesler Waldhaus brachten Fanni und Sprudel nahezu stumm hinter sich. Nebel war wieder eingefallen, benässte die Trittsteine und warf ein diffuses Licht auf den Weg.

Fanni dachte an Bergwacht-Rudi, seine Blondinenwitze, den lüsternen Ausdruck in seinen Augen und fragte sich, ob Männer wie er – und es gab eine Menge von der Sorte – nicht ein gestörtes Verhältnis zu ihrem Schwellkörper hatten.

Dieses Organ, sinnierte Fanni, spukt ständig in ihren Köpfen, verfolgt sie wie Waschzwang oder Hypochondrie. Doch niemand scheint das merkwürdig zu finden. Würde ich beispielsweise, sagte sich Fanni, ständig Witze über Ohrläppchen reißen, Ohrläppchenvergleiche anstellen, quasi eine Ohrläppchenneurose entwickeln, dann fände ich mich über kurz oder lang in der Psychiatrie wieder. Anankasten wie Bergwacht-Rudi dagegen bringen es durch ihre Neurose zum Platzhirsch, beinah jedenfalls.

Fanni musste grinsen, weil ihr einfiel, was Leni dazu sagen würde: »Das haben wir der Evolution zu verdanken, Mama, die sich ausschließlich am potenten Fortpflanzungsorgan entlanghangelt.«

So ist es, dachte Fanni, während sie und Sprudel die Höllbachhütte passierten, nicht Männer wie Newton und Einstein sichern das Anwachsen der Menschheit, sondern solche wie Dschingis Khan und Konsorten.

Fanni unterbrach ihren Gedankengang, weil Sprudel an der Höllbachschwelle stehen blieb. Sie lehnte sich ganz leicht an seine Schulter, und nah beisammen blickten sie eine Weile auf ihr gewelltes Spiegelbild im dunklen Wasser.

»Rudi ist, so scheint es mir, nicht besonders gut auf Annabel zu sprechen gewesen«, sagte Fanni.

Sprudel schürzte die Lippen. »Sie hat es ihm ja auch nicht leicht gemacht. Ließ ihn ein ums andere Mal abblitzen und zeigte zweifellos ganz offen, dass sie ihn für einen ausgemachten Trottel hielt.«

»Ob ihn solche Unverfrorenheit wohl dazu treiben konnte, gewalttätig zu werden?«, überlegte Fanni laut.

Sprudel wiegte den Kopf. »Wenn er sich genügend provoziert fühlte, vielleicht.«

»Eine Szene, die man sich gut vorstellen kann«, sagte Fanni. »Annabel geht an die frische Luft, weil sie Kopfschmerzen hat, und läuft Rudi über den Weg. Er macht sie wieder mal an, sie reagiert heftig, beleidigt ihn sogar. Er packt sie. Sie will sich befreien und fällt dabei rücklings gegen den Stein.«

»Rutscht ab und knacks! Hat er den Hergang nicht selbst so beschrieben?«, fragte Sprudel.

»Falls Rudi kein ausgesprochen gutes Alibi hat«, meinte Fanni, »könnte er durchaus ...«

Sprudel nickte. »Aber er ist wohl nicht der Einzige, dem Annabels Betragen gegen den Strich ging.«

»Heide?«

Sprudel nickte. »Annabel hat sie herausgefordert.«

»In vielerlei Hinsicht«, stimmte ihm Fanni zu.

Sprudel nahm zum Aufzählen die Finger zu Hilfe. »Annabel leistete sich einen Haufen Freiheiten. So was wie Respekt kannte sie nicht ...«

»Sie hat Heide bei den Hüttengästen die Schau gestohlen«, machte Fanni weiter.

»Du meinst, Heide wollte mit einer gut zwanzig Jahre jüngeren konkurrieren?«, fragte Sprudel.

»Ein wenig schon«, entgegnete Fanni, »warum sollte sie sich sonst gar so ...«

»Zurechtmachen«, half Sprudel aus und fügte hinzu: »Das würde ein klassisches Motiv ins Spiel bringen: Eifersucht.«

»Ein Bilderbuchmotiv«, lächelte Fanni. »Aber Heide kann Annabel nicht getötet haben. Wie hätte sie ihr nach draußen folgen sollen? Sie musste ja die Gäste bedienen.«

»Nur mal angenommen«, sagte Sprudel, »dass um kurz nach

ein Uhr alle Hüttengäste volle Gläser und volle Teller vor sich stehen hatten. Wie lange hätte sich Heide in diesem Fall wohl entfernen können, ohne dass ein Gast rebellisch geworden wäre?«

»Fünfzehn Minuten höchstens«, riet Fanni.

»Dreißig im Glücksfall«, meinte Sprudel. »Als vernünftiger Gast haut man ja nicht gleich auf den Tisch, wenn man gerade ausgetrunken hat und einen nicht sofort jemand fragt, ob man noch was möchte.«

»Eine halbe Stunde hätte genügt«, gab Fanni zu. »Aber mit Heide als Täterin wirkt die Szene ziemlich unglaubwürdig. Sie hätte in ihrem knöchellangen Rock und ihren schicken Sandalen in einem forschen Tempo über die Felsen zum Gipfel laufen und die viel jüngere und bequemer gekleidete Annabel überwältigen müssen. Wie hätte …«

»Wenn sie wütend genug war«, warf Sprudel ein, »und wenn ihr der Zufall ein wenig zu Hilfe kam, könnte Heide die kleine Annabel durchaus auf dem Gewissen haben.«

Dem lässt sich wohl nichts entgegensetzen!

»Max«, sagte Fanni.

Sprudel nickte. »Ja, du hast recht. »Max hätte es auffallen müssen, wenn plötzlich keine der beiden Bedienungen mehr in der Gaststube gewesen wäre. Falls er selbst dort war. Es könnte ja sein, dass Max während der fraglichen halben Stunde auf seinem Hocker in Küche saß und schon Vorbereitungen fürs Abendessen traf. Vielleicht hat er Zwiebeln gehackt oder Schnitzelfleisch geklopft …«

Sie machten sich wieder auf den Weg.

Gegen fünf Uhr nachmittags erreichten sie Sprudels Leihwagen, stiegen schweigend ein und fuhren nach Zwiesel.

Im Hotel Zur Waldbahn mietete Sprudel für Fanni das Zimmer neben dem seinen. Sie verabredeten sich für sieben Uhr zum Abendessen. Vorher wollten beide noch duschen und sich ein bisschen ausruhen.

Geduscht und frisch angezogen, war Fanni auf einmal nicht mehr nach Ausruhen zumute.

Sie starrte aus dem Fenster. Ihr Blick wanderte zum Bahnhof hinüber und weiter zu den Häusern auf einem Hügel dahinter. Der Finkenschlag!

Fanni nahm ihre Wagenschlüssel vom Nachttisch.

Fünf Minuten später stellte sie ihr Auto am Wegrand im Amselhain ab und ging das Sträßchen zu Fuß weiter. Nach wenigen Metern traf sie auf den Finkenschlag und bog ein. Seit sie in den Sechzigern zuletzt hier gewesen war, hatte sich einiges verändert. Die Straße war verbreitert worden und links und rechts von Einfamilienhäusern gesäumt. Als Fannis Schulkameradin noch hier gewohnt hatte, standen nur drei Häuser am Finkenschlag, ein Gehöft mit Stallungen, eine winzige halb verfallene Kate und die kleine Sägemühle, die der Vater von Fannis Schulfreundin betrieb.

Inzwischen sieht der Finkenschlag aus wie der Erlenweiler Ring, dachte Fanni.

Identisch! Am Ende macht er genau so eine Kurve und mündet wieder in sich selbst.

Fanni hielt darauf zu.

Wie an Samstagabenden auf dem Erlenweiler Ring war auch hier niemand auf der Straße. Fanni wagte jedoch nicht, stehen zu bleiben, die Häuser anzustarren und die Namen an den Haustüren zu lesen. Sie wusste, dass – wie auf dem Erlenweiler Ring – schier hinter jedem Fenster Augen lauerten.

Als Fanni in die Kurve bog, hatte sie noch immer keine Ahnung, wo Annabel Scheichenzuber gewohnt hatte.

Im Scheitelpunkt der Krümmung tat sich plötzlich eine Lücke zwischen den Gärten auf und gab die Sicht auf einen Feldweg frei, der zu einer winzigen Kapelle führte.

Es waren nur ein paar Meter bis dorthin.

Die Mauern des Kirchleins bestanden durchwegs aus verfugten Feldsteinen, nur die Fanni zugewandte Wand ließ einen gewölbten Durchgang frei. Erst beim Eintreten bemerkte Fanni die schwere Tür aus Holzbohlen, die mittels Haken und Öse an der Wand gesichert war, damit sie nicht zuschlagen konnte.

Im Innern der Kapelle war es kühl und dämmrig. Nachdem sich ihre Augen an das diffuse Licht gewöhnt hatten, konnte Fanni an der Stirnseite eine Marienstatue erkennen. Davor standen ein sehr schmaler Betstuhl und eine Vase mit Herbstastern auf dem gepflasterten Boden.

Auf einmal vernahm Fanni ein Plätschern.

Sie wandte sich nach links und sah ein Granitbecken. Aus einem Stahlrohr, das von außen durch die Wand zu kommen schien, rann Wasser hinein. Fanni machte einen Schritt darauf zu, streckte die Hand aus und hielt sie unter das dünne Rinnsal.

Fanni schnupperte an ihrer nassen Hand, roch nichts, wischte sie an ihrer Hose trocken.

Und dann schlug die Tür mit einem dröhnenden Rums zu.

Es war nun fast finster in der Kapelle. Nur durch eine Reihe von Glasbausteinen im Dachfirst fiel ein wenig Licht herein. Fanni wandte sich um und begann, die Tür nach einer Klinke abzutasten. Doch dort, wo Türklinken normalerweise angebracht waren, fühlte sie nur mehr oder minder glattes Holz.

Fanni atmete durch und fing noch mal von vorne an. Methodisch diesmal, von unten rechts nach oben links.

Sie fand keine Klinke, keinen Riegel, keinen Griff.

Eingesperrt!

Fanni stemmte sich mit beiden Händen gegen die Tür und versuchte, sie nach außen zu drücken. Das schwere Portal bewegte sich kein bisschen.

So, Fanni Rot, wenn du dein Handy nicht zu Hause in einer Kommodenschublade verwahren würdest, dann könntest du jetzt jemanden zu Hilfe rufen!

Wen denn?

Sprudel eventuell?

Fanni seufzte und machte einen Rundgang durch die Kapelle. Der erforderte dreieinhalb Schritte.

Ich werde erst mal abwarten, dachte sie und setzte sich in den Betstuhl. Sicher kommt bald jemand, um zu beten oder um Heilwasser zu holen.

Da kannst du die ganze Nacht warten, Fanni Rot. Na wenigstens wirst du nicht verdursten.

Fanni lehnte sich so bequem wie möglich zurück, schloss die Augen und schwor sich, künftig ihr Handy immer bei sich zu tragen – eingeschaltet.

Sie nickte ein.

Fanni schreckte auf, als die Tür in den Angeln quietschte.

Eine alte Frau trat ein. Sie hatte ein Kopftuch umgebunden, trug eine Schürze und hielt einen Krug in der Hand. Sie wollte sich eben dem Granitbecken zuwenden, da entdeckte sie Fanni.

Die Frau erstarrte.

Sie glaubt an eine Erscheinung!

»Ich war eingeschlossen«, fiepte Fanni.

Die Alte sog zischend die Luft ein, stieß sie aus und sog sie wieder ein. Nach einer Weile wurde das Zischen leiser.

»Diese Tür«, sagte die alte Frau, »mache ich jeden Morgen eigenhändig fest – damit so etwas nicht passieren kann. Ich habe sie auch heute Morgen festgemacht – ordentlich festgemacht!«

»Vielleicht haben sich Kinder einen Streich mit mir erlaubt«, sagte Fanni.

»Hier am Finkenschlag wohnen nur Leute mit erwachsenen Kindern«, antwortete die Alte streng. »Das jüngste war zweiundzwanzig. Aber Annabel ist letzten Sonntag gestorben.« Sie bekreuzigte sich vor der Marienstatue.

»Annabel Scheichenzuber?«, fragte Fanni. »Die Tote vom Falkenstein?

Die Frau nickte. »Sie kannten das Mädel?«

»Nur vom Hörensagen«, wich Fanni aus.

»Annabel hat dort drüben gewohnt.« Die alte Frau machte zwei Schritte, die sie vor die Kapelle führten, und deutete zu der Stelle, wo das Finkenschlagsträßchen wieder in sich selbst mündete.

Fanni war ihr gefolgt und nahm das gelbe Haus, das dort stand ins Visier. Es schien Fanni weniger gepflegt als die umliegenden Anwesen.

»Das war die Strafe«, murmelte die Alte.

Fanni starrte sie an. »Welche Strafe und wofür?«

»Der Scheichenzuber ist ein notorischer Quertreiber«, antwortete die alte Frau. »Er glaubt an keinen Gott und an keinen Teufel. Von keinem Doktor und von keinem Lehrer lässt er sich was sagen. Über unsere wundertätige Quelle spottet er bloß. Und seine Frau ist keinen Deut besser. Das haben die zwei jetzt davon. Der Herrgott hat ihnen die Tochter genommen.«

Hätte ein Tröpfchen Wunderwasser Annabel vor dem Erschlagenwerden retten können?

War Annabel zugänglicher als ihre Eltern?, wollte Fanni fragen, aber die Alte ließ sie nicht zu Wort kommen.

»Unser Quellwasser hier ist im ganzen Landkreis für seine Heilkraft bekannt. Manche Leute kommen dafür sogar von weither, füllen es in Flaschen ab und bewahren es für Notfälle auf. Der Kräuterdoktor aus Ludwigsthal bereitet alle seine Tränke damit zu.«

»Doc Haller?«, staunte Fanni.

Die Alte nickte. »Er kommt jeden Abend.« Sie kehrte in die Kapelle zurück, beugte sich über das Granitbecken und ließ ihren Krug volllaufen. Als sie sich wieder aufrichtete, sagte sie: »Es hat gerade sieben Uhr geschlagen. Um diese Zeit schließe ich immer ab. Nachts ist unser Kirchlein versperrt, damit niemand Schindluder treiben kann.«

Sieben Uhr, Fanni!

Fanni eilte zu ihrem Wagen.

Als sie eine Viertelstunde später ins Restaurant des Hotels trat, saß Sprudel wartend an der Theke.

»Ich sollte mir ein Herbarium anlegen«, sagte Sprudel, nachdem sie sich an einen Tisch gesetzt und ihre Abendmahlzeit bestellt hatten. »Doc Haller wird mir bestimmt dabei helfen, wenn ich ihn darum bitte.«

»Ach Sprudel, soviel ich weiß, kannst du nicht mal Löwenzahn von Brennnessel unterscheiden.«

»Na und«, schnaubte Sprudel, »ich will die Pflanzen ja nicht zu Tee verarbeiten, nur sammeln.«

»Für ein Herbarium musst du sie aber katalogisieren, benennen, beschreiben, ihre Merkmale aufzählen.«

»Eben«, antwortete Sprudel, »und dafür geh ich beim Doc in die Lehre, bei den Nationalparkrangern und bei all jenen, die tagtäglich am Falkenstein herumstiefeln und das Revier kennen wie ihre Hosentasche.«

Fanni pickte ein Salatblatt von ihrem Teller auf, dann nickte sie Sprudel zu. »Eigentlich ist die Idee gar nicht schlecht. Selbst wenn du bezüglich der Todesfälle nicht auf die kleinste Spur stößt, es wird dir guttun – das Pflanzensammeln in Wald und Wiese. Und vielleicht begegnest du doch noch dem Wolpertinger, der die Mädchen auf dem Gewissen hat.«

Sprudel wusste sofort, was Fanni meinte, und antwortete: »Begegnet sind wir ihm womöglich längst, bloß gemerkt haben wir es nicht.«

Schweigend aßen sie zu Ende.

Weil Sprudel nun schon eine ganze Woche im Hotel Zur Waldbahn wohnte, servierte ihnen der Chef den Espresso persönlich und sagte schmunzelnd: »Freut mich, dass Sie unser Haus nun doch der Falkenstein-Hütte vorziehen. Meine Frau hat sich richtig Sorgen gemacht, als Sie sich zugunsten eines Matratzenlagers abgemeldet haben.«

»Die Männerkammer hat mir allerdings bedeutend weniger zugesetzt als die Schnapsrunden«, lachte Sprudel.

Der Hotelier nickte. »Soll hübsch feucht zugehen da oben. Dabei dürfte der Max keinen Tropfen Alkohol mehr anrühren. Scheint aber so, als wollte er sich lieber zu Tode saufen, anstatt dem Rat seines Arztes zu folgen. Es wird geredet, dass der Max aus dem letzten Loch pfeift, angeblich hat ihn die Arthritis grob am Wickel, oder ist es die Gicht?«

Sprudel zuckte die Schultern, räumte aber ein: »Max kann kaum laufen, er benützt zwei Krücken, um vom Tresen zum Stammtisch zu humpeln. Aber vielleicht«, fügte er dann an, »bringt ihn ja Doc Haller mit seinen Kräutertinkturen wieder auf die Beine.«

»Der Krautdoktor scheint in der Falkensteinregion recht aktiv zu sein«, sagte der Hotelier.

Stimmt, dachte Fanni, während sie Zucker in ihren Espresso rührte. Und was schließen wir daraus?

Dass er was von seinem Handwerk versteht!

Sprudel hat recht, überlegte Fanni, man sollte wirklich versuchen, Heilkräuter unterscheiden zu lernen und ein bisschen was über ihre Wirkung zu erfahren.

Oho, auf einmal möchte Frau Fanni Expertin für Naturheilkunde werden! Hattest du dir nicht früher mal eingebildet, eine Koryphäe auf dem Gebiet der Mikrobiologie werden zu können? Das hat ja wohl auch nicht geklappt!

Seufzend trank Fanni einen kleinen Schluck von ihrem Espresso und nahm sich vor, zumindest den Aufdruck auf ihrer Packung Ysoptee noch mal genau durchzulesen.

Sie horchte auf, als sie Annabels Namen hörte.

»Severin Ruckerbauer, Annabels Freund«, sagte der Hotelier

soeben, »das ist der Neffe vom Franz, unserem Koch. Unser Franz ist seit Tagen völlig aus dem Häuschen, weil Severin unter Mordverdacht steht. Ich hoffe, die Sache klärt sich bald auf. Franz hat deswegen schon dreimal die Hollandaise versaut.«

»Fürchtet Ihr Koch, dass sein Neffe Annabel umgebracht hat?«, fragte Sprudel.

Der Hotelier schüttelte den Kopf. »Niemand hier glaubt, dass der Bub seiner Annabel was angetan hat. Es heißt zwar, sie hätten sich gestritten, bevor Annabel gestorben ist, aber das bedeutet doch gar nichts. Selbst wenn es – wie manche sagen – dem Severin nicht gepasst hätte, dass die Annabel jedes Wochenende in der Schutzhütte bedient hat, ist das doch kein Grund, sie umzubringen.«

»Es scheint aber, als wäre nach Auffassung der Polizei Severin Ruckerbauer der Einzige, der als Täter infrage kommt«, meinte Sprudel.

»Eben«, sagte der Hotelier darauf, »das macht ja den Franz so fertig.«

»Waren Annabel und Severin schon lange zusammen?«, fragte Sprudel.

»Etliche Jahre«, antwortete der Hotelier. »Sie wollten bald heiraten und ein Geschäft für Kunsthandwerk eröffnen. Dafür haben sie jeden Pfennig gespart, und deswegen hatte auch Annabel diesen Wochenendjob bei Max.«

»Hat Severin auch etwas zur Finanzierung des gemeinsamen Projekts beigetragen?«, fragte Fanni.

Der Hotelier zuckte die Schulten. Im selben Moment rief Franz, der Koch, aus dem Durchgang zur Küche: »Ich mach Feierabend, Chef!«

»Warte, Franz!«, hielt ihn der Hotelier zurück. »Wir reden grad von deinem Neffen, der Herr Sprudel, die Frau Rot und ich. Das Hotel Zur Waldbahn hat nämlich momentan einen pensionierten Kriminalkommissar zu Gast. Setz dich her, dann kannst ihm erklären, warum die Polizei schiefliegt, wenn sie den Severin verdächtigt. Und, Franz, schenk dir ein Glas Wein ein, dann fällt dir's Reden leichter.«

Einen Augenblick später trat Franz mit einem Halbliterglas Rotwein aus der Küche, setzte sich mit an den Tisch und ließ einen Wortschwall vom Stapel.

Die andere Hälfte der Literflasche muss er schon intus haben, dachte Fanni, nachdem bald reihenweise angefangene Sätze herumgeisterten, weil Franzens Gedankensprünge ständig einen Neubeginn forderten. Fanni konzentrierte sich auf das Substrat.

Annabel und Severin galten als Vorzeigeschüler der Glasfachschule in Zwiesel. Beide hatten bei Erwin Eisch in Frauenau Praktika absolviert und dabei die Aufmerksamkeit dieses weit über die Region hinaus bekannten Glaskünstlers erregt. Severin durfte im vergangenen Sommer sogar eines seiner Werke – ein Weinglas in Form eines Blütenkelchs – beim Zwiesler Buntspecht präsentieren.

»Unser Buntspecht«, stoppte der Hotelier den Redefluss seines Kochs, »ist die meist beachtete Kunstausstellung in unserer Gegend, bei der alljährlich die bedeutendsten Maler, Bildhauer und Glaskünstler der Region ihre Werke zeigen.«

Franz nutzte die Unterbrechung, um sein Glas zur Hälfte zu leeren, und fuhr dann mit seinen atemberaubenden Satzgefügen fort.

Auf Severin wartete laut Franz eine großartige Zukunft. Als graduiertem Glasfachingenieur – zudem exorbitant künstlerisch begabt – sollten ihm bald alle Türen offen stehen. Annabel passte zu diesem Tausendsassa wie der Kren zum Tafelspitz. Sie malte das Golddekor aufs Glas wie keine zweite, und mit der Diamantscheibe schliff sie Gravuren, die ihr Preise und Auszeichnungen noch und noch einbringen hätten können.

Der Hotelier nickte bestätigend zu den Ausführungen seines Kochs. Franz nickte sich selbst zu, leerte das Glas und stürzte sich wieder in jenes Rededuell, das er mit sich selbst auszutragen beschlossen hatte.

Nachdem er noch mal gut zwanzig Minuten geschwatzt hatte, fasste Fanni still für sich zusammen, was ihr davon bedeutungsvoll erschien:

Annabel und Severin ergänzten sich anscheinend prächtig. Ihr geselliges, kontaktfreudiges Wesen bildete mit seinem zurückhaltenden Genius ein perfektes Ganzes. Unstimmigkeiten gab es nur, wenn das Wochenende nahte, Annabel dem Falkenstein zustrebte und Severin allein zurückließ. Er verbrachte dann Stunde um Stunde vor seinem Computer bei World of Warcraft.

Ja, erinnerte sich Franz auf Fannis Nachbohren hin, Severin

hatte einmal erwähnt, mit einem Rechner samt Internetanschluss ließe sich ganz schön Geld verdienen, aber näher hatte er sich nicht darüber ausgelassen.

Handel mit Raubkopien, dachte Fanni, gibt es so was? Hatte Severin an seinem Computer was Kriminelles dieser Art am Laufen? – Vielleicht. Vielleicht ist Annabel dahintergekommen und hat deshalb zu Heide gesagt, sie wäre fertig mit Severin Ruckerbauer, weil er ein Schwein sei. Ein perverses, widerwärtiges Schwein.

Klar, und die Spezialisten von der Kripo haben sich Scheuklappen aufgesetzt, bevor sie sich Severins Festplatte vornahmen!

Vielleicht gibt es inzwischen …

Und davon weiß Sprudel nichts? Ist Hofer plötzlich mit Stummheit geschlagen?

Vielleicht …

Weißt du, Fanni Rot, was ihr, du und Sprudel samt Polizei, zu den Todesfällen am Falkenstein inzwischen herausgefunden habt?

Einen Mount Everest aus Vielleichts!

7

Am Sonntag, den 24. September, gegen Mittag kam Fanni nach Hause zurück. Nach einem späten Frühstück im Hotel Zur Waldbahn hatte sie sich von Sprudel verabschiedet und war davongefahren.

»Gleich heute«, hatte Sprudel gesagt, »werde ich nach Pflanzen Ausschau halten, den ersten für mein nagelneues Herbarium. Morgen Vormittag melde ich mich bei dir, Fanni. Vielleicht hast du Zeit, dir meinen Ertrag anzusehen.«

Fanni betrat das Haus und rief nach Leni. Ihre Tochter musste bereits aus Nürnberg zurück sein, denn ihr Wagen stand auf seinem üblichen Platz am Rand der Zufahrt zur Garage.

Hallo, Mami«, hörte sie Lenis Stimme von oben. »Ich komm gleich runter. Wollte sowieso Pause machen, wenn ich das Kapitel hier fertig hab.«

Fanni packte Tasche und Rucksack aus, füllte die Waschmaschine, und dann fragte sie im Kühlschrank nach, was sie für Hans Rot abends auf den Tisch bringen könnte. Sie erwartete ihn so gegen fünf Uhr zurück.

Die Antwort aus den Kühlschrankfächern fiel deprimierend aus. Fanni klappte die Tür zu und sah sich ihrer Tochter gegenüber.

»Schon zurück von der Verbrecherjagd, Miss Marple?«, grinste Leni. »Gangster geschnappt?«

Fanni schüttelte den Kopf. »Wie denn, wir wissen ja über die Opfer kaum mehr als das, was in ihren Meldezetteln steht.«

»Informationen über Irina Svetla gefällig?«, fragte Leni.

Fanni glotzte sie an.

Leni stellte sich in Positur. »Hier sehen Sie Leni Rot, unsere Spitzenagentin«, trompetete sie. »Sie ist extra gestern Abend noch aus Nürnberg hierher gedüst, um Ermittlungen im Fall Irina Svetla anzustellen.«

Fanni applaudierte.

Leni verbeugte sich und sagte in normalem Tonfall: »Ich hab ein wenig recherchiert für dich und Sprudel – bei Jonas.«

»Du hast Jonas über seine Beziehung zu Irina ausgehorcht«, staunte Fanni, »und er hat dir etwas darüber erzählt?«

»Wenn du dir genug Zeit nimmst und auch noch seine Waffensammlung besichtigst, dann erzählt dir Jonas alles, was du hören willst.«

Leni nahm eine Packung Kekse aus dem Fach, in dem Fanni das Naschwerk aufbewahrte, und schaltete die Espressomaschine ein. »Cappuccino?«, fragte sie.

Fanni nickte zerstreut. Hatte sich Leni, die Pazifistin, die Waffenhasserin, Jonas' Schießprügel nur deshalb angesehen, um für ihre Mutter Informationen zu sammeln, oder steckte da noch etwas anderes dahinter?

Fanni nahm die volle Tasse, die Leni ihr reichte, trug sie zum Esstisch und setzte sich davor.

Es lässt sich nur eine einzige Motivation denken, die logisch begründet, warum sich Leni Flinten anschaut. Deine Tochter hat sich in Jonas Böckl verknallt. Weiß der Himmel, warum.

»Ich hatte keine Ahnung, was es alles für Schießeisen gibt«, fuhr Leni fort. »Im Keller der Böckls steht ein riesiger gepanzerter Schrank voller Gewehre. Das Prunkstück ist eine Winchester aus dem Jahr 1897.«

Weil von Fanni keine Reaktion kam, sah Leni ihre Mutter scharf an. »Fehlt dir was, Mama?«

»Ich … ich«, stotterte Fanni, »ich dachte, du verabscheust Waffen.«

»Tu ich auch«, antwortete Leni, »ebenso verabscheue ich gefährliche Viren. Gleichwohl kultiviere ich sie, wenn es sein muss.«

Fanni begriff. Trotzdem! Um Waffen zu besichtigen, hätte Leni auch mit Hans Rot zum Schützenhaus fahren können. Sie atmete durch und fragte: »Wie kommt Jonas an diese Raritäten?«

»Solche Stücke tauchen immer wieder mal auf dem Schwarzmarkt auf, vor allem Tschechien erweist sich als ergiebige Quelle für Waffen aller Art. Außerdem spricht sich in Sammlerkreisen schnell herum, wenn was Attraktives zum Verkauf steht. Jonas und sein Vater gelten als solvente Kunden.«

Fanni nickte und schluckte das Wort »illegal« hinunter.

»Kennst du eigentlich den Unterschied zwischen Pistole und Revolver, Mama?«

Fanni seufzte. Leni muss vor lauter Verliebtheit irre sein, dachte sie, sonst würde sie mich so was nicht fragen.

Lenis Frage war ohnehin rhetorisch gemeint, denn sie fuhr fort: »Beim Revolver wird das Magazin als drehbare Trommel eingearbeitet.«

Revolvere – zurückdrehen, umwälzen, kramte Fanni verstaubte Lateinvokabeln aus ihrem Gedächtnis.

»Jonas besitzt zwei Revolver«, sagte Leni, »einen von Smith and Wesson und einen von Colt, mindestens dreißig Jahre alt, alle beide.«

Fanni sah ihre Tochter bekümmert an. Leni nahm sich einen Keks, biss hinein und kaute. Fanni schien es für einen Moment, als müsste sich ihre Tochter ein Grinsen verkneifen.

Weshalb?

Fanni entschied, sich getäuscht zu haben. Ganz sicher hatte sie sich getäuscht, denn Leni aß nachdenklich den Keks auf, dann berichtete sie weiter: »Jonas hat mir seine Polizeipistolen gezeigt, die Walther P1, die Walther PP und die Walther PPK. PPK bedeutet ›Polizei Pistole Kriminal‹.«

Fanni wiederholte leise: »Polizei Pistole Kriminal«, und meinte dann: »Hört sich verdreht an, so als würde man sagen: Schirm Ständer Regen.«

Leni prustete, überlegte einen Augenblick und wartete mit »Kraft Werk Heiz« auf.

Fanni konterte mit »Blumen Stängel Butter«. Leni bog sich vor Lachen. Bevor sie »Beeren Gelee Wald« komplett herausbringen konnte, tönte ein für den Erlenweiler Ring unübliches Knattern von der Straße herein.

Beide reckten den Hals, um aus dem Fenster blicken zu können. Sie sahen einen etwas altertümlichen Motorroller vorbeizuckeln und vor Böckls Einfahrt anhalten. Als der Fahrer den Helm abnahm, erkannte Fanni in ihm den Nachbarssohn.

»Jonas«, rief Leni im selben Augenblick. »Womit kurvt der denn herum? Woher hat er denn …? Na, da frag ich ihn doch auf der Stelle.«

Sie stürmte hinaus.

Fanni schaute durch das Fenster zu, wie sie Jonas abfing und lachend auf den Roller deutete. Plötzlich wurde sie ernst, schüttelte ein paarmal den Kopf, schlug sich erschrocken die Hände vor den Mund. Nach einer Weile nickte sie und eilte zum Haus der Rots zurück.

»Jonas' BMW ist zu Schrott geschlagen worden«, teilte sie Fanni mit.

»Geschlagen?«, fragte Fanni verdattert.

»Mit einem Vorschlaghammer vermutlich«, sagte Leni und begann zu berichten, was sie soeben erfahren hatte: »Jonas war heute in Tschechien zur Jagd. Auf dem Rückweg hat er seinen BMW in Böhmisch Eisenstein in der Nähe des Spielcasinos geparkt, weil er noch Zigaretten und Cognac kaufen und eine Freundin besuchen wollte, die gleich vis-à-vis wohnt. Als er zurückkam, war sein Wagen demoliert.«

»Mit einem Vorschlaghammer«, wunderte sich Fanni, »mitten im Ort? Das hätte doch jemand hören und sehen und – dagegen einschreiten müssen.«

»Jonas sagt, der Wagen stand etwas abseits der Hauptstraße, und ganz in der Nähe fand ein Rockkonzert statt, das Wummern aus dem Zelt hätte sogar einen Pressluftbohrer übertönt.«

Bevor Fanni weitere Fragen stellen konnte, fuhr Leni fort: »Jonas musste Frieder Zacher – du weißt doch, das ist der Vater von Thomas, der in Regen eine Reparaturwerkstatt für Kraftfahrzeuge betreibt – mit dem Abschleppwagen kommen lassen. Der BMW steht jetzt auf Frieders Hof. Er hat Jonas den Roller geliehen, damit er nach Hause fahren konnte.«

Leni trat an den Tisch, schaute in ihre Kaffeetasse, trank den letzten Schluck, der sich noch darin befand, und sagte: »Frieder braucht den Roller aber heute noch zurück. Jonas wollte ihn eigentlich in den Geländewagen laden und sofort wieder nach Regen bringen, aber mit dem Geländewagen ist sein Vater unterwegs. Deshalb hat Jonas mich gebeten, ihn zu fahren.« Sie lächelte Fanni zu. »In spätestens einer Stunde bin ich wieder da.«

Und damit war Leni aus dem Haus. Kurz darauf sah Fanni sie davonfahren – mit dem Roller, dessen Vorderteil aus dem Kofferraum ragte, mit Jonas und mit den Informationen über Irina Svetla.

Anstatt aus dem Fenster zu gaffen, solltest du dich lieber ums Abendessen kümmern!

Fanni begann Kartoffeln zu schälen.

Der Käse auf dem Gratin bräunte bereits, als Leni zurückkam. Gleich nach ihr bog Hans Rot in die Zufahrt. Fanni schaltete das Backrohr aus. Sie wollte eben Teller und Gläser auf den Tisch stellen, da klingelte das Telefon. Fanni ging in den Flur hinaus und hob ab.

Die Stimme ihrer jüngsten Tochter schrie und jammerte und schluchzte in ihr Ohr. Minutenlang wartete Vera mit lautem Wehgeschrei auf, und selbst mit größter Mühe konnte Fanni kein einziges normales Wort aus ihr herausbekommen.

Offensichtlich drang Veras Lamento durchs halbe Haus, denn Leni und Hans Rot stürzten alarmiert herbei. Fanni schüttelte den Kopf, reichte den Hörer an Leni weiter und setzte sich auf den Stuhl beim Telefon.

Was, um Himmels willen, ist denn passiert?, fragte sie sich.

Zugegeben, Vera neigte zu Hysterie, zu Getue und Exaltation. Wenn Vera »katastrophal« sagte, tat man gut daran, das Wort mit »unbequem« zu übersetzen. Aber das, was sie hier am Telefon veranstaltete, ließ in Fanni den Verdacht wachsen, dass »unbequem« die Sache bagatellisieren könnte.

Fanni sah, wie Leni erblasste und den Telefonhörer sinken ließ. »Bernhard hatte einen Unfall«, sagte sie tonlos.

»Tot?«, erkundigte sich Hans Rot.

Leni fragte Vera, ob ihr Mann verletzt sei.

»Liegt im Krankenhaus«, gab sie an ihre Eltern weiter.

»Sag ihr, wir sind schon unterwegs«, kommandierte Hans Rot und sah auf seine Armbanduhr. »Gegen neun sind wir da.« Er wandte sich an Fanni: »Pack! Toilettensachen, Wäsche, Hausschuhe – und ein paar Flaschen Pilsener für mich. Bernhard hat nie Pilsener im Haus. Abfahrt in zehn Minuten – und nimm das Abendessen mit.«

Fanni rannte in den Keller, um die Reisetasche und das Bier zu holen.

Dieser überwältigende Pragmatismus, der Hans in verhängnisvollen Situationen an Hausschuhe und Bier zu denken gestattet, ist es, was ihn unersetzlich macht, dachte sie dabei.

Leni stand bereits mit einer vollgepackten Tasche im Flur.

Hans Rot knipste die Lampen in Esszimmer und Küche aus, zog den Stecker vom Fernsehapparat, dann lief er die Treppe hinauf, um nachzusehen, ob Leni ihren Computer ausgeschaltet hatte.

Fanni schlüpfte in ihre Jacke und griff nach ihrer Handtasche. Das Tütchen mit den Schokoladeherzen, das auf ihrem Kopfkissen in der Weiberkammer gelegen hatte, fiel heraus. Fanni hatte es beim Auspacken des Rucksacks gefunden und in ihre Handtasche gesteckt. Sie stopfte es wieder zurück und eilte nach draußen.

Hans Rot ließ den Wagen an.

Dreieinhalb Stunden später erreichten sie Klein Rohrheim am Rhein, das Dörfchen, in dem Veras Mann eine Zweigstelle der Sparkasse leitete.

Er saß im Wohnzimmer auf dem Sofa und sah sich die Sportnachrichten im Fernsehen an. Sein Handgelenk war bandagiert, quer über seiner Wange klebte ein Pflaster.

»Bloß ein paar Prellungen, sagen die Doktoren«, erklärte er. »Nichts, was mich daran hindern würde, morgen wieder zur Arbeit zu gehen. Der Wagen ist allerdings hin. Man hat mich bewusstlos herausgezogen, aber nur wegen der Beule da.« Er schob ein Büschel Haare weg und tippte sich rechts an die Stirn, wo ihm ein bläulich gefärbtes Horn gewachsen war.

Hans Rot klopfte ihm auf die Schulter. »Was genau ist denn passiert?«

Bernhard hob beide Hände in einer hilflosen Geste. »Ich war in Fürth bei einem Treffen ehemaliger Mitschüler. Am Nachmittag nach dem Kaffee hab ich mich auf den Heimweg gemacht.« Er fuhr sich tastend über die Beule. »Auf der Landstraße kommt mir ein Fiat Panda entgegen, dahinter fährt ein dunkelblauer Audi. Gerade als ich auf gleicher Höhe mit dem Panda bin, schert der Audi aus. Ich zieh aufs Bankett rüber – und da überschlägt es mich.«

»Ich konnte doch nicht wissen …«, ertönte Veras Stimme von der Tür her.

»Natürlich konntest du das nicht«, sagte Fanni beschwichtigend. »Sind die Kinder noch wach?«

Vera nickte. »Sie wollen aus Asterix vorgelesen kriegen.«

Fanni ging nach oben.

Als sie ins Wohnzimmer zurückkam, fand sie nur Leni vor, die Legoklötzchen aufsammelte.

»Sie sind zum Schrottplatz gefahren«, sagte Leni, »das Wrack besichtigen. Bernhard kennt den Besitzer, der lässt sie durchs Gatter und macht das Flutlicht an.«

Fanni nutzte die Abwesenheit der uneingeweihten Familienmitglieder, um Sprudel anzurufen.

Am Montagmorgen gegen acht bereitete Fanni für die ganze Familie – außer Bernhard – Frühstück zu. Veras Mann war bereits in seine Sparkassenfiliale unterwegs. Die Rots selbst wollten sich spätestens um zehn Uhr wieder auf die Heimreise machen.

Als Fanni die Flocken fürs Müsli einweichte, kam Minna in die Küche und verkündete, Max sei nicht in seinem Bett.

»Der hat sich sicher zu Tante Leni unter die Decke gemogelt«, lächelte Fanni.

Minna schüttelte ernst den Kopf. »Leni ist duschen.«

»Dann ist Max bei Mama«, sagte Fanni.

Wieder ein Kopfschütteln. »Mami ist auf dem Klo. Und Papa hat schon Tschüss zu mir gesagt.«

»Na«, fragte Fanni, »wo könnte Max denn sein? Bei Opa?«

Neuerliches Kopfschütteln samt der kryptischen Antwort: »Wenn Max nirgends ist, dann hockt er in seiner Höhle.«

Fanni kapitulierte und schnitt Apfelschnitze fürs Müsli.

Max tauchte zum Frühstück nicht auf.

Um zehn beorderte Vera ihren Mann aus der Sparkasse nach Hause. Um elf alarmierte Bernhard die Polizei.

Wenn sich Max in einem der Vorgärten versteckt hätte, dachte Fanni, dann wäre er längst entdeckt worden. Denn in Klein Rohrheim tratschen sogar die Grashalme, die Zaunlatten – und die Regenwürmer sowieso.

Bissigkeit war schon immer Fannis Art gewesen, ihre Sorgen zu bemänteln.

Max war nun seit vier Stunden abgängig. Länger, falls er schon bei Nacht …

»Wo ist denn Mäxchens Höhle?«, sagte Fanni zu Minna.

»Bei Erwin.«

Fanni schluckte. »Und wo wohnt Erwin?«

»Vor dem fürcht ich mich.«

Fanni wurde übel.

»Kinderphantasien!«, rief Hans Rot und stürmte auf die Haustür zu. »Ich gehe die Gässchen um die Sparkasse ab. Vielleicht ist Max losmarschiert, weil er seinen Papa in der Bank besuchen wollte, und hat sich verirrt.«

Dann wäre er um halb neun wieder nach Hause gekommen, dachte Fanni. An der Hand der Bäckerin, die ihren Laden neben der Sparkasse hat, oder auf den Schultern vom Apotheker.

Sie eilte auf die Straße hinaus und fand einen Polizisten im Gespräch mit einer Passantin. Als Fanni herankam, ging die Frau weiter.

Fanni fragte den Polizeibeamten, ob jemand in Klein Rohrheim auf die eine oder andere Weise von sich reden gemacht hatte. Daraufhin bekam sie den Dorftratsch eines halben Jahrzehnts zu hören. Fanni schaute die Straße hinauf und hinunter, nahm die Fenster der umliegenden Häuser ins Visier und fragte sich, ob Max hinter einem von ihnen gefangen gehalten wurde.

Plötzlich stand Leni neben ihr.

»Was, wenn Max überhaupt nicht fort ist?«, sagte sie. »Ich finde es irgendwie komisch, dass ihn überhaupt niemand gesehen hat. Hier, mitten im Dorf, wo kein Furz ungehört verhallt.«

Fanni musste grinsen.

Der Polizeibeamte sah Leni aufgebracht an. »Und wo bitte, meine Dame, soll sich Max seit Stunden befinden?«, fragte er streng.

Leni zuckte die Schultern. »Natürlich haben wir zuerst im Haus nach ihm gesucht«, gab sie zu. »Aber vielleicht nicht gründlich genug. Womöglich hat er sich in irgendeinem Schlupfwinkel verkrochen und ist wieder eingeschlafen. Vielleicht hockt er in einer Truhe oder Kommode und kommt von alleine nicht mehr heraus.«

Der Polizeibeamte lachte spöttisch. »Und in dieser Truhe hat er sich selbst mit seinem Taschentuch geknebelt, damit er nicht schreien kann.«

»Wollen wir nicht lieber noch einmal nachsehen?«, sagte Leni.

»Ich suche im Keller«, meinte Fanni und folgte Leni, die bereits auf den Hauseingang zusteuerte.

Der Polizeibeamte sah ihnen verdattert nach.

Fanni schloss die Tür und wollte sich zur Kellertreppe wenden, da sagte Leni: »Ich glaube Minna jedes Wort: Max besucht regelmäßig seinen Freund in der geheimen Höhle. Aber Max ist immer nur ganz kurz weg. Außer heute.«

Fanni wurde blass. Leni sah sie an und sagte: »Im ersten Moment habe ich das auch gedacht. Jemand, den Max gut kennt, schleppt ihn regelmäßig in ein Versteck und missbraucht ihn.«

»Und jetzt glaubst du das nicht mehr?«, flüsterte Fanni.

»Schau, Mama«, sagte Leni, »Kinder, die missbraucht werden, verändern meist ihr Naturell. Vera würde gemerkt haben, dass bei Max was nicht stimmt.«

Fanni nickte und wünschte sich verzweifelt, Leni läge richtig.

Wer ist denn dieser Freund, der sich mit Max vor aller Augen versteckt?, fragte sich Fanni. Ein Spielkamerad aus dem Kindergarten? Wohl kaum, dachte sie. Kleine Buben kann man nicht fortwährend übersehen und überhören, sie schleichen nicht gewohnheitsmäßig durch Hinterhöfe wie Jack the Ripper. Es muss ein Erwachsener sein, der Max verstohlen in einen Schlupfwinkel lockt.

Fanni wurde wieder übel. Leni legte ihr den Arm um die Schultern. »Mama, Max kann nicht weit sein. Wenn Minna ›ganz kurz‹ sagt, dann meint sie höchstens ein paar Minuten. Falls Max öfter für längere Zeit verschwunden wäre, hätte es ja auch Vera auffallen müssen.«

Fanni nickte und stieg die Kellertreppe hinunter.

Leni machte sich auf den Weg zum Dachboden.

Fanni betrat den Kellerraum, in dem Vera ihre Vorräte aufbewahrte. Sie schlängelte sich zwischen den Bier- und Limokästen durch, umschiffte den alten Küchentisch, auf dem sich Milchkartons und Breipackungen stapelten, und stieß mit dem Knie an die Tiefkühltruhe. Fanni erstarrte. Was, wenn Mäxchen da hineingekrochen war? Vielleicht wollte er sich das Vanilleeis verschaffen oder die Apfelküchlein. Und dann war der Deckel zugeknallt.

Fannis Hand umklammerte den Griff. Mit einem Ruck öffnete sie die Tiefkühltruhe und kniff dabei die Augen zu. Würde sie – was Gott verhüte – ein raureifüberzogenes, steif gefrorenes Mäxchen zu Gesicht bekommen?

Reiß dich zusammen, Fanni!

Sie blinzelte. Zwei Forellen glupschten ihr mit weiß hervorquellenden Augäpfeln entgegen. Daneben erhob sich ein schiefer

Turm aus Pizzaschachteln. Dahinter lagen kreuz und quer die Eispackungen. Keine Spur von Max.

Fanni atmete auf und schloss den Deckel. Sie stöberte noch eine Weile hinter leeren Kartons herum und öffnete die Türen eines alten Küchenbüfetts, in dem sich Marmeladengläser und Konservendosen den Platz streitig machten und kein Eckchen für Max übrig ließen. Nach einem letzten Blick in die Kartoffelkiste verließ Fanni den Vorratskeller und trat in den Heizungsraum.

Vier Öltanks hockten hinter einem halbhohen Mäuerchen, dazwischen lagen Staubflusen, tote Spinnen und gewöhnlicher Dreck. Würde Max da hineinkriechen? Fanni beugte sich über die Mauer und starrte in den zehn Zentimeter breiten Spalt zwischen dem ersten und dem zweiten Tank. Wenn Max dort hinuntergerutscht war, würde er feststecken. Aber Max klemmte nicht in dieser Lücke, auch nicht in der nächsten oder übernächsten.

Fanni schlug die Stahltür des Heizraums zu und öffnete die mit Kinoplakaten bepflasterte Tür, die in den größten Raum des Kellers führte, in dem Vera und Bernhard alles abstellten, was anderswo im Weg stand.

Fanni sah sich Bergen von Gerümpel gegenüber.

Sie wandte sich nach rechts und kletterte über einen Wall ausgedienter Neonröhren. Dann schlängelte sie sich zwischen zwei Polstersesseln durch, die Rücken an Rücken zueinander standen, und überlegte eben, wie sie das Sofa überwinden sollte, das ihr den Weiterweg ins Dunkel des äußersten Winkels versperrte, als sie Mäxchens Stimme hörte:

»Omi, mir war so schlecht.«

Fanni ließ sich auf die Couch plumpsen. So, Fanni Rot, dachte sie. Du hörst also schon Stimmen! Du hörst die Stimme von Max aus der Dunkelheit.

Was nur einen einzigen vernünftigen Schluss zulässt: Du hast den Verstand verloren. Du bist plemplem, meschugge, völlig durchgedreht.

Fanni zuckte zurück, als etwas Kleines, Warmes, Weiches in ihre Hand schlüpfte.

»Oma?«

8

»Oma, frierst du?«

Fanni saß auf einem Polster im Keller und konnte nicht aufhören zu zittern. Max hatte sie vor wenigen Minuten in seine geheime Höhle im hintersten Winkel des Kellerraumes geführt. Der Unterschlupf bestand aus einem Karree von Matratzen und besaß ein Dach aus Planen und Decken. Max hatte eine Taschenlampe angeknipst und Fanni durch den schmalen Eingang gelotst. Drinnen war es erstaunlich warm und gemütlich. Auf dem Boden lag ein Flokatiteppich, darauf türmten sich Kissen. An einer Seite verlief ein Brett auf vier Klötzen, auf dem, so registrierte Fanni, sich alles Notwendige befand, um Tage, wenn nicht Wochen zu überstehen. Es gab Schokolade und Kekse, Knäckebrot und Saft, Bilderbücher, einen kleinen Kassettenrekorder …

»Und das ist Erwin«, hatte Max gesagt und auf einen Plüschteddy gedeutet. »Das hier ist sein Haus. Wir haben es extra für ihn gebaut. Und ich darf immer herkommen, wenn ich mag.«

Der Teddy saß auf einem Campingstuhl, trug eine Brille und hielt ein Buch in den Pfoten. »Männer an den Herd«, las Fanni auf dem Cover.

Sie kannte den Teddy. Sie wusste, dass er sie stehend um eine Handbreite überragte. Fanni kannte auch das Buch.

Der Teddy war vor ungefähr neun Monaten ins Haus gekommen, genau gesagt am vergangenen Weihnachtsfest. Leo hatte das Plüschmonster für Max und Minna angeschleppt, und Minna hatte sich davor gefürchtet. Damit beantwortete sich die Frage, wer mit Max zusammen diese Behausung für Erwin gebaut hatte.

Bei dem Kochbuch handelte es sich um Veras Weihnachtsgeschenk für Leo, und Erwins Brille sah exakt so aus wie die, nach der Hans Rot seit Monaten suchte.

Fanni hatte sich auf eines der Polster sinken lassen, die auf dem Flokati lagen.

»Du bist aber heute Erwin schon sehr früh besuchen gegangen«, sagte sie.

Max nickte ernsthaft. »Wo alle noch geschlafen haben.«

»Warum?«, fragte Fanni.

Max erklärte ihr, dass er am Morgen aufgestanden sei, aber gleich gemerkt habe, dass er als Einziger wach war. Deshalb habe er sich zu Erwin in die Höhle aufgemacht.

»Ich habe mir TKKG angehört. Aber auf einmal ist mir schlecht geworden. Ich hab sogar ein bisschen gespuckt – schau.« Er zeigte auf eine kleine Pfütze in der Ecke. »Mir war so schlecht, Oma. So furchtbar schlecht, dass ich gar nicht mehr zu euch hinaufgehen konnte. Ich konnte mich bloß noch auf das Fell da legen. Und dann, glaub ich, bin ich eingeschlafen.«

»Geht's dir jetzt wieder besser?«, fragte Fanni.

»Klar, machst du mir Kirsch-Eierkuchen?«

Vera stürzte sich auf Max und drohte ihn zu erdrücken, als Fanni mit ihm ins Wohnzimmer trat.

Fanni eilte zum Telefon.

Sie verständigte die Polizei, Hans Rot und Bernhard, dass Max gefunden sei. Dann ging sie in die Küche und begann, Eier mit Milch und Mehl zu verquirlen. Max sollte seine Pfannkuchen – die man hier Eierkuchen nannte – bekommen.

Hans Rot und Bernhard kehrten zurück und mit ihnen ein Pulk Leute. Halb Klein Rohrheim hatte inzwischen nach Max gesucht.

»Das muss gefeiert werden«, verkündete Hans Rot. »Max ist wieder aufgetaucht! Und niemand hat ihm ein Haar gekrümmt! Na, wenn das kein Grund zum Feiern ist!« Er begann Stühle ins Wohnzimmer zu tragen, sodass alle Platz fanden. Bernhard kam mit einem Kasten Bier aus dem Keller, und Vera verteilte Gläser.

Max trollte sich in die Küche zu Fanni. Er aß zwei Pfannkuchen mit Kirschkompott, dann begann er, ein Legohaus zu bauen.

Die Kirchturmuhr von Klein Rohrheim schlug eins.

Aus dem Wohnzimmer tönte Gelächter. Die Party kam in Schwung. Der Metzger eilte aus dem Haus und kehrte gleich darauf mit einer Schüssel voll Würstchen zurück.

Fanni legte sie in heißes Wasser.

Ich muss duschen, dachte Fanni. Sie spürte, wie sie aus allen Poren nach Panik stank.

Aber zuvor musste sie Sprudel anrufen.

Niemand würde sich im Moment dafür interessieren, mit wem sie da draußen im Flur telefonierte.

Sprudel hob beim ersten Klingelton ab.

Fanni begann sofort mit ihrem Bericht und hörte Sprudel aufatmen, als ihm klar wurde, dass Max unversehrt wieder aufgetaucht war.

»Ruh dich ein wenig aus«, sagte er zu Fanni. »Ich kann mir denken, wie gerädert du bist. Ich würde dich gern im Arm halten.«

»Ich stinke«, sagte Fanni.

Sprudel lachte erwärmend, und Fanni begriff, dass es ihm nichts ausmachen würde. »Sprudel«, fuhr sie fort, »ich habe keine Ahnung, wann ich hier wieder wegkomme. Und du wirst übermorgen abreisen. Wer weiß, ob wir uns vorher noch mal treffen können.«

»Wir werden uns treffen«, sagte Sprudel bestimmt. »Vor übermorgen oder nachher. Ich habe schon gestern mit dem Gedanken gespielt, noch eine Woche Urlaub dranzuhängen. Das Zimmer ist sowieso nicht anderweitig vergeben. Seit heute Mittag ist es ausgemacht: Ich bleibe!«

Fanni schluckte: So war er, ihr Sprudel. Sie konnte auf ihn zählen. Mit Hans Rot verhielt es sich meistens umgekehrt, er zählte auf sie, und er gestand es sich nicht einmal ein.

»Hgm«, sagte sie.

Sprudel gluckste leise, dann antwortete er: »Wegen Fanni Rot aus Erlenweiler bleibe ich natürlich nicht extra hier. Was mich hält, sind zwei junge Mädchen – tot, zugegeben. Und ich will wissen, wer sie auf dem Gewissen hat. Du nicht auch?«

Fanni nickte, über ihre Wangen liefen Tränen. Sprudel konnte weder das eine noch das andere sehen, was aber gar nicht nötig war, weil er es wohl ohnehin wusste.

Als Fanni in die Küche zurückkam, fand sie Leni dort vor einer Tasse Kaffee. »Papa will noch länger hierbleiben«, sagte sie und verdrehte die Augen in Richtung Wohnzimmer.

»Wieso denn?«, fragte Fanni. »Bernhard fehlt so gut wie nichts, und mit Mäxchen ist auch wieder alles in Ordnung.«

»Eben«, antwortete Leni. Sie stand auf und fing Hans Rot ab, der gerade aus dem Wohnzimmer trat und auf die Toilette zusteuerte. »Papa, es reicht. Wir fahren jetzt. Ich muss noch heute nach Nürnberg, dringend.«

Sie drehte in Richtung Treppe ab, und Fanni hörte sie das Wort »Auswerten« murmeln und den Namen »Jonas«.

Hans Rot rief seine Tochter zurück. Er winkte sie in die Küche und sagte: »Es geht nicht.«

»Was geht nicht?«, fragte Leni.

»Ich habe Vera versprochen, den Keller auszumisten, damit nicht noch mal eins der Kinder stundenlang verschwinden kann. Das bedeutet einen Haufen Arbeit, und Bernhard wird mir keine Hilfe sein. Er kann ja nicht zupacken mit seinem angebrochenen Handgelenk«, erklärte Hans Rot.

Leni starrte ihn an. »Ist mir entgangen, dass das Kreiswehrersatzamt in Birkdorf nun endgültig wegrationiert wurde?«

Hans Rots Miene bekam einen säuerlichen Zug. »Birkdorf ist und wird nicht geschlossen. Bei uns laufen die Fäden aus dem gesamten Bezirk zusammen. Wir in Birkdorf«, sagte er streng, »arbeiten effizienter als eine Menge anderer Institutionen, und unsere Arbeit wiegt, im Gegensatz zu der von Bücherwürmern und Reagenzglasfüllern, substanziell für Staat und Gesellschaft.«

Großer Gott, dachte Fanni, »wiegt substanziell«, wo hat er das denn her? Stammt das aus dem Fortbildungsseminar von neulich?

Sie sah Leni breit grinsen.

»Zudem«, fuhr Hans Rot schulmeisterlich fort, »haben meine zwei Kollegen und ich im Amt Birkdorf den Arbeitsablauf derart effizient –«

Wusst ich's doch, dachte Fanni, neue Wörter gelernt!

»– gestaltet, dass es keine Störung verursacht, wenn einer von uns überraschend einige Tage freinehmen muss, wegen Krankheit, dringender Familienangelegenheiten, wie auch immer.«

»Wie auch immer«, hakte Leni ein, »ich muss noch heute nach Nürnberg, wegen dringender Arbeitsangelegenheiten.«

Hans Rot trank einen Schluck von dem Kaffee, den sich Fanni eingeschenkt hatte, und biss in das Hörnchen (vom Bäcker gesponsert), das sie dazu essen wollte. Plötzlich heiterte sich seine Miene auf.

»Kein Problem«, sagte er mit vollem Mund, »du nimmst das Auto, fährst nach Nürnberg, und morgen kommst du hierher zurück. Du kannst auch übermorgen kommen oder erst am Wochenende. Ich habe vorhin mit dem Kollegen Senftl telefoniert und mir für den Rest der Woche freigenommen.«

Fanni entglitt die Tasse, die sie gerade wieder füllen wollte, und sie klirrte auf den Unterteller.

»Nicht so stürmisch, Fannilein«, grinste Hans Rot mit einem halben Hörnchen in der Backe.

»Gut«, sagte Leni, »ich mach mich sofort auf den Weg, weil ich zuerst nach Erlenweiler fahren muss, um – äh – die notwendigen Unterlagen dort zu holen.«

Hans Rot nickte desinteressiert.

Leni wandte sich zur Tür, aber plötzlich blieb sie stehen. »Willst du nicht mitkommen, Mama?«, fragte sie. »Ich dachte, du bist für morgen beim Zahnarzt angemeldet.«

Hans Rot horchte auf, und bevor Fanni antworten konnte, sagte er: »So einen Termin kann man doch verschieben. Ruf bei dem Zahnklempner an, Fanni, jetzt gleich.«

Fanni fasste sich an die Wange. »Nein, das lässt sich nicht verschieben. Der Zahn tut mir schon eine ganze Weile weh, weil die Plombe herausgefallen ist, und nächste Woche hat die Praxis wegen Renovierung geschlossen.«

Leni presste beide Hände auf den Mund und studierte Veras Kochbücher auf dem Wandbord.

Hans Rot starrte Fanni missmutig an. »Du willst mich im Stich lassen, wegen einem kleinen Loch im Zahn?«

»Ach Papa«, sagte Leni, »du hast ja Vera und Bernhard und all die netten Nachbarn hier.«

Er nickte. »Zum Glück gibt es auch Leute, denen was an mir liegt. Also bitte, Fanni, dann geh zu deinem Zahnarzt, wenn dir das lieber ist.«

Fanni schüttete den Rest ihres Kaffees ins Spülbecken und eilte mit Leni nach oben, um zu packen.

Schon fünf Minuten später kamen beide wieder zurück.

Fanni nahm ihre Jacke vom Gardarobenhaken und wollte nach ihrer Handtasche greifen, die sich auf dem Tischchen darunter befand. Die Tasche war aufgeklappt, ein paar Sachen lagen verstreut um sie herum – die Handcreme, das Putztuch für die Lesebrille, der Taschenkalender und das Tütchen mit den Schokoladenherzen, einige waren herausgefallen. Fanni sammelte sie hastig ein und steckte sie ins Tütchen zurück. An einem fehlte eine Ecke.

Gibt es bei Vera Mäuse im Haus?

Zwei, sie heißen Minna und Max!

Kurz nach den Sechsuhrnachrichten, die einen Unfall auf der A 3 nahe Passau meldeten, tauchte das Schild auf, das die Autobahnabfahrt nach Erlenweiler ankündigte.

»Mama«, sagte Leni, »machst du Nudeln mit Käsesoße, bis ich meine Sachen zusammensuche?«

»Klar«, nickte Fanni. »Dafür, dass du mich von Klein Rohrheim losgeeist hast, backe ich für dich böhmische Liwanzen, mache Lachslasagne mit Feldsalat, brate Kartoffelrösti und schnipple drei Kilo Äpfel für Apfelstrudel klein. Alles in einem Durchgang.«

Leni lachte. »Nudeln reichen für heute«, meinte sie, »aber ich komme auf das Angebot zurück. Übrigens«, fuhr sie nach einer Pause fort, »wie lange soll ich Papa in Klein Rohrheim schmoren lassen? Bis Samstag?«

Fanni nickte mit Tränen in den Augen.

»Gut«, sagte Leni, »dann fahre ich Samstagmittag von Nürnberg nach Klein Rohrheim und hole ihn. Zum Abendessen werden wir hier sein.«

Während Fanni Nudelwasser aufsetzte, hörte sie ihre Tochter oben rumoren.

Beim Essen wollte sie Leni bitten, ihr endlich zu erzählen, was sie von Jonas Böckl über Irina Svetla erfahren hatte. Auf der Fahrt hatte sie ihrer Tochter nicht mit Fragen darüber kommen wollen, weil der dichte Verkehr ihre ganze Konzentration gefordert hatte.

Und jetzt solltest du das Kind in Ruhe essen lassen, bevor es wieder in den Wagen steigen muss!

Es war nicht nötig, Leni nach Irina zu fragen.

Fanni rührte gerade Sahne, Salz und Pfeffer und eine Prise Chili in den bereits schmelzenden Käse, als Leni herunterkam und sagte: »Ich bin noch gar nicht dazu gekommen, dir von Jonas und seiner Beziehung zu Irina Svetla zu berichten.«

»Was für eine Beziehung hatten die beiden denn?«, fragte Fanni.

»Keine«, grinste Leni. »Irina hat sich nie erweichen lassen, obwohl es Jonas immer wieder probiert hat bei ihr.«

Fanni schreckte die Nudeln ab und sagte: »Das passt zu dem, was im Nationalpark über Irina geredet wird: Sie hat sich verhalten wie eine Nonne.«

»Ganz so sieht Jonas die Sache nicht«, entgegnete Leni. »Er meint, Irina war halt nicht auf mittelmäßige Heringe wie ihn aus. Sie wollte sich einen dicken Fisch an Land ziehen.«

»Als ob das so einfach wäre.«

Leni lachte. »Mit genau diesem Argument ist ihr Jonas auch gekommen. Irina sagte darauf, als hübsches junges Mädchen bräuchte man bloß die passenden Beziehungen, dann wäre es ein Kinderspiel, den allerfettesten Karpfen zu fangen.«

»Ein Kinderspiel wohl nicht«, meinte Fanni.

»Jonas sagt«, fuhr Leni fort, »nach diesem Gespräch sei es ihm zu dumm geworden mit Irina. Er hat ihr geraten, sie solle sich doch an den Hals werfen, wem sie wolle, und ist seiner Wege gegangen. Irina ging die ihren.«

Leni warf ihrer Mutter einen kurzen Blick zu und sprach dann weiter: »Irina ging ihrer Wege und kam dabei um, habe ich Jonas vorgehalten. Darauf hat er ziemlich sauer reagiert: ›Wie hätte ich das denn verhindern können? Hätte ich Irina auf Schritt und Tritt folgen sollen, damit sie nicht in den Höllbach oder in die Deffernik fällt und dort ertrinkt? Bin ich Bodyguard von Beruf? Jeder von uns kann durch einen Unfall sterben, heute, morgen, nächste Woche‹.«

»Bleibt die Frage«, sagte Fanni, »ob es sich bei Irinas Tod um einen Unfall gehandelt hat.«

»Genau«, bestätigte Leni, »und ebendiese Frage hat Jonas dann doch noch zum Nachdenken veranlasst. Viel ist allerdings nicht dabei herausgekommen.«

Sie trug die Nudelschüssel ins Esszimmer. Fanni folgte ihr mit der Soße.

»Jonas meint«, erzählte Leni zu Ende, »Irina könnte sich mit ihrer merkwürdigen Ambition möglicherweise in was verstrickt haben, das sie ins Verderben führte.«

Und das ihr eine Geschlechtskrankheit einbrachte!

Leni hatte drei Portionen Nudeln verdrückt, stand auf und brachte den leeren Teller in die Küche.

»In zehn Minuten fahre ich los«, sagte sie. »Vorher muss ich noch schnell zu Jonas rüberlaufen. Er wird schon auf Kohlen sitzen.«

Kommt Jonas etwa mit?, wollte Fanni rufen, schluckte die Frage aber hastig hinunter. Die beiden konnten nie und nimmer ein Paar sein.

Sie blieb vor ihrem leeren Teller sitzen, dachte über Leni und Jonas nach, über den absonderlichen Unfall von Irina Svetla und über den Tod von Annabel.

Als sie Leni zurückkommen hörte, war Fanni zu dem Resultat gelangt, dass sich bei den drei Rätseln eine Gemeinsamkeit finden ließ: Widersprüche noch und noch!

Sie räumte die Küche auf, winkte Leni nach, als sie davonfuhr, dann nahm sie den Telefonhörer ab und rief Sprudel an.

Eine halbe Stunde später saß sie in ihrem Wagen. Auf dem Beifahrersitz stand eine vollgepackte Reisetasche; bis zum Samstag würde sie wieder ihr Zimmer im Hotel Zur Waldbahn beziehen. Daneben lag – Fanni war auf dem Weg hinaus noch mal umgekehrt und hatte es geholt – ein Päckchen Ysoptee.

9

»Ich habe mir gedacht«, meinte Sprudel beim Frühstück, »wir sollten heute, während wir die Todesfälle kritisch unter die Lupe nehmen – der Unbefangenheit halber –, nicht zum Falkenstein wandern.«

Fanni stimmte ihm zu.

»Wohin also?«, fragte Sprudel. »Ein zweites Mal auf den Rachel?«

Fanni nickte. »Von der Südseite her gibt es einen wunderschönen Weg zum Gipfel. Der Steig führt am Rachelsee und an der Rachelkapelle vorbei. Unser Ausgangsort im Tal heißt Spiegelau. Abfahrt in zehn Minuten?«, fragte Fanni.

Sprudel nickte.

Kurz hinter Spiegelau, an der Straße, die nach Altschönau führte, entdeckten sie das Holzschild mit der Aufschrift »Parkplatz Martinswiese«.

Fanni dirigierte Sprudel hinein. Er sah sich zweifelnd um. Der Rachelberg schien ihm weit in der Ferne. Er stellte den Wagen ab und ging zu der Übersichtstafel am Rand des Parkplatzes. Fanni folgte ihm. Sprudel deutete auf einen Punkt, neben dem das Wort »Gfäll« ins Holz eingeritzt war.

»Schau, Fanni«, sagte er, »das hier ist der gängige Startpunkt für die Wanderung zum Rachelgipfel. Wir befinden uns aber mindestens sechs Kilometer weiter südlich.«

»Na, ist doch ganz prima«, meinte Fanni, »so können wir zwei Stunden lang über schier ebenes Gelände wandern, bis unser Weg in den steileren Pfad einmündet, der vom Gfäll heraufführt. Dieses bequeme Steiglein hier verschafft uns genug Zeit für einen ausführlichen Disput über die Todesfälle vom Falkenstein.«

Sprudel gab sich geschlagen.

Am Gfäll, wo alle anderen Rachelwanderer ihre Schuhe schnürten und taufrisch losstiefelten, würde sich Fanni bestenfalls zu einer kleinen Rast breitschlagen lassen. Höchstwahrscheinlich aber würde sie weiterrennen. Sprudel seufzte. Eigentlich hatte er es schon geahnt. Er kannte Fannis Bedürfnis, stundenlang zu laufen. Vor allem, wenn sie von einem Besuch bei Vera zurückkam, lechzte Fanni nach einer Marathonstrecke. Psychische Strapazen baute Fanni am wirksamsten durch körperliche Strapazen ab.

»Der Marsch wird uns heute eine Menge Ausdauer und einen langen Atem kosten«, sagte Sprudel ergeben.

»Allerdings«, antwortete Fanni und tätschelte seine Wangenfalten, »aber ohne Mühe werden wir Annabels und Irinas Tod nicht aufklären können.« Sie schulterte ihren Rucksack, nickte dem schwarzen Auerhahn auf gelbem Grund zu, der den Weg zum Rachel markierte, und trabte an.

»Leg los«, sagte sie zu Sprudel, nachdem er aufgeholt und sich ihrem Schritt angepasst hatte. »Erzähl, was hast du in den Wäldern des Nationalparks erfahren, während im Rheinischen ein ganzes Dorf versucht hat, meinen Enkel aufzuspüren?«

»Fanni«, antwortete Sprudel geknickt, »obwohl ich stundenlang mit Doc Haller beim Kräutersammeln gewesen bin; obwohl ich Bergwacht-Rudi und Bergwacht-Sepp mit Bärwurzschnaps versorgt habe, um ihre Zungen zu lockern; obwohl ich mir geduldig die Kümmernisse eines Nationalparkrangers aus dem Bayerwald angehört habe, trete ich auf der Stelle.«

»Lag wohl am Bärwurz«, feixte Fanni. »Hans Rot schwört auf die Schlosskellerei Ramelsberg. Da wird noch darauf geachtet, dass die Wurzel aus den Hochlagen des Bayerischen Waldes stammt und der Schnaps sechs Jahre lang reift, sagt Hans.«

Sprudel schmunzelte. »Hast du das Gesöff selbst schon mal probiert?«, fragte er.

»Sowieso«, antwortete Fanni, »es wäre ein Fehler, guten Bärwurzschnaps zu verschmähen. Er wirkt wie Medizin, schmeckt wie Heimaterde und brennt alle Sorgen weg.«

Sie folgten dem schwarzen Auerhahn über eine Lichtung, und Sprudel sagte: »Severin Ruckerbauer muss Annabel getötet haben. Es gibt keinen anderen Tatverdächtigen. Die Kripobeamten haben haufenweise Alibis überprüft und intensiv nach Motiven gefahndet – nichts. Und Irina, sagen sie, kam aus eigener Schuld zu Tode.«

»Wie sonst«, brummte Fanni.

»Ich habe auch mit Max gesprochen«, fuhr Sprudel fort, »und

ihn gefragt, ob es ihn nicht gewundert hat, dass Annabel an dem Sonntag, an dem sie starb, während des Mittagsbetriebes einfach aus der Gaststube gelaufen ist. Er hat sich halb tot gelacht. Annabel, sagte er, ist ständig hierhin und dorthin gerannt, ohne ihn oder Heide um Erlaubnis zu bitten.«

»Heide hat also die Wahrheit gesagt«, überlegte Fanni. »Sie war nicht draußen, als Annabel getötet wurde. Sie war zusammen mit Max in der Gaststube.«

Sprudel schüttelte den Kopf. »Max hat an dem kleinen Tisch in der Küche die Einkaufsliste für die kommende Woche geschrieben. Durchs Fenster hat er Annabel an der Kapelle vorbeilaufen sehen. Er nimmt natürlich an, dass Heide die Gaststube nicht verlassen hat, aber beschwören könnte er es wohl nicht.«

»Max hat Annabel an der Kapelle gesehen«, wiederholte Fanni. »Keine fünf Meter davon entfernt liegt die Dienststelle der Bergwacht.«

Sprudel hob die Augenbrauen. »Du willst auf Rudi hinaus«.

»Rudi, Sepp, vielleicht sogar Heide«, zählte Fanni auf, »jeder von ihnen hätte Annabel draußen abfangen, sie auf den Gipfel und hinter die Planke locken und dort erschlagen können.«

Sprudel nickte. »Annabel hat sie alle provoziert. Max sagte, so tüchtig das Mädel auch war, er hätte sich über kurz oder lang eine neue Aushilfsbedienung gesucht, weil Annabel für die Hütte allmählich zu einem Ärgernis wurde. Ständig hat sie Rudi als Vollidioten hingestellt, hat Sepp wegen seiner Vorliebe für gefälschte Marken-T-Shirts aus Tschechien lächerlich gemacht. Sie hatte vor nichts und niemandem Respekt. Und sie war drauf und dran, Heide in die Ecke zu drängen. Besonders dann, wenn junge Leute auf der Hütte eingekehrt sind, sagt Max, gefiel sich Annabel in der Starrolle, und Heide fand sich auf dem Abstellgleis – da nutzte das schönste Dirndl nichts. Annabel hat Heide das deutlich spüren lassen. Max gestand mir, er hätte schon Angst gehabt, dass ihm Heide kündigen würde. Aber ohne Heide, meinte er, kann er die Hütte zusperren.«

»Und da behauptest du, die Kripobeamten konnten außer bei Severin nirgends Motive entdecken«, rief Fanni.

Sprudel schwieg. Der Auerhahn führte sie in einen Buchenwald.

»Sprudel«, sagte Fanni, »der junge Severin wird von der Polizei noch übler verwurstet als der alte Klein nach dem Mord an Mirza. Gegen Klein gab es wenigstens Beweise, und außerdem konnte er nicht mit einem Alibi aufwarten.«

»Severins Alibi«, begann Sprudel, doch Fanni unterbrach ihn: »Severins Alibi bescheinigt uns, dass er Annabel nicht getötet hat. Schau dir doch die Unstimmigkeit an«, fuhr sie fort, »die sich ergibt, wenn Severins Alibi getürkt wäre.«

Sprudel nickte. »Severin hätte die Tat von langer Hand vorbereiten müssen. Er hätte dafür sorgen müssen, dass sich ein Komplize an seinem Computer zu einem vorher festgelegten Zeitpunkt bei World of Warcraft einloggt.«

»Sehr richtig«, lobte Fanni. »Severin plant also, seine Freundin umzubringen. Er bastelt sich ein ausgefeiltes Alibi, und dann fährt er Annabel zu dem Ort, an dem er die Tat begehen will. Plausibel so weit.«

Sie blieb einen Moment stehen und sah Sprudel an, bevor sie weitersprach: »Aber auf dem Weg dorthin beginnt Severin mit Annabel zu streiten. Vor Zeugen. Severin, der Stratege, lenkt damit den Verdacht auf sich selbst. So blöd ist der Junge nicht, Sprudel.«

»Hofer«, Sprudel räusperte sich, »Hofer glaubt, dass Severin seine Wut nicht beherrschen konnte, und deshalb kam es zum Streit.«

Fanni kickte einen Stein ins Buschwerk neben dem Pfad. »Wenn Severin die Tat schon lange vorher geplant hätte, dann wäre er nicht wütend gewesen, sondern selbstsicher und eiskalt.«

»Du magst ja recht haben«, begann Sprudel. Er lief ein paar Schritte schweigend und entschied: »Ja, du hast recht.«

Fanni nickte. »Die Kripo könnte doch Severins Alibi recht elegant knacken«, meinte sie, »wenn sich Severins Komplize auftreiben ließe. Haben die Beamten nicht nach ihm gesucht?«

»Sie haben sich die größte Mühe gegeben, ihn zu finden«, antwortete Sprudel, »aber ohne Erfolg.«

»Hat denn Severin keine Freunde?«, fragte Fanni.

»Severin steht mit seinen Klassenkameraden auf freundschaftlichem Fuß, er trifft sich mit Spezi und Kumpeln aus der Nachbarschaft, und er kennt eine Menge Leute zwischen Lusen und Arber.

Ein vertrauter Gefährte, der im Haus der Ruckerbauers unbeachtet aus- und eingehen kann und der für Severin einen Meineid schwören würde, ist aber nicht darunter.«

»Aha«, machte Fanni.

»Die Ermittler«, fuhr Sprudel fort, »vermuten, dass Severins jüngere Schwester am Computer saß und an seiner Stelle bei World of Warcraft mitspielte. Das wäre niemandem im Haus aufgefallen.«

»Hat denn Severins Schwester schon öfter bei diesem Rollenspiel mitgetan?«, fragte Fanni.

»Sie hat selbst zugegeben, dass sie von klein auf neben Severin am Tisch hockte und ihm beim Computerspielen zugesehen hat«, antwortete Sprudel. »Sie behauptet aber, selbst nie richtig gespielt zu haben.«

»Wie alt ist sie denn?«, fragte Fanni.

»Vierzehn«, sagte Sprudel, »sie ist Severins Stiefschwester.«

»Das Kind muss ein Genie sein«, meinte Fanni, »lernt vom bloßen Zusehen, in die Rolle des Magiers Azrael zu schlüpfen.«

»Sie könnte lügen«, wandte Sprudel ein. »Vielleicht beherrscht sie das Spiel ebenso gut wie ihr Bruder. Die Kripobeamten haben erwogen, sie zu testen. Aber sie könnte sich ja einfach dümmer stellen, als sie ist.«

»Quatsch«, schnappte Fanni. »Setz ihr einen Computerfreak in den Nacken, und er weiß nach zwei Minuten, was sie draufhat und was nicht.«

Sprudel stiefelte eine Weile stumm dahin.

Der schwarze Auerhahn lenkte ihre Schritte über ein paar Felsbrocken, und als sie überwunden waren, sagte Fanni: »Schau, Sprudel. Im Mordfall Mirza ist es doch genauso gewesen, Klein war als Täter abgestempelt, und es gab keinen anderen Verdächtigen auf weiter Flur.«

»Gebe ich ja zu«, nickte Sprudel, »aber im Fall Mirza konnte die Nachbarin, Fanni Rot, gute Gründe aufzählen, die veranschaulichten, wieso der Alte seine Schwiegertochter nicht umgebracht hatte. Außerdem gelang es Fanni Rot, schlüssig darzulegen, dass nur einer von Mirzas Nachbarn als Täter infrage kam.«

»Trotzdem!«, sagte Fanni. »Wir hatten keine Ahnung, ob ich mit meinen Theorien nicht doch falsch lag. Und die Nachbarn, die wir beide heimlich ausspioniert haben, waren damals nicht verdächtiger als heute die Stammtischbrüder vom Falkenstein.«

Wieder nickte Sprudel, bevor er einwandte: »Aber wir hatten viel mehr Möglichkeiten, sie auszuspionieren – ich meine, gegen sie zu ermitteln. Schließlich kanntest du sie alle seit Jahren.«

»Trotzdem mussten wir uns ganz schön anstrengen, und das müssen wir eben auch jetzt.«

Sprudel seufzte: »Ein Spaniel auf Fährte scheint mir geradezu antriebslos gegen dich.«

Fanni lächelte und legte ihm einen Moment lang die Hand auf den Arm. »Johann Sprudel, Kriminalkommissar a. D., hat mich Courage gelehrt, Entschlossenheit und Ausdauer!«

An einer Abzweigung vereinigte sich der schwarze Auerhahn mit einem Farnkrautbüschel.

»Hier mündet der Weg ein, der vom Gfällparkplatz zum Rachel führt«, sagte Sprudel. »Otto Normalwanderer ist an diesem Punkt seit exakt fünf Minuten unterwegs und fühlt sich deshalb frisch wie ein Birkenblatt im Frühling. Wir sind jetzt seit zwei Stunden auf Trab, und ich bin müde wie eine Lärchennadel im Herbst.«

»Gut«, lenkte Fanni ein. »Pause. Schinkenbrot, Tee aus der Thermoskanne, Schokoriegel.«

Sprudel ließ sich auf einen Baumstumpf am Wegrand fallen; Fanni hockte sich auf einen Felsbrocken daneben, den Sprudel zuvor für sie mit seiner Windjacke gepolstert hatte.

»Erinnerst du dich«, fragte sie Sprudel und legte eine Hälfte ihres Schinkenbrotes in die Plastikbox zurück, »erinnerst du dich, wie ich dir erzählt habe, dass davon die Rede war, Severin hätte mit seinem Computer Geld verdient?«

Sprudel nickte.

»Haben die Kripospezialisten irgendetwas Passendes dazu gefunden?«

Sprudel schüttelte den Kopf.

Fanni zerkrümelte ein Stückchen Rinde zwischen den Fingern.

»Fanni?«

Sie sah ihn an.

Weil er einen Bissen Brot im Mund hatte, machte Sprudel eine auffordernde Bewegung mit dem Kinn.

»Ich glaube nicht«, sagte Fanni langsam, »dass Severin Annabel getötet hat. Aber ich glaube schon, dass sie sich schrecklich gestritten haben. Und weil Annabel gesagt hat, sie wäre fertig mit Severin Ruckerbauer, diesem Schwein, glaube ich, dass Annabel etwas herausgefunden hat, das sie ihm nicht nachsehen konnte.«

»Kriminelle Machenschaften im Netz?«, fragte Sprudel.

»Ja«, sagte Fanni, »und über diese Machenschaften Bescheid zu wissen, würde uns vielleicht ein kleines Schrittchen vorwärtsbringen.«

»Aber es gibt keine«, entgegnete Sprudel. »Sonst hätten es die Spezialisten der Kripo herausgefunden.«

Fanni nagte ein winziges Stück von ihrem Brot ab.

Sprudel kaute mit vollen Backen.

»Dateien kann man doch verstecken«, sagte Fanni.

»Nicht vor Spezialisten«, erwiderte Sprudel.

Fanni starrte minutenlang trübsinnig ins Heidelbeerkraut. Plötzlich zuckte sie zusammen, hob den Blick und starrte Sprudel an. »Man kann ja auch einen kompletten Computer verstecken! Einen Laptop!«

»Genial, Miss Marple«, schmunzelte Sprudel, »aber soviel ich weiß, hat die Kripo bei Ruckerbauers eine Hausdurchsuchung durchgeführt.«

»Severin könnte«, begann Fanni, doch dann unterbrach sie sich. Sie machte eine kurze Pause, bevor sie sagte: »Erinnerst du dich, wie wir nach unseren Ermittlungen zu Mirzas Tod einen Haufen loser Fäden in der Hand hielten und nichts damit anzufangen wussten? Weißt du noch, was wir da gemacht haben?«

»Wir haben eine Reihe von Annahmen aufgestellt«, erwiderte Sprudel. »Hypothesen, die uns überzeugend oder wenigstens glaubhaft erschienen.«

»Und was ist dann passiert?«, fragte Fanni.

»Wir fanden Anknüpfungspunkte für die losen Fäden«, antwortete Sprudel prompt.

Fanni wickelte einen Schokoriegel aus und reichte ihn Sprudel. »Genauso gehen wir nun wieder vor«, sagte sie.

»Fein«, grinste Sprudel, »wir laufen zurück, setzen uns in ein gemütliches Café und schreiben eine Liste unserer Hypothesen.«

»Wir laufen weiter in Richtung Rachelgipfel«, hielt Fanni dagegen, »und machen die Liste im Kopf. Uns Senioren bekommt körperliches und geistiges Training besser als Cappuccino und Buttercremetorte.«

Sprudel stopfte sich den restlichen Riegel am Stück in den Mund. Fanni gab ihm einen Kuss auf die Wangenfalten, packte die Brotzeitbox in den Rucksack, schulterte ihn und setzte sich in Trab.

»Wie soll ich«, meuterte Sprudel, »diesen steilen Weg hinaufsteigen und gleichzeitig sprechen, überlegen und mir Gedankengänge merken?«

»Mit Mühe«, grinste Fanni.

Sprudel musste lachen. »Los, fang schon an«, gluckste er, »Hypothese Nummer eins.«

»Wir gehen von einer Grundannahme aus«, begann Fanni. »Und die postuliert: Severin Ruckerbauer hat Annabel Scheichenzuber *nicht* totgeschlagen!«

»Postuliert kategorisch«, murmelte Sprudel.

»Diese Bedingung erlaubt uns«, fuhr Fanni fort, »den Tod beider Mädchen in Zusammenhang zu bringen. Hypothese Nummer eins lautet deshalb: Unser Täter hat sowohl Annabel Scheichenzuber als auch Irina Svetla auf dem Gewissen.«

»Gewagt«, Sprudel keuchte schwer, weil der Weg im Augenblick steil anstieg, »sehr gewagt.«

»Die Sache scheint nur deshalb heikel«, entgegnete Fanni, »weil wir es einerseits bei Irina angeblich mit einem Unfall, bei Annabel aber mit Totschlag zu tun haben, und es andererseits keine sichtbare Verbindung zwischen den Mädchen gibt. Oder doch?«

»Den Nationalpark«, schnaufte Sprudel.

»Ha«, machte Fanni, »der Nationalpark, sehr richtig. Beide sind darin zu Hause. Annabel südlich des Falkenstein, Irina östlich. Irina hat in Zwiesler Waldhaus am Fuß des Berges als Bedienung gearbeitet, Annabel auf seinem Gipfel. Und sie kannten sich.«

»Ziemlich gut«, präzisierte Sprudel.

»Weiter!«, kommandierte Fanni.

»Laufen oder Fädenspinnen?«, fragte Sprudel treuherzig.

»Beides.«

»Die zwei Mädchen hatten Zukunftspläne«, schnaufte Sprudel. »Annabel ...«

»… wollte einen eigenen Laden«, unterbrach ihn Fanni. »Und was wollte Irina?«

»Einen Märchenprinzen, der ihr sein Schloss zu Füßen legt«, antwortete Sprudel in annähernd normalem Tonfall, weil der Weg jetzt etwas flacher verlief. »Sie hielt allerorts Ausschau nach ihm, in der Schutzhütte, in der Waldhausalm, auf dem Weg von dort nach da. Irina erträumte sich ein Leben in Reichtum und Sorglosigkeit.«

Fanni blieb stehen. »Sprudel, wie kommst du …?«

»Heide hat das erwähnt. Gestern. Ja, gestern, da war ich doch zusammen mit dem Doc Kräutersammeln und dann für ein Stündchen in der Schutzhütte, wo wir die Bergwächter angetroffen haben. Der Doc war übrigens sehr freundlich. Als ich ihn am Montagmorgen angerufen habe, hat er sich sofort bereit erklärt, mir beim Anlegen eines Herbariums zu helfen.«

»Was Irina wohl getan hätte«, überlegte Fanni laut, »wenn ihr ein Leben an der Seite eines wohlhabenden Mannes in Aussicht gestellt worden wäre?«

»Zugegriffen«, antwortete Sprudel prompt. »Heide sagt, Irina war zwar nicht dumm, sie war auch recht resolut, aber in manchen Dingen schien sie realitätsfern – ganz im Gegensatz zu Annabel. Die stand mit beiden Beinen auf dem Boden der Tatsachen und fasste mit beiden Händen nach dem, was sie erreichen konnte. Irina träumte indessen davon, dass ihr das Glück eines Tages in den Schoß fallen würde.«

»Jonas hat Leni gegenüber ebenfalls angedeutet, dass Irina auf eine gute Partie scharf war«, sagte Fanni. »Ich verstehe nur nicht, wieso Irinas Kolleginnen von der Waldhausalm sagen, sie lebte wie eine Nonne.«

Sprudel schmunzelte. »Ich finde, das lässt sich vereinbaren. Die Schlechten ins Kröpfchen, nur der Beste ins Bettchen. Was, sagte Heide, hat sie Rudi übergezogen, den Bratenwender?«

»Irina hat Rudi mit dem Handfeger in Schach gehalten«, berichtigte ihn Fanni.

Und wie fängt man sich auf diese Weise eine Syphilis ein?

»Irina«, erzählte Sprudel, »soll eine ganze Menge Verehrer gehabt haben. Heide sprach von einem Witwer aus Bergreichenstein, der dort eine Druckerei betreibt, und von einem gestandenen Mannsbild von Bäckerssohn. Den Bäckerssohn kennt Heide recht gut. Er ist ein paarmal in der Schutzhütte eingekehrt. Einmal hat er sogar dort übernachtet. Heide schwärmte geradezu von ihm: ›Eine Seele von Mensch‹, sagte sie, ›da möchte man die Zeit zurückdrehen und zwanzig Jahre jünger sein. An Irinas Stelle hätte ich Matyáš vom Fleck weg geheiratet.‹ Aber Irina wollte nicht für den Rest ihres Lebens im Morgengrauen aufstehen und Böhmische Dalken mit Marmelade füllen oder Mehlteig für Böhmische Knödel ansetzen. Heide und Annabel haben ihr angeblich oft zugeredet. ›Nimm den Spatz in der Hand, nimm den Bäckerssohn, erbt er nicht ein schmuckes Häuschen?‹ Aber Irina hätschelte lieber ihre Träume.«

»Sie folgte einer Illusion und landete kopfüber im Höllbach«, flüsterte Fanni.

»Schau«, sagte Sprudel staunend.

Fanni hob den Blick von dem Felsbrocken, der in ihrem Weg lag, und sah den Rachelsee vor sich liegen, schwarz und still.

Warum spiegeln eigentlich alle Bayerwaldseen Schwärze, fragte sie sich und dachte an die beiden Arberseen, die wie dunkle Augen in ihren Waldflecken lagen.

»Der stille, rätselhafte Waldsee«, las Sprudel von einer Tafel am Wegrand ab, »verdankt seine Entstehung der Eiszeit. Fünfmal war der Rachelgipfel von Gletschereis bedeckt, das langsam talwärts wanderte. Wo die Eismassen abschmolzen, bildete sich aus dem abgesetzten Gestein und aus Erdreich ein Moränenwall. Dahinter staute sich das Gletscherwasser.«

Fanni starrte in den dunklen Spiegel. »Der See sieht aus, als wäre er tot, ein Unterweltgewässer ...«

»Du hast recht«, sagte Sprudel. »Nichts lebt in den Bayerwaldseen, denn sie ruhen kalt, nährstoffarm und übersäuert in ihren Mulden.«

»Kein Wunder«, meinte Fanni, »dass die Bayerwaldbauern, die nichts anderes kannten als schwarze Gewässer, dunkle Wälder und lange, kalte Winter, an Gespenster glaubten. Dass sie in jeder Höhle den Teufel, in jedem Erdloch den Sensenmann und in jeder Felsritze die armen Seelen hocken sahen.«

Sie wandte sich vom See ab und begann langsam den beachtlich steilen Pfad weiter hinaufzusteigen. Zum Reden reichte der Atem nun nicht mehr, und deshalb hingen beide ihren Gedanken nach.

»Schau«, sagte Sprudel irgendwann.

Linkerhand war auf einem winzigen Plateau ein Stückchen unterhalb des Wanderweges die Rachelkapelle aufgetaucht. Das Kirchlein klebte wie ein Bauklötzchen auf einem winzigen Vorsprung in der Rachelseewand. Ein Schutzgeländer begrenzte die Plattform auf drei Seiten.

Sprudel zwängte sich in den engen Durchgang zwischen Kapelle und Geländer, bog um die Ecke und lehnte sich an die Brüstung. Gut hundert Meter tiefer lag der Rachelsee.

Jetzt schimmerte er grünlich blau.

Fanni und Sprudel kehrten erst gegen halb fünf nach Zwiesel zurück.

Als sie an der Glasfachschule vorbeifuhren, fragte sich Fanni, ob ihre Vermutung bezüglich Severins Aktivitäten im Netz nicht doch zutraf. Besaß er einen Laptop, den er für Internetbetrügereien verwendete und den er gut versteckt hielt? In der Schule beispielsweise. Gab es in Ausbildungsstätten nicht meist verschließbare Spinde für die Schüler?

Beim Hotel stieg Fanni aus dem Wagen, folgte Sprudel an die Rezeption, nahm ihren Zimmerschlüssel entgegen und ging nach oben.

Sie stellte den Rucksack ab und begann, den linken Wanderschuh aufzuschnüren. Plötzlich hielt sie inne, dann band sie ihn wieder zu.

Fanni!

Nur ein kurzer Blick hinein, ob es Spinde gibt.

Willst du dich als Quarzlieferantin ausgeben?

Fanni eilte aus dem Hotel und den kleinen Hügel zur Fachschule hinunter.

Schon von Weitem ließ sich erkennen, dass die Schule geschlossen war.

Was hast du erwartet? Es ist nach fünf.

Fanni umrundete das Gebäude.

Kein Durchschlupf.

Enttäuscht trat sie den Rückweg an, nahm den Pfad durch die nördliche Ecke des Stadtparks. Plötzlich merkte sie, dass schwarze Regenwolken aufgezogen waren. Deshalb war es wohl schon so dunkel hier im Park – so leer und so still. Unheimlich still.

Hast du Angst, Fanni Rot? Fürchtest du Orks, Riesenkäfer, Killerbäume? Das ist ein Park mitten im Ort!

Dennoch beschleunigte sie ihre Schritte.

Fühlst du dich beobachtet, Fanni Rot?

Sie sprang auf einen Steg, der über ein Bächlein führte, und begann hinüberzuhasten. Sie hatte die andere Seite schon fast erreicht, da traf sie von hinten ein Schlag an der Schulter.

Fanni griff instinktiv nach dem Geländer, das an einer Seite des Stegs entlanglief. Bevor sie sich festhalten konnte, kam der zweite Schlag. Sie schlitterte quer über die Holzplanken zur ungeschützten Seite des Brückleins, schoss über den Rand hinaus und landete einen knappen Meter darunter auf Händen und Knien im schlammigen Wasser des nahen Ufers.

Ein Stein knallte auf ihren Rücken. Ein weiterer bohrte seine Spitze in ihren Oberarm.

Deckung!

Fanni krabbelte auf allen vieren unter den Steg und schob sich, das Brücklein als Dach benutzend, ans trockene Ufer. Hinter sich hörte sie Geröll ins Wasser prasseln.

Mach, dass du wegkommst, der Steg stürzt ein!

Fanni hielt sich an einem Weidenzweig fest und zog sich die Uferböschung hoch.

Im Schutz des Weidenstammes warf sie einen Blick zurück auf die Brücke. Sie lag verlassen da. Und sie war völlig intakt.

Strolche! Lausebengel!

Du scheinst ja enorme Anziehungskraft auf das Aggressionspotenzial kleiner Jungs auszuüben!

Als sich Fanni den nassen Sand von ihrer Hose wischen wollte, merkte sie, dass ihre Hände brannten. Abschürfungen zogen sich über Ballen und Fingerkuppen. Sie nahm ihr Halstuch zum Abputzen der Hose zu Hilfe.

Ein wenig außer Atem, aber durchaus ansehnlich kehrte sie zum Hotel zurück.

Trotzdem, dachte sie und beschloss, den Hintereingang zu nehmen. Dort traf sie auf Franz, der eben mit einer Schüssel voll Fleischabfälle heraustrat.

»Frau Rot«, rief er, »Sie müssen heute Abend unbedingt meinen Wilderertopf bestellen. Die Hirschlende ist zarter als junge

Gemüsetriebe. Ich reserviere zwei Portionen für Sie.« Franz stellte die Schüssel ab, neigte sich Fanni zu und flüsterte: »Haben Sie und der Herr Kommissar was entdeckt, das meinen Neffen entlasten könnte?«

Fanni schüttelte bedauernd den Kopf und wollte schon an Franz vorbei ins Hotel gehen, als ihr etwas einfiel.

»Ist Severin eigentlich immer mit dem Auto zur Schule gefahren?«, fragte sie.

»Im Sommer nur ganz selten«, antwortete Franz. »Im Sommer hat er das Fahrrad genommen.«

»Aber hatte er da nicht eine Menge mitzuschleppen? Bücher, Hefte, eigenes Werkzeug vielleicht, Regenjacke ...«

Franz lachte. »Die Regenjacke, ja, die hat er meistens zu Hause vergessen. Und dann hat er sich immer einen alten Anorak von mir ausgeliehen, bis ihm der Chef einen von den Schränken in dem kleinen Flur neben der Küche überlassen hat.«

»Severin besaß einen eigenen Schrank – hier im Hotel?«, japste Fanni.

»Ja, was ist denn daran so merkwürdig?«

Fanni schüttelte den Kopf. »Ich dachte nur gerade ... Ob da wohl etwas drin sein könnte, das uns weiterhilft?«

Franz sah sie konsterniert an. Im nächsten Moment brachte er ein höfliches Lächeln zustande und sagte:

»Schauen Sie doch einfach rein, es ist der Eckschrank. Der Schlüssel für das Vorhängeschloss liegt oben hinter der Kranzleiste.« Dann nahm er seine Fleischabfälle und ging davon.

Er hält dich für meschugge!

Fanni eilte in den Flur, tastete oben auf dem Eckschrank nach dem Schlüssel, fand ihn und öffnete das Schloss.

Kleiderbügel schepperten, als sie die Tür aufklappte. Eine Regenjacke hing da, ein grauer Arbeitsmantel, eine gefütterte Hose. Auf dem Schrankboden stand ein Paar Sicherheitsschuhe, und in dem einzigen Fach ganz oben befanden sich eine Mütze, Handschuhe, zwei Bücher und ein Klemmblock.

Ein Laptop kann zwar recht kleinformatig sein, aber zwischen Buchseiten lässt er sich nicht verstecken!

Fanni starrte in den Schrank. Der Arbeitsmantel starrte zurück. Sein Saum kräuselte sich über den Sicherheitsschuhen. Wieso?

Fanni hatte sich doch sehr strecken müssen, um den Schlüssel hinter der Kranzleiste zu erwischen.

Sie nahm die Schuhe heraus.

Darunter befand sich eine Sperrholzplatte. Fanni tippte sie auf einer Seite mit dem Finger an, sie gab nach.

Vorsichtig fuhr Fanni an den Rändern der Platte entlang. Hinten links blieb ihr Finger an einem Loch hängen. Sie steckte ihn ganz durch und zog. Die Platte ließ sich herauslösen.

Darunter lag Severins Laptop.

Holla, Miss Bayerwald-Marple!

Fanni klemmte sich den flachen Computer unter den Arm, setzte das Sperrholz wieder ein, stellte die Schuhe drauf, verschloss den Schrank und legte den Schlüssel zurück.

Dann rannte sie auf ihr Zimmer.

Nach dem Abendessen fühlte sich Fanni müde und schlaff, obwohl der Wilderertopf – wie Franz versprochen hatte – vorzüglich geschmeckt und Sprudel einen ausgezeichneten Rotwein dazu bestellt hatte.

Sie nippte matt an ihrem Espresso.

Willst du Sprudel nicht endlich von deinem Fund berichten?

Fanni entschied sich dagegen, weil sie vor dem Essen nicht mehr dazu gekommen war, Severins Laptop einzuschalten.

Zuerst sehe ich mir an, was dieser Fund zu bieten hat, dachte sie. Wenn nur Hausaufgaben drauf sind, wenn ich mir die Sache mit dem Geldverdienen auf die krumme Tour nur einbilde, dann lege ich ihn klammheimlich wieder zurück.

Das solltest du auf alle Fälle. Was du getan hast, war nämlich Diebstahl.

Sprudel klappte seine Wangenfalte bis zum Auge hoch, sah Fanni an und schwieg.

Fanni kannte die Gebärde gut: Er dachte nach.

Nach einer Weile sagte er: »Weit sind wir ja heute Nachmittag nicht gekommen ...« Fanni wollte schon widersprechen, da beendete er den Satz: »... mit unseren Hypothesen.«

Fanni nickte.

Sprudel schob die andere Wangenfalte zum Ohr. »Gibt es einen Bezug zwischen den beiden Todesfällen oder gibt es ihn nicht?«

Bei Wilderertopf und Crêpes Suzette zum Nachtisch werdet ihr kaum dahinterkommen!

Sprudel ließ die Wangenfalten sinken. »Beide Mädchen hatten ein Ziel vor Augen, das sie möglichst bald erreichen wollten.« Er starrte seine Crêpes an. »Wie wär's mit folgender Hypothese: Jemand hat sowohl Annabel als auch Irina Unterstützung versprochen.«

Für derart unterschiedliche, ähm, Projekte?

»Damit ließe sich eventuell weitermachen«, sagte Fanni zögernd.

Sprudel seufzte: »Damit lässt sich allenfalls von vorne anfangen. Wer hätte beiden Mädchen glaubhaft Hilfestellung anbieten können?«

Jonas Böckl?

»Wir müssten uns gründlicher über Irina Svetla informieren«, fuhr Sprudel fort.

»Bergreichenstein«, sagte Fanni. »Die Leute dort kennen sie von klein auf.«

»Wir fahren hin«, entschied Sprudel.

»Morgen?«

Er schüttelte den Kopf. »Ich habe Hofer versprochen, ihm morgen früh zwei Stunden Unterricht abzunehmen, Thema: ›Formulare, Berichte, Anfragen‹. Bergreichenstein muss noch einen Tag warten.« Wieder wurde seine Wangenfalte mit Daumen und Zeigefinger in Richtung Ohr gedehnt. »Morgen bleiben uns die Nachmittagsstunden. Wie nützen wir sie?«

»Auf dem Falkenstein«, schlug Fanni vor. »Vielleicht geht er morgen dort um, der Wolpertinger, den wir suchen.«

10

Am Mittwoch, dem 27. September, frühstückte Fanni allein. Dann ging sie zurück auf ihr Zimmer, öffnete Severins Laptop und schaltete ihn an. Weiter kam sie nicht.

Sie scheiterte am Passwort.

Stell es zurück, das Ding da!

Wenn hier bloß Dateien drauf sind, die Severin für die Schule braucht, müsste er sie doch nicht extra mit einem Passwort sichern, dachte Fanni.

Leo könnte so ein Passwort sicher knacken!

Leo sitzt in München, gut zwei Stunden Bahnfahrt von hier.

Fanni sah ein, dass sie Farbe bekennen musste, wenn sie wissen wollte, was sich hinter diesem Passwort versteckte.

Sie wollte es wissen.

Sie packte den Laptop in ihre Reisetasche, verließ ihr Zimmer, eilte durch den Hotelausgang und brachte ihr Diebesgut zu Sprudel aufs Polizeirevier.

Wenig später befand sich Severins Laptop auf dem Weg zu den Spezialisten.

Gegen halb zwölf Uhr parkte Sprudel den Mietwagen beim Wildgehege von Scheuereck, dort sagte er zu Fanni: »Doc Haller hat mir neulich einen recht gemütlichen Weg zum Falkensteingipfel beschrieben. Die Route verläuft etliche Höhenmeter oberhalb des Höllbachs an seinem Ostufer entlang und führt über den Albrechtschachten zum Falkenstein.«

»Er weiß ja bestens Bescheid im Nationalpark«, entgegnete Fanni. »Wohnt er nicht erst seit zwei Jahren hier?«

»Doch«, sagte Sprudel, »aber seither verging kein Tag, an dem er nicht durch den Wald gewandert wäre, hat er mir erzählt. Er kennt inzwischen jeden Schachten zwischen Osser und Lusen und hat mir einen langen Vortrag darüber gehalten, wie sie entstanden sind.«

Sprudel schulterte seinen Rucksack.

»Gnadenlos abgeholzt«, sagte Fanni.

Sprudel zog belustigt die Brauen hoch. »Man brauchte halt dringend Hochweiden für das Vieh. Der Ruckowitzschachten wurde bereits 1613 aus dem Urwaldgebiet am Falkenstein herausgerodet. 1619 schlugen Holzfäller oberhalb des Dörfchens Buchenau den Lindberger Schachten. An die hundert solcher Lichtungen soll es gegeben haben.«

Sprudel schwenkte auf den Weg ein, der vom Hirschgehege zum Falkenstein führte.

Sie stiegen gemächlich bergan, und nach etwas mehr als einer Stunde öffnete sich der Albrechtschachten vor ihnen. Fanni blieb stehen und ließ den Blick über Heidelbeerstauden schweifen, über strohige Halmbüschel bis hinüber zu dem umgestürzten Baumriesen, der das obere Drittel des Schachtens vom Rest der Grasfläche abtrennte. Sonnige Flecken sprenkelten das etwas gelbstichige Grün.

»Wollen wir uns …?«, begann Fanni und brach erschrocken ab. Sprudel hatte sich umgewandt und hechtete auf eine niedrige Buschreihe an der gegenüberliegenden Seite des Weges zu. Im nächsten Augenblick kniete er am Boden, streifte seinen Rucksack ab und beugte sich über einen olivgrünen Ballen. Fanni trat zögernd näher.

»Komm, hilf mir!«, rief Sprudel.

Sprudel hob den Oberkörper des Nationalparkrangers ein Stück an, und Fanni schob den Rucksack unter Kopf und Schultern des Bewusstlosen. Der Stellungswechsel brachte ihn zu sich.

»Was …?«, fragte er und fuhr sich mit dem Handrücken über Stirn und Augen.

»Sie lagen ohnmächtig hier im Buschwerk«, erklärte ihm Sprudel, griff nach der Feldflasche, die neben dem Ranger lag, und gab ihm zu trinken.

»Mir war schlecht – seit dem frühen Morgen schon«, sagte der und setzte sich auf. »Ich bin Streife gegangen, und auf einmal ist mir ganz schwarz vor Augen geworden. Aber ich kann mich gar nicht erinnern, wie ich hier hinter die Büsche gekommen bin.«

»Ich rufe die Bergwacht.« Sprudel kramte nach seinem Handy.

»Die Diensthütte ist nur an den Wochenenden und zu den Feiertagen besetzt«, sagte der Nationalparkranger. »Aber ein Kollege von mir hat den Max vor ungefähr einer Stunde im Geländewagen zur Schutzhütte gebracht. Er muss noch in der Nähe sein. Ich ruf ihn an.« Er angelte nach seinem eigenen Handy.

»Sie sehen ziemlich angeschlagen aus«, sagte Fanni, nachdem er telefoniert hatte. »Sie sollten sich zu einem Arzt bringen lassen.«

Der Ranger nickte. »Ehrlich gesagt fühle ich mich schon seit Tagen beschissen. Fiebrig und matt und schwindelig.«

Fanni und Sprudel warteten gemeinsam mit dem Nationalparkranger, bis der Geländewagen seines Kollegen über die Forststraße heranzuckelte. Nachdem der kranke Ranger eingestiegen war, reichte ihm Sprudel die Feldflasche in den Wagen, und Fanni wünschte ihm gute Besserung.

Fanni und Sprudel liefen eine ganze Weile schweigend dahin.

Sie ließen den Albrechtschachten rechter Hand zurück und kamen über eine Steilstufe auf ein Plateau, auf dem die verwitterten Stämme abgestorbener Bäume wie löchrige Zahnstummel in den Himmel ragten.

»Nationalparkidylle«, knirschte Fanni. Sie blieb stehen, sah hierhin und dorthin, drehte sich einmal um sich selbst und sagte dann: »Weißt du, Sprudel, wie ich den Ort hier finde?« Sie wartete sein Kopfschütteln nicht ab. »Traurig, öde, unheilvoll, morbid.«

Weil Sprudel keine Antwort gab, fügte sie hinzu: »Ja, ich weiß, auch das gehört zur Natur!« und setzte sich wieder in Bewegung.

»Was ihm wohl fehlen könnte?«, fragte Sprudel nach einigen Schritten.

Fanni wusste sofort, wen er meinte, und zählte auf: »Grippe, Magenkatarrh, Darmstörungen – Vergiftung, Polio, Cholera, Typhus.« Auch sie hatte die ganze Zeit darüber nachgedacht.

»Dieser kranke Nationalparkranger«, sagte Sprudel, »ist derselbe, der Irinas Leiche im Höllbach gefunden hat.«

»Warum wundert mich das nicht?«, fragte Fanni.

Stumm setzten sie ihren Weg fort und erreichten bald die kleine Hochebene unter den Gipfelfelsen, auf der die Falkenstein-Schutzhütte stand. Aus der Kapelle vis-à-vis tauchte Bergwacht-Rudi auf und steuerte auf den Anbau unterhalb der Hütte zu.

»Der Bergwacht-Dienstraum scheint ja doch bemannt zu sein«, sagte Fanni, »obwohl heute ein Werktag ist.«

»Wir könnten den Herren einen kleinen Besuch abstatten«,

schlug Sprudel vor und hielt schon auf den Eingang des Anbaus zu.

In der offenen Tür stand Rudi.

»Heute Sonderdienst?«, fragte Sprudel.

Rudi grinste breit und verkündete: »Geburtstag!«

Fanni fragte sich, wer wohl ein Jubiläum zu feiern hatte: der Bergwachtverein? Der Naturfreundeverein? Die Falkenstein-Schutzhütte selbst? Sie hatte schließlich jahrzehntelang allen Unbilden getrotzt.

Da trat Sprudel an Rudi heran und reichte ihm die Hand. »Herzlichen Glückwunsch.«

Fanni schloss sich eiligst an.

»Der Fünfundfünfzigste ist mir schon einen Tag Urlaub von meiner Arbeitsstelle und ein paar Mücken wert«, meinte Rudi. »Gut dreißig Leute kommen heut noch rauf auf den Falkenstein, dann wird gefeiert. Alle meine Kameraden rücken geschlossen an, und sämtliche Grünzeug-Gendarmen werden eintrudeln. Von meinen Verwandten sitzen etliche schon seit Mittag in der Schutzhütte drüben. Für die Kaffeegäste hat der Max extra seine berühmte Eiercremetorte gemacht. Und um sieben gibt's Schweiners mit Knödel und Sauerkraut. Wollt's auch mitessen? Für euch zwei langt's leicht noch.«

Sprudel lehnte dankend ab.

Fanni schüttelte den Kopf. Da fasste Rudi nach ihrer Hand und zog sie in den Dienstraum. »Aber anstoßen müsst ihr mit mir. Setzt euch her da.«

Wohl oder übel nahmen sie Platz.

Rudi verschwand im Nebenzimmer und kam mit einer Flasche Sekt zurück. Zum Glück schäumte der »Henkel trocken« schier so heftig wie der Höllbach, sodass die Gläser nur zwei Finger hoch Flüssigkeit enthielten, nachdem alle Schaumblasen geplatzt waren.

Fanni schnappte sich eines, bevor es Bergwacht-Rudi weiter auffüllen konnte. Und dann tranken sie zuerst auf Rudis Gesundheit und gleich danach auf Rudis sicheren Arbeitsplatz. Er arbeite als Werkzeugmacher in einem kleinen Betrieb in Bayrisch Eisenstein, erzählte er.

Ein paar Minuten später brachte Sprudel einen Toast auf den Nationalpark aus, und Rudi erhob sein Glas auf die Bergwacht.

Fanni nahm einen winzigen Schluck für den Bergwachtverein, dabei fiel ihr Blick auf einen der Kleiderhaken neben der Anrichte. Eine Fotokamera an einem blauen Band hing daran. Fanni starrte hin, blinzelte und starrte wieder hin.

»Aha«, sagte Sprudel plötzlich, dabei schwenkte er sein Glas in Richtung der Stelle, an der Fannis Blick sich festgesogen hatte, »die Höhepunkte der Feier heute Abend müssen wohl festgehalten werden.«

»Sowieso«, lachte Bergwacht-Rudi. »Hab mir extra eine Digitalkamera gekauft. Vor drei Wochen schon. Musste mich ja zuerst mal anfreunden mit dem Maschinchen.« Ernster werdend sagte er: »Das winzige Ding macht wirklich gute Bilder. Ein herkömmlicher Apparat kann da nicht mehr mithalten – bei der Bildqualität nicht und beim Preis erst recht nicht.« Rudi nahm die Finger zu Hilfe und zählte auf: »Fünf Megapixel, Vierfach-Zoom, Speicherkarte – alles zusammen für hundertzwanzig Euro. Lohnt sich, die Ausgabe.«

»Auf jeden Fall«, meinte Sprudel. »Wer will schon heutzutage noch Kodak-Filme verknipsen?«

Rudi griff sich die Kamera vom Haken, schaltete sie ein und hielt das Display vor die Nasen seiner Gäste. »Hab ich vorhin aufgenommen.«

Das Bild zeigte die Außenansicht der Falkenstein-Schutzhütte. In der Eingangstür stand Max der Wirt in weißer Schürze, einen Kochlöffel in der Hand.

»Ah«, schmunzelte Sprudel, »der Vorspann.«

Rudi sah ihn irritiert an.

Fanni fuhr indessen mit dem Daumen an dem blauen Band entlang und sagte: »Wirklich hübsch. Ein zusätzlicher Grund, sich für dieses Modell zu entscheiden.«

Rudi grinste verlegen. »Der Riemen gehört eigentlich gar nicht dazu. Den hab ich gefunden, in der Kapelle drüben.«

Er hatte kaum ausgeredet, da tönte es von draußen in den Dienstraum: »Wo versteckt er sich denn, unser Jubilar?«

Sepp erschien, umarmte seinen Kameraden und klopfte ihm den Rücken wund. Drei weitere Bergwächter zwängten sich in die Stube und umringten »ihren Rudi, den alten Saufkopf«.

Fanni und Sprudel stellten die Gläser auf den Tisch, wanden

sich aus dem Gedränge, winkten kurz zum Abschied und machten sich davon.

Vor dem Eingang der Kapelle blieb Sprudel stehen. »Der heilige Florian hat also Bergwacht-Rudi zum Geburtstag einen Gurt für die neue Kamera geschenkt, schau an, schau an.«

Fanni warf einen Blick durch die offene Tür ins Innere der Kapelle. Doch alles, was sie von ihrem Standort aus erkennen konnte, war das Flackern einer Kerze.

Könnte es sein, überlegte sie, dass Bergwacht-Rudi die Kamera jenes Hüttengastes aus Passau gefunden hat? Wann? Nachdem Irinas Leiche abtransportiert worden war oder schon vorher? Oder etwa gar zum selben Zeitpunkt, an dem Irina starb?

Fanni wandte sich zu Sprudel um. »Meinst du, Bergwacht-Rudi sagt die Wahrheit? Hältst du ihn für dreist genug, so ungeniert zu lügen?«

Bevor Sprudel antworten konnte, kam Sepp, der aus dem Dienstraum getreten war und gegen einen Felsbrocken gepinkelt hatte, herangeschlendert.

»Hat er sie schon angezündet?«, feixte Sepp.

Weil ihn sowohl Fanni als auch Sprudel verblüfft ansahen und nicht wussten, was sie antworten sollten, steckte Sepp den Kopf in den Kapelleneingang und deutete auf die brennende Kerze. »Unser Rudi ist nämlich ein ganz Frommer«, erklärte er. »Jedes Mal, wenn ein Bergwächter oder jemand aus seiner Verwandtschaft Geburtstag hat, zündet er eine Kerze an und betet ein Vaterunser für ihn. Er redet ja nicht davon, der Rudi, aber wissen tun es alle.«

»Und heute brennt die Kerze für ihn selbst?«, fragte Sprudel.

»Genau«, bestätigte Sepp. »Den ganzen Sommer über zündet der Rudi Kerzen an. Im Mai für Franz und Karl und Hans, im Juli ...« Sepp zählte etliche Namen auf. Offensichtlich gehörten auch Max der Wirt, die blonde Heide, Doc Haller und seine Frau und auch Annabel zu Rudis Schützlingen. »Letzte Woche«, schloss Sepp, »hat eine Kerze für *mich* gebrannt. Und stellt euch vor, am selben Nachmittag, an dem er sie aufgestellt hat, da hat der Rudi in der Nische, wo die Zündhölzer immer liegen, einen Gurt gefunden, der wie gemacht war für seine neue Kamera.«

»Das Wunder vom Falkenstein«, murmelte Fanni.

»Fragt sich, ob dich dein Kamerad da nicht zum Besten gehalten hat«, meinte Sprudel.

»Den Seinen gibt's der Herr im Schlafe, sagt man bei uns«, antwortete Sepp. »Ich hab selber gesehn, wie der Rudi die Kerze reingetragen hat und mit dem Gurt herausgekommen ist.«

»Ist Ihnen an dem Band nichts aufgefallen?«, fragte Fanni.

»Ja, was hätt mit daran auffallen sollen?«

»Es ist blau.«

»Rudis Gurt, meint Fanni«, sprang Sprudel ein, »hat die gleiche Farbe wie der, an dem die verschwundene Kamera von dem Touristen hing.«

Sepp legte die Stirn in Falten. »Ja, was soll denn das jetzt heißen?«

»Sepp, auf geht's«, schallte es in diesem Augenblick aus dem Bergwachtstübchen. »Wir wollen anstoßen – auf den Ru-udi!«

Bergwacht-Sepp tippte mit dem Zeigefinger an einen imaginären Hutrand und rannte zum Anbau hinüber.

Fanni ließ sich auf den moosgepolsterten Stein neben der Kapelle sinken. »Versucht etwa Bergwacht-Sepp seinen Kameraden zu decken?«, fragte sie. »Kann es sein, dass die beiden etwas mit den Todesfällen zu tun haben?«

Sprudel schüttelte den Kopf. »Lass uns von der Hypothese ausgehen«, schlug er vor, »dass die Bergwächter die Wahrheit sagen. Rudi hat den Riemen in der Kapelle entdeckt, wirklich und ungelogen. Jede andere Theorie«, fuhr er fort, »würde ja fordern, dass die beiden extra ein Lügengebäude konstruiert haben, nur um eine Erklärung für den Gurt an Rudis Kamera parat zu haben.«

Fanni nickte. Sprudels Argument klang logisch. Wenn Rudi die Kamera des Passauers gefunden hätte, dachte sie, wenn er sogar Schuld an Irinas Tod hätte, dann müsste er verrückt sein, durch dieses blaue Band auf sich aufmerksam zu machen. Und Bergwacht-Sepp müsste noch verrückter sein, ihn zu decken.

»Aber«, sagte sie zu Sprudel, »kann es denn sein, dass Rudi dieses Band aus der Nische in der Kapelle genommen, es an seine Kamera gemacht und nicht einen Augenblick lang mit der Toten im Höllbachgspreng in Verbindung gebracht hat?«

»Unser Rudi ist halt einfach gestrickt«, schmunzelte Sprudel, wurde aber schnell wieder ernst. »Irina ist vor zehn Tagen gestorben. Ich wette, keiner erinnert sich mehr daran, dass sie der Nationalparkranger nur deshalb entdeckt hat, weil er nach einer Kamera an einem blauen Riemen suchte.«

Er hat recht, dachte Fanni. Aber wie kam das Band in die Kapelle?

»Nehmen wir mal an«, begann sie zögernd, »nachdem Irina in den Tod gestürzt war, hat derjenige, der sie in ihr Unglück jagte, den Fotoapparat liegen sehen und mitgenommen. Er beschloss, die Kamera zu behalten, warum auch nicht, es sieht ja eine wie die andere aus. Nur das Band wollte er loswerden, es schien ihm zu auffällig. Warum hat er es nicht in den Höllbach geworfen?«

»Vielleicht«, antwortete Sprudel, »brauchte er eine Zange oder etwas Ähnliches, um den Karabiner zu öffnen, mit dem der Riemen an der Kamera befestigt war.«

»Karabiner besitzen Schnapp- oder Schraubverschlüsse«, sagte Fanni, »wozu wäre eine Zange nötig gewesen?«

»Der Karabiner, der an Rudis blauem Riemen hängt, war ursprünglich verbogen«, antwortete Sprudel. »Ich konnte gut erkennen, dass jemand das Metall zurechtgeklopft hatte, um ihn wieder einwandfrei zuklicken zu können.«

»Unser ...«, Fanni zögerte, »Täter«, sagte sie dann, »benötigte also eine Zange, damit er das blaue Band loswerden konnte, und nach einer solchen suchte er ausgerechnet in der Kapelle.« Sie sprach nicht aus, was sie dabei dachte: Sprudel, du hast nicht alle Tassen im Schrank.

Er grinste breit (hatte sie laut gedacht?), zog sie vom Stein hoch und durch den Eingang der Kapelle. Dort wandte er sich nach rechts, klappte den Deckel eines Kästchens hoch, das an der Wand hing, und trat zur Seite, sodass Fanni hineinsehen konnte.

Hammer, Nägel, drei Zangen, Schere, Bindfaden und ein Messer lagen durcheinandergewürfelt in der Box.

»Purer Zufallsfund aus reiner Neugier«, sagte Sprudel. »Ich habe mich neulich in der Kapelle ein wenig umgeschaut, und dabei ist mir das Kästchen aufgefallen. Ganz automatisch hat sich meine Hand hinbewegt und den Deckel geöffnet.«

»Automatisch«, wiederholte Fanni. »Aber du hast recht. Jeder könnte wissen, dass hier Werkzeug bereitliegt.«

»Jeder *könnte* es wissen«, bestätigte Sprudel, »aber ganz sicher wissen es diejenigen, die schier täglich hierherkommen.«

»Wodurch die Spur wieder zu den Stammtischbrüdern führt«, folgerte Fanni.

»Ich finde«, sagte Sprudel, »wir haben uns ein Stück Kuchen und eine Tasse Kaffee verdient.« Er klappte den Deckel des Werkzeugkästchens zu, nahm Fanni an der Hand und steuerte aus der Kapelle hinaus auf die Falkenstein-Schutzhütte zu.

Irgendetwas war anders als sonst. Fanni brauchte einen Moment, bis sie dahinterkam, was.

Heide stand mit ihrer Zigarette heute nicht unter dem Vordach der Schutzhütte, sondern lehnte gut zehn Meter weit entfernt an einer Fichte. Sie sog und paffte und stieß Rauchwölkchen durch die Nase aus wie Grisu, der kleine Drache.

Als Fanni und Sprudel durch die Eingangstür traten, schlug ihnen ein säuerlicher Geruch entgegen. Im Flur, auf Höhe der Toiletten, wurde der Gestank so penetrant, dass Fanni die Luft anhielt. Aus der Männerkammer drang leises Stöhnen.

Sprudel beschleunigte seine Schritte, und einen Augenblick später befanden sie sich in der Gaststube. Am Stammtisch saß Max. Alle anderen Tische waren leer. Doc Haller schnürte soeben seinen Rucksack zu. Offensichtlich wollte er gerade gehen.

Max stöhnte. Seine Gesichtsfarbe vermittelte den Eindruck, als könne sie sich nicht zwischen Grün und Grau entscheiden.

»Ist ihm nicht gut?«, fragte Sprudel den Doc.

Der schüttelte zuerst den Kopf, dann nickte er. »Dem Max ist schlecht, weil er fürchtet, seine Gäste vergiftet zu haben.« Da ihn Fanni und Sprudel nur verständnislos anstarrten, sprach er weiter: »Bis vor einer Viertelstunde war alles ganz normal. Die Leute haben Kaffee getrunken, Bier, Limo, wie immer halt. Und dann sind sie plötzlich nacheinander aufgesprungen und zur Toilette gerannt.«

»Alle?«, fragte Sprudel.

»Nein, nein«, antwortete der Doc, »bei Weitem nicht alle. Es ist nur deshalb niemand mehr hier, weil es überall so gestunken hat. Wir haben aber schon sämtliche Fenster aufgemacht.«

»Gäste mussten sich erbrechen«, stellte Sprudel fest. »Konnten Sie etwas für sie tun?

»Nicht nötig«, antwortete der Doc. »Der Magen hat sich ja selbst geholfen und hat das, was ihm nicht bekam, ausgeworfen. Ich habe den Leuten geraten, sich ein wenig hinzulegen und auf den Schweinebraten heute Abend zu verzichten.«

»Sie haben alle meine Eiercremetorte gegessen«, sagte Max.

»Haben Sie dafür rohe Eier verwendet?«, erkundigte sich Fanni.

Max nickte.

»Wäre es nicht angebracht, eine Probe der Creme labortechnisch untersuchen zu lassen? In rohen Eiern stecken doch manchmal Salmonellen«, sagte Sprudel.

Doc Haller winkte ab. »Erstens ist von der Torte nichts mehr übrig, und zweitens handelt es sich nicht um eine Salmonellose. Die Leute haben sich ja nach dem Erbrechen gleich wieder besser gefühlt.«

»Aber warum haben sie alle gekotzt?«, fragte Max kläglich.

Der Doc nahm seine Brille ab, blinzelte und setzte sie wieder auf. Dann hob er die Hände wie der Pfarrer beim Sanktus. »Mein Gott, Max, wir haben doch schon so oft darüber geredet. Seit der eiserne Vorhang offen steht und reger Grenzverkehr herrscht, werden Keime noch und noch eingeschleppt. Einer schleppt das ein, der andere dies.«

Am Tresen klingelte das Telefon. Max stemmte sich an der Tischplatte hoch, krampfte die Finger um die Griffe seiner Krücken und arbeitete sich hinüber.

Doc Haller nickte Fanni und Sprudel kurz zu, dann verließ er die Gaststube.

Maxens Gesichtsfarbe changierte zu Grün, als er den Hörer wieder auflegte. »Der Willi ist vorhin ins Krankenhaus eingeliefert worden. ›Verdacht auf Typhus‹ soll der Doktor von der Ambulanz gesagt haben.«

Keiner musste Fanni oder Sprudel erklären, dass Willi jener Ranger war, den sie vor einigen Stunden am Albrechtschachten aufgelesen hatten.

»Besuchen viele Gäste aus dem Osten die Schutzhütte am Falkenstein?«, fragte Fanni.

Max sah sie eine Weile verstört an, dann schüttelte er den Kopf. »Nein, wieso auch?«

In diesem Moment sprang die Tür der Gaststube auf, Bergwacht-Rudi erschien im Blickfeld. »He, Wirt!«, röhrte er. »Du machst an meinem Geburtstag kein Lazarett aus der Falkensteiner Schutzhütte. Wem schlecht ist, der kriegt einen Schnaps, und wem nicht schlecht ist, der auch. Und um sieben kriegen alle Schweinebraten.«

Max humpelte ergeben in die Küche.

Beim Abstieg hingen Fanni und Sprudel ihren Gedanken nach. Kurz vor dem Albrechtschachten sagte Fanni:

»Doc Haller scheint sich ja nicht allzu viele Gedanken um die Patienten auf der Hütte zu machen. Er hat sie alle quasi wieder gesundgeschrieben.«

»Damit wird er ja auch recht haben«, entgegnete Sprudel. »Sie haben ausgespuckt, was ihren Magen peinigte – Krankenakte geschlossen.«

»Aber wenn doch …«, begann Fanni.

Sprudel unterbrach sie. »Ich habe ja auch darüber nachgedacht, Fanni. Doch was sollen wir schon tun?«

»… Notarzt …«

»Nur weil ein paar Leute gekotzt haben?«, fragte Sprudel. »Schau, Fanni, wenn der Doc falsch liegt, wenn sich einer der Patienten nicht erholt, dann werden Max und die Bergwächter dafür sorgen, dass er schleunigst ins Tal und zu einem Arzt gebracht wird. Darauf können wir uns verlassen.«

Sie nickte. »Was hat den Doc bloß so sicher gemacht? Über den Krankheitsverlauf, meine ich.«

»Er hat halt Erfahrung«, erwiderte Sprudel. Dann lachte er leise. »Du misstraust ihm?«

»Ja«, gab Fanni zu, »ich misstraue ihm, weil ich heute Vormittag, nachdem ich Severins Laptop bei dir abgeliefert hatte, die Beschreibung auf meinem Päckchen Ysoptee gelesen habe.« Sie sah sich um, als vermute sie Doc Haller, ausgestattet mit Teleskopohren, ganz in der Nähe, dann fuhr sie fort: »Ich glaube, er läuft doch herum und bindet den Leuten Bären auf.«

»Wie kommst du darauf?«, fragte Sprudel.

»Ysop wächst hier nicht«, antwortete Fanni. »Auf der Verpackung steht, das Kraut kommt aus Südeuropa.«

»Es könnte doch eingeführt worden sein«, erwiderte Sprudel.

»Und dann wurde es ausgerechnet auf dem Ruckowitzschachten angepflanzt? Von einem Wolpertinger oder von wem?«, sagte Fanni.

Sprudel winkte ab. »Dann wird sich der Doc halt geirrt haben.«

»Der allseits gerühmte Krautdoktor soll sich irren«, rief Fanni, »und das gleich doppelt?«

»Doppelt?«, fragte Sprudel.

»Auf der Verpackung steht außerdem, dass Ysop bei Husten, Heiserkeit und geschwollenen Mandeln sehr zu empfehlen ist. Von Rheuma, Migräne oder gar Herzrasen habe ich nichts gelesen.«

»Seltsam«, musste Sprudel zugeben.

»Warum lügt der Mann?«, sagte Fanni anklagend.

Sprudel schien darüber nachzudenken. Plötzlich sagte er: »Könnte es nicht sein, dass der Doc sein Wissen geheim halten will, damit er – nur er allein – der allseits gerühmte Krautdoktor bleibt?«

»Sprudel«, entgegnete Fanni, »wir befinden uns nicht im Mittelalter. In jedem Lexikon kannst du dich über Ysop & Co. informieren.«

Sprudel nickte und schwieg. Nach einiger Zeit sagte er: »Täusche ich mich, oder ist dir Doc Haller ebenso suspekt wie es dein Nachbar war, der sich später als Mörder entpuppt hat?«

Fanni schüttelte den Kopf. »Der Nachbar und seine Frau haben jahrzehntelang nur einen Katzensprung von mir entfernt gewohnt. Von meinem Küchenfenster aus konnte ich in ihre Suppenteller sehen. Ihr Alltag spielte sich vor meinen Augen ab, und ich habe fast täglich mit ihnen gesprochen, deshalb konnte ich mir ein Bild von ihnen machen. Unser Doc dagegen ist ein Wildfremder für mich. Der Verdacht, der irgendwo in meinem Kopf gegen ihn zu gären scheint, hat wohl wenig mit konkreten Wahrnehmungen zu tun.«

»Trotzdem«, soufflierte Sprudel.

»Kein Trotzdem diesmal«, lächelte Fanni. »Außerdem hat der Doc ein wasserdichtes Alibi. Wenn es wirklich stimmt, dass er erst um zwölf Uhr Bodenmais passierte, dann kann er Annabel nicht totgeschlagen haben. Er hatte noch eine halbe Stunde bis Zwiesler Waldhaus zu fahren, und dann lagen eineinhalb Stunden Aufstieg vor ihm. Selbst gut trainierte Leute schaffen es über die Steinbachfälle kaum schneller.« Sie legte die Stirn in Falten. »Andererseits –

vielleicht sollten wir doch noch Docs Frau besuchen und ein kleines Schwätzchen über den Verlauf des Sonntagvormittags mit ihr halten.«

Sprudel schlug sich an die Stirn. »Ich habe glatt vergessen, dir zu sagen, dass Doc Hallers Alibi erhärtet ist. Neulich, als ich wieder einmal die Protokolle durchgegangen bin, habe ich festgestellt, dass es eine Aussage von einem Ranger gibt, der den Doc am fraglichen Sonntag kurz vor halb eins vom Parkplatz Zwiesler Waldhaus weggehen sah. Selbst wenn er sich beeilt hätte, konnte unser Doc nicht vor zwei Uhr auf dem Gipfel des Falkenstein gewesen sein.«

Sie passierten die Stelle, wo der Ranger gelegen hatte, und schwenkten dann nach rechts in Richtung Scheuereck.

»Und wie steht es mit den Alibis der anderen Stammtischbrüder?«, fragte Fanni.

»Zu der Zeit, als Annabel starb«, antwortete Sprudel, »zwischen ein und zwei Uhr mittags grob gesagt, waren alle mindestens paarweise zusammen, sodass sie sich gegenseitig entlasten: die Nationalparkranger, Rudi und Sepp ...«

»Glaubst du«, unterbrach Fanni, »Sepp wäre es aufgefallen, wenn sich Rudi für ein halbes Stündchen davongemacht hätte?« Sie gab sich selbst die Antwort: »Er hätte es genauso wenig gemerkt, wie Max es auf seinem Platz in der Küche mitbekommen hätte, ob Heide fort war.«

»Fanni«, sagte Sprudel, »ich rede von dem, was sich aus den Protokollen ergibt.«

»Prima«, entgegnete Fanni, »dann bleibt also wieder nur Severin übrig.«

»Du verdächtigst ihn doch selbst krimineller Machenschaften.«

»Ja, aber nicht des Totschlags an Annabel. Es ergibt keinen Sinn, ihm das anhängen zu wollen. Entweder Severins Alibi stimmt, dann war er es nicht, oder es ist getürkt, dann müsste er ein Idiot sein.«

Sprudel zog Fanni an den Wegrand, weil ihnen ein Geländewagen entgegenkam.

»Dafür, dass es sich hier um eine Naturschutzzone handelt, wird eine Menge Auto gefahren«, empörte sich Fanni.

Gefahren, gefahren, gefahren …!

Als der Wagen sie passiert hatte, deutete Sprudel auf eine lila blühende Pflanze und sagte:

»Schau, Fanni, das hier ist Ungarischer Enzian.«

Fanni fasste die runden Blütenkelche und die gezackten Blätter ins Auge. »Also ich halte das für eine Taubnessel«, meinte sie.

»Falsch«, grinste Sprudel, »und ich kann es dir sogar beweisen. Doc Haller hat mir neulich so eine Pflanze gezeigt, ich habe sie gepflückt, gepresst und auf einen zuvor beschrifteten Karton geklebt. Der Ungarische Enzian hilft bei Magenerkrankungen und steigert die Abwehrkräfte des Körpers.«

»Mag ja sein, dass der Enzian das tut«, sagte Fanni, und obwohl sie insgeheim zugeben musste, dass sie sich während der paar Semester ihres Biologiestudiums weder für Botanik im Allgemeinen noch für Heilpflanzen im Besonderen interessiert hatte, fuhr sie fort: »Aber das Kraut hier vermag gar nichts. Es handelt sich eindeutig um Taubnessel. Und ich kann es auch beweisen. Dieses Unkraut wächst nämlich in Massen um meinen Komposthaufen herum. Doc Haller hat dich an der Nase herumgeführt, Sprudel. Oder, was wahrscheinlicher ist, du hast die falsche Pflanze gepflückt.«

»Hab ich nicht«, grummelte Sprudel, warf jedoch einen skeptischen Blick auf die lila Blüten.

Der Marsch auf der Forststraße vom Albrechtschachten hinunter zog sich in die Länge. »Kam mir beim Aufstieg kürzer vor«, meinte Sprudel.

Fanni nickte. »So geht es einem oft. Die letzten Meter des Rückwegs sträuben sich.«

Irgendwann bogen sie dann doch um die allerletzte Kurve und erreichten die Brücke in der Grandelseige. »Von hier sind es bloß noch fünf Minuten bis zum Wirtshaus von Scheuereck, wenn wir flott laufen«, verkündete Fanni und legte sich ins Zeug.

Gegen fünf Uhr erreichten sie den beim Wildgehege geparkten Wagen, warfen die Rucksäcke in den Kofferraum und beschlossen, die Rehböcke nebenan keines weiteren Blickes zu würdigen und lieber sofort nach Zwiesel zurückzufahren. Eine halbe Stunde später betraten sie das Hotel Zur Waldbahn.

»Abendessen um sieben?«, fragte Fanni. »Damit du dich nach dem Duschen noch ein halbes Stündchen aufs Ohr legen kannst.«

»Nicht nötig«, prahlte Sprudel und sprang die Treppe hinauf.

»Trotzdem«, sagte Fanni.

Kurz nach sechs rief Leni auf Fannis Handy an. Fanni trug ihr Handy – wie sie es sich in der Kapelle am Finkenschlag geschworen hatte – neuerdings fast immer bei sich. Es ruhte, durch einen Reißverschluss vor dem Herausfallen gesichert, in einer Innentasche ihrer Jacke.

Leni war, wie geplant, in Nürnberg und erledigte ihre Arbeiten im Labor. Sie käme gut damit voran, erzählte sie.

»Ich könnte Papa auch schon am Freitag abholen«, sagte sie, nachdem sie sich eine Weile unterhalten hatten, »aber damit würde ich dir und Sprudel wohl keinen Gefallen tun.«

Fanni stimmte ihr zu, und Leni lachte. »Ich habe vorhin mit Vera telefoniert«, fuhr sie fort, »und die meinte, dass Papa in Klein Rohrheim inzwischen schier unabkömmlich ist. Sämtliche Vereine – Schützen-, Kegel- und Gartenbauverein – haben ihm bereits die Ehrenmitgliedschaft angetragen.«

»Trifft sich sehr gut«, sagte Fanni trocken und spürte, wie Leni grinste.

Fanni hatte tags zuvor selbst in Klein Rohrheim angerufen, war aber nach dem Vorwurf, er hätte es schon zweimal vergeblich zu Hause versucht, von Hans Rot recht wortkarg abgefertigt worden.

»Denkst du, es könnte am Samstag schwierig werden, Papa loszueisen?«, fragte sie Leni.

Leni verneinte. »Vera hörte sich ziemlich genervt an. Ich vermute, sie und Papa haben sich bis Samstag derart in der Wolle, dass er liebend gern abreist.«

»Bekommt der arme Mann kein Müsli mit klein geschnittenem Obst zum Frühstück?«, erkundigte sich Fanni.

»Nicht mal Milchkaffee«, sagte Leni, »und zum Mittagessen gibt's Tütensuppe oder Tiefkühlpizza. Vera hat Wichtigeres zu tun, als Obst zu schnippeln und Gemüse zu putzen. Sie hat eine Tauschbörse für Kinderkleidung eingerichtet. ›Mein Kidcenter wird *allen* Bedürfnissen *aller* Kinder gerecht werden‹, hat sie verkündet.«

Fanni seufzte und fragte nach Minna und Max. Soweit Leni wusste, ging es ihnen gut.

»Max hat ja Erwin«, sagte Leni, »und Minna hat ihre Benjamin-Blümchen-Kassetten.« Sie machte eine kleine Pause und fragte dann: »Habt ihr Annabels Mörder schon dingfest gemacht, du und Sprudel?«

»Wir stöbern immer noch zwischen Hasen und Rehen, Eichhörnchen und Auerhähnen, Bisamratten und Füchsen nach ihm – was weißt du über Typhus?«

Leni sog scharf die Luft ein. »Noch ein totes Mädchen?«

»Ein kranker Nationalparkranger«, antwortete Fanni.

»Typhus«, sagte Leni, »wie soll sich der Ranger in unseren Breiten damit infiziert haben? Hat er in letzter Zeit eine Reise gemacht, nach Indien beispielsweise?«

»Die vergangenen zwei Wochen hat er mit Sicherheit im Nationalpark Bayerischer Wald zugebracht«, antwortete Fanni, »und sämtliche Wochen davor vermutlich auch.« Sie hörte Leni mit Papier rascheln.

Jetzt schlägt sie unter »Typhus« nach, dachte Fanni und wartete. Nach einer Weile sagte Leni: »Die Inkubationszeit beträgt bei Typhus acht bis vierzehn Tage. Übertragungen erfolgen fäkal-oral, beispielsweise durch verunreinigte Nahrungsmittel oder verschmutztes Wasser. Fünf Prozent aller Erkrankten bleiben Dauerausscheider der Erreger, sie können andere anstecken, ohne selbst Symptome zu zeigen.«

»Hm«, meinte Fanni, »es könnte also sein, dass sich unser Ranger infiziert hat, weil er Wasser trank, in das ein Dauerausscheider zuvor gepinkelt hatte.«

»Nein, nicht gepinkelt, Mama«, korrigierte Leni und fuhr fort: »Stellen wir uns doch mal vor, so ein Dauerausscheider wandert durch den Wald. Plötzlich muss er sich ganz dringend entleeren, weil er zu viele Dörrpflaumen gegessen hat. Unglücklicherweise fließt ganz nah an dem Plätzchen, das er sich für sein Geschäft ausgesucht hat, ein Bächlein vorbei, und dummerweise fängt es wenig später an, in Strömen zu regnen. Das Bächlein schwappt über das Ufer und schwemmt mit, was dort stinkt. Ein Stück weiter unten hält der Nationalparkranger seine Feldflasche in den Wasserschwall und füllt sie auf. Im Laufe des Tages trinkt er sie leer, und eine Woche später erkrankt er an Typhus.«

»Ich würde ja deine Geschichte von dem Dörrpflaumen verzehrenden Dauerausscheider im Überschwemmungsgebiet gerne glauben«, sagte Fanni darauf, »wenn nicht in derselben Region bereits Polioviren und Syphiliserreger ihr Unwesen getrieben hätten. Womit haben wir es denn hier zu tun? Mit einem Gipfeltreffen bösartiger Keime?«

Leni schwieg eine Weile, dann antwortete sie: »Möglich wäre es.« Fanni ließ zischend den Atem entweichen.

»Denk dir einen Gau, Mama«, fuhr Leni fort, »einen Gau, so wie den damals in Tschernobyl. Nur mit dem Unterschied, dass der Unfall in einem Forschungslabor geschieht und nicht in einem Atomreaktor.«

»Kann ich mir leicht vorstellen«, sagte Fanni. »Ein Gasfläschchen explodiert, ein Brand bricht aus, ein paar Glasscheiben platzen. Bakterien und Viren werden herumgewirbelt wie Herbstblätter, kontaminieren die gesamte Laboreinrichtung einschließlich der Kaffeekanne. Denkbar, wenn auch recht unwahrscheinlich bei den heutigen Sicherheitsstandards.«

Bevor Leni zu Wort kam, fuhr Fanni fort: »Undenkbar ist allerdings, dass – wie in Tschernobyl die radioaktiven Teilchen – Polioviren und Typhusbakterien vom Wind aufgenommen, als Wolke in Richtung Bayerischer Wald geblasen und dort heruntergeregnet werden.«

»Undenkbar, unsinnig, absurd«, bestätigte Leni, »aber was, wenn – um den Unfall zu vertuschen – verseuchtes Material illegal entsorgt wurde? Natürlich nicht in der Nähe des Betriebes, damit niemand auf die Idee kommt, etwa auftretende Infektionen mit dem Labor in Verbindung zu bringen. Erst recht nicht in der Nähe größerer Ortschaften, um das Infektionsrisiko gering zu halten. Eher im Nationalpark, wo sich mehr Tiere als Menschen aufhalten und die Menschen sowieso nur bestimmte Zonen betreten dürfen.«

Fanni dachte über das von Leni heraufbeschworene Szenario nach.

Nach einer Weile hörte sie ihre Tochter fragen: »Findest du die Theorie zu abwegig?«

»Ich …«, begann Fanni, wurde aber von Leni unterbrochen.

»Sie hat einen großen Haken: Treponema, der Syphiliserreger, ist außerhalb seines menschlichen Wirts zum Tod verurteilt.«

»Wodurch die gesamte Theorie wie ein Kartenhaus einstürzt«, sagte Fanni.

»Nicht ganz«, erwiderte Leni. »Hier lese ich gerade, dass Treponema außerhalb des menschlichen Körpers zwar nur für sehr kurze Zeit überleben kann, sich aber umso länger hält, je niedriger die Sauerstoffkonzentration seiner Umgebung ist – in Sumpf und Moder müsste das der Fall sein. Zudem ist es gelungen, Treponema pallidum außerhalb des menschlichen Körpers zu kultivieren.« Sie gluckste. »Weißt du, wo? In Kaninchenhoden.«

Fanni schnaubte. Leni verabschiedete sich lachend. »Du solltest meine geniale Lösung mal mit Sprudel diskutieren, Mama«, riet sie und legte auf. Fanni drückte auf die rote Taste ihres Handys und starrte sie eine Zeit lang an.

11

Am Donnerstag, den 28. September, brachen Fanni und Sprudel zeitig nach Bergreichenstein auf. Sie hofften, dort in Erfahrung zu bringen, was Irina unternommen hatte, um bei ihrer Jagd nach einer guten Partie Beute aufzustöbern.

Gegen neun passierten sie die Grenze in Eisenstein. Wenige Kilometer dahinter, in Železná Ruda, säumten Nachtbars die Durchfahrtsstraße.

»Dorthin strömen die Devisen«, meinte Fanni.

Sprudel nickte. »Aber dorthin auch«, sagte er und deutete auf die Spielbank inmitten von Läden, die Zigaretten und Spirituosen en masse anboten.

Kurz nach Železná Ruda, das die Bayern »Böhmisch Eisenstein« nennen, zweigte ein schmales, holpriges Sträßchen nach rechts ab. Sprudel setzte den Blinker.

Entlang der Route mündeten nun Wanderwege, die von den Berggipfeln im tschechischen Teil des Nationalparks herunterführten. Fanni las die Namen der Berge aus der Karte: »Polom, Plesná, Køemelná.«

Von Zeit zu Zeit schaukelte Sprudels Mietwagen an einem schäbigen Gehöft vorüber.

»Trostlos«, sagte Fanni.

Hinter Hartmanice – einer Ansammlung armseliger Häuser samt einer verwahrlosten Kirche in ihrer Mitte – querte die Straße den Fluss Otava und schlängelte sich bis Radešov an dem trägen Gewässer entlang. Ab Radešov warben überdimensionale Plakattafeln am Straßenrand für das Hotel Sumava in Kašperské Hory.

Sprudel folgte diesen Wegweisern einen Hügel hinauf, und wenig später kam der Turm der Pfarrkirche von Bergreichenstein in Sicht.

Sprudel hielt darauf zu und parkte den Wagen im Schatten des Kirchengemäuers.

»Tot, verstorben, entschlafen«, flüsterte Fanni.

Sprudel sah sich erschüttert um. »Bergreichenstein soll einmal eine der reichsten Städte Böhmens gewesen sein. Im Mittelalter sind unter den Häusern von Kašperské Hory Goldminen entdeckt worden. Die Ausbeute war so hoch, dass Kaiser Karl IV. extra einen Handelsweg nach Passau anlegen und zum Schutz der ganzen Gegend die Burg Karlsberg erbauen ließ.«

Fanni zog eine Grimasse. »Er ist längst wieder zugewachsen, dieser goldene Steig. Und die Burg ...« Sie zeigte auf einen der umliegenden Hügel.

»... hat ihre besten Tage hinter sich«, gab Sprudel zu. »Alles Gold war halt irgendwann einmal geschürft. Aber«, fuhr er fort, »es heißt, die Bürger Bergreichensteins ließen sich deshalb nicht unterkriegen. Sie verlegten sich auf den Handel mit Glas, Holz und Vieh, und die guten Zeiten hielten noch lange an. Das Rathaus soll aus ihnen erhalten geblieben sein, die Pfarrkirche und die Friedhofskirche St. Anna.«

Besagte Pfarrkirche ragte grau und trist vor Fanni auf.

»Sieht so aus«, sagte sie, »als sei die mittelalterliche Blüte Bergreichensteins unwiderruflich verwelkt.« Sie deutete auf das bucklige Pflaster des Kirchplatzes. »Ein paar verwitterte Knochen ragen dort und da heraus – original aus dem 14. Jahrhundert.«

Sprudel seufzte. »Heutzutage nennt sich Bergreichenstein die höchstgelegene gotische Stadt Böhmens und versucht Touristen anzulocken – mit dem Hotel Sumava, mit gut markierten Wanderwegen für den Sommer, mit frisch gespurten Loipen für den Winter.«

»Das Hotel scheint mir geschlossen«, sagte Fanni. »Und das Restaurant daneben auch.«

Sprudel und Fanni umrundeten die Kirche, die ihre Pforten unbeugsam verriegelt hielt. Neben einem der versperrten Eingänge entdeckte Fanni drei Granitsteine mit je einer Vertiefung im oberen Segment.

»Goldmühlen«, las sie auf einer Tafel daneben. Sie sah Sprudel an, der ratlos die Schultern zuckte.

»Die Bergreichensteiner haben goldenes Brot gebacken«, sagte Fanni. Sprudel grinste.

Fanni wandte sich von den merkwürdigen Goldmühlen ab und schaute über den Platz. Südlich der Pfarrkirche stand ein Gebäude mit der Aufschrift »Heimatmuseum«. Fannis Blick wanderte über vergitterte Fenster und bröckelnden Putz.

Die Fassade des Heimatmuseums lässt hinsichtlich der Ausstellungsstücke im Inneren nichts Gutes ahnen, dachte sie und sah sich die Nachbarhäuser des Museums an: grau, heruntergekommen, abweisend.

In der Westkurve des Ovals, das Bergreichensteins Häuser um ihre Kirche formten, geriet ein Schaufenster in Fannis Blickfeld. An der Mauer darüber entdeckte sie Buchstaben aus Blech, die bei genauem Hinsehen das Wort »Co op Konzum« ergaben. Im Schaufenster konnte sie Plastikgeschirr und Plastikblumen erkennen.

Fanni fröstelte.

Ihr Blick folgte der Kurve in die Gerade und blieb noch mal an künstlichen Pflanzen hängen. Sie wehten an Drähten über einem Marktstand, an dem eine Asiatin Strickwesten zum Kauf anbot.

»Bemerkenswert«, sagte Sprudel und wies auf das Rathaus hinter den Plastikveilchen. »Barock? Renaissance? Auf jeden Fall wunderschön renoviert.«

»Aber warum wirkt es auf mich genauso trist wie seine Nachbarn?«, fragte Fanni.

Sprudel nahm ihre Hand. »Das könnte an der morbiden Stimmung liegen, die hier ringsum herrscht«, antwortete er.

Fanni nickte. Ihr Blick schweifte ein Stück weiter im Oval, und jetzt erschien das Hotel Kašperk bunt bemalt in der Nordgeraden.

»Hübsch«, sagte Fanni, »und ebenso tot.«

Da schlug Sprudel vor, zur Burg zu wandern. Fanni stimmte gerne zu, denn dieser freudlose Ort hier setzte ihr zu.

Sprudel trat vor eine Übersichtstafel, die an der Kastanie neben der Kirche angebracht war, und studierte die Skizze. »Es gibt zwei Rundwanderwege«, verkündete er nach einer Weile. »Der grün markierte führt direkt zur Burg. Der blau markierte verläuft in einem Bogen über die südlichen Hügel, würde uns aber mindestens drei Stunden Zeit kosten.«

»Macht nichts«, sagte Fanni und setzte sich in Marsch.

Das blaue Dreieck lotste sie eine Anhöhe hinauf und dort oben an drei kleinen Frühstückspensionen vorbei: Sonja, Panorama, Alena. Dann verlief der Weg ein Stück an einer Pferdekoppel entlang, bis er in den Wald eintauchte. Nach einigem Auf und Ab tauchte die Burg Kašperk hinter dem letzten Hügel auf.

Schon von Weitem erkannten Fanni und Sprudel, dass dieses Gemäuer seine kleinen Brüder und Schwestern in Bergreichenstein an Ungastlichkeit um ein Vielfaches übertraf: dicke Mauern, Schießscharten, wo man Fenster erhoffte. Verfallene Türmchen, ein verbarrikadiertes Tor. Grabesstille.

Fanni seufzte und wollte sich wieder in den Wald zurückziehen, aber Sprudel deutete auf einen sonnenbeschienenen Felsen keine zwanzig Schritte unterhalb der Burg. Er ging darauf zu, breitete seine Jacke über den Stein und winkte Fanni, die ein wenig unschlüssig an der Wegkreuzung stand. Endlich folgte sie ihm und ließ sich neben ihm nieder.

Fanni und Sprudel packten ihren Notproviant – Seitenbacher Energieriegel – aus, kauten die Kakaomasse und blickten in die Runde.

»Das kann nur der Große Arber sein«, sagte Sprudel und deutete nach Westen, wo ein Berggipfel alle anderen überragte. Fanni gab ihm recht. Weiter oben im Norden glaubte Sprudel den Osser ausmachen zu können; und der Berg im Südosten, viel weniger weit entfernt als Arber und Osser, musste laut Wanderkarte Javornic heißen.

Kurz vor dem Mittagsläuten machten sie sich auf den Rückweg und kamen gegen halb zwei wieder auf dem Kirchplatz an. Sprudel steuerte auf das Co-op-Konzum-Geschäft zu.

»Wie wär's mit einem Streifzug durch Bergreichensteins Einkaufszentrum?«, fragte er.

Fanni wusste nicht recht, was sich Sprudel davon versprach.

Das Warenangebot im Co-op-Konzum wird mir für heute den Rest geben, dachte sie, wollte jedoch Sprudels Plan nicht durchkreuzen.

Zwei Minuten später betraten sie den Laden. Fanni hatte es geahnt: verstaubte Regale, Nippes, der in Erlenweiler schon vor Jahren im Müll gelandet war; Damenpullover und Herrenhemden, zu minderwertig für den Altkleidercontainer jenseits der Grenze. Die Spirituosenabteilung zeigte sich mit Krimsekt – viel zu billig, als dass er hätte echt sein können –, Wodka und Marillenlikör gut bestückt.

Fanni und Sprudel gingen an den Gestellen mit den Süßigkeiten entlang: tschechische Manner-Waffeln, tschechische Prinzenrolle.

Um nicht mit leeren Händen vor dem älteren Herrn an der Kasse stehen zu müssen, entschieden sie sich übereinstimmend für eine Packung Karlsbader Oblaten.

Als Sprudel bezahlen wollte, kam zutage, dass weder er noch Fanni daran gedacht hatten, sich mit tschechischen Kronen zu versorgen.

Der Mann an der Kasse, der leidlich Deutsch sprach, sagte: »No, macht nix. Sie geben ein Euro achtzig.«

Sprudel kramte eine Weile in seinem Portemonnaie herum und musste dann gestehen, dass sich die Summe seines Kleingeldes auf einen Euro zehn belief. Einen Fünfzigeuroschein könne der Herr wohl nicht …?

Der schüttelte den Kopf.

Fanni hatte bereits ihre eigene Börse gezückt, um nach Kleingeld zu fahnden. »… fünfzig, sechzig …« Sie konnte fühlen, dass sich in einer Falte des Leders noch eine Münze verklemmt hatte, und bohrte den Finger hinein, um sie zu lockern. Dabei fiel ihr die Börse aus der Hand, Geldscheine und Ausweise flatterten auf den Tresen.

Als sie endlich bezahlt hatten, sagte Sprudel: »Hier in Bergreichenstein soll es einen Bäcker geben, der die besten Dalken von ganz Böhmen macht. Kennen Sie ihn?«

Der Mann an der Kasse zuckte die Schultern. »Größte Bäckerei von Kašperské Hory ist in Podlesistraße, gehört Matyáš Labém.«

Sprudel tat, als würde ihn der Name an etwas erinnern. »Hat Herr Labém nicht einen Sohn?«

»Ja, den Matyáš«, antwortete der Mann.

»Richtig«, sagte Sprudel darauf, »ich habe von Matyáš gehört. Er war doch mit Irina Svetla zusammen.«

Der Herr des Konzum seufzte. »Matyáš ist fort, schon paar Wochen. Sein Vater rauft sich Haar. Braucht ihn dringend in Backstube. Aber Matyáš ist einfach fortgegangen. Mutter hat immer und immer gesagt, Matyáš wird bald wiederkommen mit Irina zusammen und dann alles gut.«

»Meinte Matyáš' Mutter damit, die beiden würden heiraten?«, fragte Sprudel.

Der Konzumchef nickte. »Matyáš hätte das so gern wollen. Aber die Irina …« Er seufzte noch mal. »Jetzt ist sowieso zu spät!«

Dann begann er, sich weitschweifig über Irinas Unfall im Höllbachspreng auszulassen. Offensichtlich hatte er noch mehr Zeit übrig als seine beiden Kunden. Niemand sonst hielt sich in dem Laden auf.

»Aber«, meinte er abschließend, »Mutter Labém erzählt sich selber Lügen, wenn sagt, die Irina wär dem Matyáš seine Braut gewesen. Sie hat dem Buben nicht Chance lassen, so nicht und anders auch nicht.«

Fanni fragte sich, ob der Konzumchef damit sagen wollte, dass Irina, egal ob tot oder lebendig, mit Matyáš Labém nichts zu tun haben wollte.

»Kannten Sie das Mädchen?«, fragte Sprudel.

»Wie sollte ich nicht kennen Irina?«, antwortete der Mann. »Ist da drüben geboren vor zwanzig Jahr.« Er deutete über seine Schulter, dorthin, wo zwischen dem Museum und dem Secondhandladen ein schmales Gässchen talwärts verlief. »Meine Frau ist Taufpatin von Irina«, fuhr er fort, »meine Enkeltochter hat mit Irina immer Strickweste getauscht.« Er starrte gedankenverloren aus dem Fenster.

»Was störte Irina denn an Matyáš Labém?«, fragte Sprudel.

Der Konzumchef fuhr mit der Hand über den fleckigen Tresen, als wolle er Matyáš Labém wie Unrat fortwischen. »Dass Bäcker aussieht wie riesiger Zottelbär und nicht reich ist wie Onassis. Kein Cabrio, keine Reise mit Flugzeug, kein Pullover mit Krokodil …«

Womöglich hätte der Konzumchef die Liste von Matyáš Labéms Mängeln noch endlos fortsetzen können, aber Fanni unterbrach ihn. »Irina hatte wohl ein anderes Eisen im Feuer«, sagte sie.

Der Konzumchef schüttelte traurig den Kopf. »Dummes Ding ist sie gewesen, die Irina, hätte Matyáš nehmen sollen – mit Handkuss. Hätte gutes Leben gehabt: Bäckerei, tüchtiges Mann, festes Patz in Gemeinde. Aber hat nicht wollen. Hat alles gegeben für heiraten richtig reich und dafür ist gestorben.«

»Was hat Irina für eine reiche Heirat gegeben?«, hakte Sprudel ein.

»Unschuld«, sagte der Konzumchef leise. »Ehre, Würde und am Ende Leben.«

Fanni und Sprudel starrten ihn an.

In diesem Moment ertönte die Ladenglocke.

Eine alte Frau trat ein. Sie interessierte sich keinen Lidschlag lang für das Warenangebot des Co-op-Konzum, sondern trat auf die Gruppe an der Kasse zu und begann, mit dem Konzumchef tschechisch zu reden. Fanni blickte in ein Gesicht mit vielen Runzeln, die sich kreuz und quer verzweigten und deren Ausläufer vollzählig unter schwarzer Wolle verschwanden.

»Ist Großmutter von Irina«, sagte der Konzumchef plötzlich. »Ist gekommen, um sagen, dass deutsche Polizei großes Fehler macht, wenn glaubt, Irina hat Unfall gehabt.«

Woher, zum Teufel, weiß die Frau, was hier gesprochen wird?, dachte Fanni. KGB? Stasi? Ihr Blick irrte über den abblätternden Plafond. Wanzen? Sie sah Sprudel in den rückwärtigen Teil des Ladens äugen. Neben Pappkartons bewegte sich ein geblümter Vorhang. Ohren!

Der Konzumchef begann zu übersetzen, was ihm Irinas Großmutter gesagt hatte.

Es dauerte eine ganze Weile, bis Fanni und Sprudel begriffen, worüber die Großmutter sie in Kenntnis setzen wollte:

Irina kannte den Wald, und der Wald kannte sie. In den Hügeln zwischen Arber, Rachel und Javornic hätte ihr so wenig geschehen können wie hier auf dem Kirchplatz. Niemals wäre sie Hals über Kopf in den Höllbach gestürzt, um dort zu ertrinken.

Fanni nickte. War ihr dieser Gedanke nicht schon selbst gekommen? »Aber was«, sagte sie, »wenn Irina von Dämonen gehetzt worden wäre?«

Irinas Großmutter zuckte zusammen. Sie hatte verstanden. Langsam begann sie zu sprechen. Stockend übersetzte der Konzumchef.

Fanni und Sprudel traf die Antwort wie ein Unwetter.

Ja, Irina wurde von Dämonen gehetzt – seit langer Zeit schon. Ihre Namen waren: Gier, Lebenshunger, Unvernunft, Torheit.

Irina hatte alles dafür getan, um an einen Mann zu kommen, der ihre Wunschträume erfüllen würde. Paris, New York, die ganze Welt. Mit allen Mitteln hatte Irina ihr Ziel verfolgt. Sie brachte sogar drei Monate in einem Bordell in Cheb zu. So lange dauerte es, bis ihr etwas Entscheidendes aufging: Freier bevorzugen Billigware, weil sie selbst arme Hunde sind.

Nach diesen drei Monaten hatte Irina eingesehen, dass in einem

Bordell außer blauen Flecken nicht viel zu holen ist. Tripper stand noch auf der Angebotsliste, Aids und Allergien sowieso; reiche, galante, heiratswillige Männer dagegen nicht.

Nun hätte man meinen können, dass Irina aus dieser Erfahrung lernen und reumütig zu Matyáš Labém oder zu dem Druckereibesitzer aus Kavrlik, der ihr ebenfalls den Hof machte, zurückkehren würde. Sie aber packte ihren Koffer und stieg in den Zug nach Bayrisch Eisenstein, als ob es zwanzig Meter hinter der Grenze Gold und Silber regnen würde.

»Und während dieser Zugfahrt mutierte sie zur Nonne«, murmelte Sprudel fassungslos.

Irinas Großmutter hatte wieder zu sprechen begonnen, und Fanni glaubte den Namen »Jonas Böckl« verstanden zu haben. Sie hielt den Atem an.

Der Konzumchef debattierte eine Weile mit der Großmutter. Endlich begann er zu erklären: »Alena hier sagt, dass Irina sogar jungen deutschen Jäger abgewiesen hat. Jonas Böckl, Sohn von altes Böckl. Kommen oft zum Jagen her, Vater, Sohn. Bringen manchmal ganze Jagdgesellschaft mit. Altes Böckl ist zwischen Cheb und Krumlov überall bekannt.«

Fanni konnte sehen, wie Sprudel blitzartig aufging, dass Fannis Nachbar Böckl aus Erlenweiler gemeint war.

Eine Zeit lang hatte Irina dem jungen Böckl schöne Augen gemacht, erfuhren Fanni und Sprudel. Und prompt hatte er sie ausgeführt, rüber nach Sušice ins Café. Aber schon bald hatte Irina verkündet, dass sie mit Jonas kaum besser dran wäre als mit Matyáš.

Großmutter und der Konzumchef seufzten synchron.

»Jonas Böckl ist für Irina armer Schlucker gewesen«, sagte der Konzumchef. Dann hörte er wieder Irinas Großmutter zu, lächelte nachdem sie zwei Sätze gesprochen hatte, und übersetzte: »Alena meint, die Irina hat bei junges Böckl nicht so großes Fehler gemacht. Weil, hat er Heiratsversprechen verteilt wie Saatkartoffel.«

»Matyáš«, murmelte Großmutter Alena und wischte sich über die Augen.

Der Konzumchef legte ihr die Hand auf den Arm. »Alena hat sich den Matyáš sehr, sehr gewünscht als Ehemann für Enkelkind. Hat immer gesagt zu Irina: ›Nimm Matyáš, ist stark wie Bär, geduldig wie Kamel und gutmütig wie Kindchen von Schaf.‹ Aber statt Hochzeit ist gekommen Unglück: Irina tot, Matyáš fort!«

Eine Weile standen nun alle vier schweigend um die Kasse des Co-op-Konzum herum.

Plötzlich trat die Großmutter ganz nah an Fanni heran, sah ihr in die Augen und sagte mit schwerem Akzent: »Du gewusst von Dämon. Du erklären Polizei!« Dann verließ sie grußlos den Laden.

Fanni und Sprudel verabschiedeten sich vom Konzumchef und traten auf den verlassenen Kirchplatz hinaus.

»Fanni«, sagte Sprudel, »bevor ich über Gespenster als Mordwaffe nachdenken kann, muss ich mich stärken. Am besten mit Kaffee und Kuchen.«

»Nichts zu machen«, sagte Fanni und deutete auf das einzige Café auf dem Platz. Die geschlossenen Rollläden übermittelten eine klare Botschaft.

Sprudel schloss den Wagen auf. »Sušice!«, sagte er. »Schüttenhofen! Die Bezirksstadt – gut fünfmal so groß wie Bergreichenstein – liegt nur sechs Kilometer nördlich der Brücke über die Otava, über die unser Rückweg nach Železná Ruda verläuft. In Schüttenhofen muss es Cafés geben: Liwanzen, Zwetschgenbavesen, Topfenstrudel und dazu Milchkaffee.«

Sie parkten in Schüttenhofen neben der reich bemalten Renaissance-Apotheke. Der Kirchplatz davor zeigte sich weiträumiger, eindrucksvoller, doch nur wenig belebter als der von Bergreichenstein.

»Hier scheinen die Goldminen länger vorgehalten zu haben«, sagte Fanni, als sie an der Fassade des Böhmerwaldmuseums entlangschritten.

»Ja«, erwiderte Sprudel, »aber hier gab es nur weißes Gold – und Getreide.«

»Weißes Gold?«, überlegte Fanni laut. »Salz! Der Salzhandel auf dem goldenen Steig hat Schüttenhofen reich gemacht.«

»Das Salz und die Zündholzfabrik«, sagte Sprudel und deutete auf einen halb verfallenen Gebäudekomplex mitten in der Stadt.

»Sprudel«, lobte Fanni, »du weißt ja schier alles! Wie viele Geschichtsabrisse westböhmischer Städte hast du dir denn gemerkt?«

»Nur die beiden«, gab Sprudel zu, »Kašperské Hory und Sušice.

Und jetzt gäbe ich eine ganze Reihe von Geschichtsdaten darum, zu erfahren, wo wir hier ein Café finden können.«

Letztendlich entdeckten sie an der Uferstraße der Otava ein auffällig modernes Straßencafé. Böhmische Mehlspeisen gab es dort allerdings nicht. Die Kuchenvitrine bot Sachertorte, Streuselkuchen und – »Windbeutel«, rief Sprudel. »Seit meiner Kindheit habe ich keinen mehr gegessen.«

Er vertilgte zwei Stück. Fanni bestellte sich eine Quarkschnecke und aß sie mit gerunzelter Stirn.

»Ich weiß«, sagte Sprudel, nachdem er das letzte Stück Brandteig samt Sahnehut mit einem Schluck Milchkaffee hinuntergespült hatte. »Die Verwandlung von der Nutte zur Nonne lässt sich nur schwer verdauen. Irina muss einen schwerwiegenden Grund dafür gehabt haben.«

»Sie wollte jenseits der Grenze als brav und tugendhaft gelten«, schlug Fanni vor. »Nachdem sie ihr Vorhaben, mit Lasterhaftigkeit ans Ziel zu kommen, zum Scheitern verurteilt sah, wollte sie es eben anderwärts andersherum versuchen.«

Einfach so? In einem abgelegenen Kaff?

Auch Sprudel schien Fannis Erklärung nicht zufriedenzustellen.

»Lass uns sortieren«, sagte er, zupfte ein doppelt gefaltetes Blatt Papier aus seiner Brusttasche, klappte es auf und strich es glatt.

»Hypothese Nummer eins«, las Fanni, »unser Täter hat sowohl Annabel Scheichenzuber als auch Irina Svetla auf dem Gewissen. Zweitens, es gibt einen verborgenen Bezug zwischen den Mädchen.

Drittens, eine Person, die beide Mädchen kannten, hat ihnen unabhängig voneinander Versprechungen gemacht – und möglicherweise dafür Gegenleistungen verlangt. Wer?

Drei a, die Stammtischleute von der Falkensteiner Schutzhütte: Heide, Max der Wirt, die Nationalparkranger …

Drei b, jemand, von dessen Existenz wir keine Ahnung haben.«

Sprudel sah Fanni an und verbesserte: »An dessen Existenz oder dessen Verbindung zu den Mädchen wir in diesem Zusammenhang nicht gedacht haben.«

»Jonas Böckl«, murmelte Fanni.

»Alles würde zusammenpassen«, stimmte Sprudel zu. »Zuerst verspricht Jonas den Mädchen das Blaue vom Himmel herunter. Irina gelobt er die Heirat – Reisen, ein eigenes Auto und Designerklamotten inbegriffen. Annabel sagt er Hilfe bei der Eröffnung eines Geschäfts für Glaskunst zu – bietet ihr Geld an und behauptet, er habe Beziehungen, die sich für ihre Zwecke nutzen ließen, schließlich kann er ja mit einer Menge Jagdbekanntschaften aufwarten. Aber als ihn die Mädchen drängen, seine Versprechungen in Taten umzusetzen, reagiert er wütend: Jonas Böckl, der Jäger, hetzt Irina durch den Wald, bis sie voll Panik auf einem glitschigen Baumstamm den Höllbach zu queren versucht und dabei abstürzt. Jonas Böckl, der Jäger, stellt Annabel unter einen Felsen am Falkensteingipfel und schleudert sie gegen den Stein, weil sie auf ihren Forderungen beharrt. Annabel schlägt an einer Kante auf und bricht sich das Genick.«

»Liebe Güte«, stöhnte Fanni und fragte sich, was Jonas Böckl, das Monster, mit Leni Rot zu schaffen hatte. Sie stützte den Kopf in beide Hände und starrte die Tischplatte an.

»Wir müssen Jonas ernsthaft in Betracht ziehen«, sagte Sprudel. »jedenfalls so lange, bis wir wissen, wo er sich aufhielt, als … zumindest als Annabel starb.«

»Die neue Hypothese«, wandte Fanni ein, »berücksichtigt aber weder Polio noch Syphilis noch Typhus.«

Sprudel traktierte seine Wangenfalten. »Für diese Infektionen haben wir sowieso keine Erklärung. Sie müssen auf Zufall beruhen. Irina hat sich im Bordell angesteckt, Annabel war nicht gegen Polio geimpft, was sie dafür anfällig machte, und vielleicht hat wirklich ein Dauerausscheider von Typhuserregern eine Pfütze im Höllbach oder im Schleicherbach verunreinigt, aus der unser Ranger dann getrunken hat.«

Heide hat eine chronische Blasenentzündung, weil sie mit Vorliebe auf Eisblöcken sitzt, und Rudi – oder ist es Sepp? – leidet ständig unter Durchfall, weil er zum Frühstück Rizinusöl säuft!

Fanni rieb sich heftig über die Stirn, um die krude Gedankenstimme zum Schweigen zu bringen.

»Gut«, sagte sie, nahm den Stift, den Sprudel auf den Tisch gelegt hatte, und schrieb: »Viertens, Jonas könnte Irina und Annabel umgebracht haben. Er hatte a) Motiv und b) Gelegenheit.«

Sie stierte minutenlang den Stift in ihrer Hand an, dann kramte sie das Handy aus der Tasche und wählte Lenis Nummer. Ihre Tochter meldete sich sofort.

»Cholerafall?«, fragte sie.

»Wichtige Frage«, antwortete Fanni, »warst du an dem Tag, an dem ich Annabels Leiche auf dem Falkenstein gefunden habe, mit Jonas Böckl zusammen?«

»Ja klar«, sagte Leni. »An dem Tag hat er mir doch alles erzählt, mittags war das. Er hat bei uns geklingelt, ich habe ihn hereingelassen, und er ist gut zwei Stunden geblieben. So hat es doch angefangen.«

»So hat was angefangen?«, fragte Fanni.

»Ich erzähl es dir am Wochenende zu Hause«, sagte Leni, »die neue Versuchsreihe nimmt es mir übel, wenn ich sie nicht ständig beachte.«

Fanni verabschiedete sich schnell und wandte sich an Sprudel: »Als Annabel am Sonntag voriger Woche zwischen dreizehn und vierzehn Uhr oben auf dem Falkenstein starb, hielt sich Jonas Böckl in Erlenweiler, Haus Nummer acht auf.«

»Acht«, wiederholte Sprudel verstört.

»Das Haus der Familie Rot«, half ihm Fanni auf die Sprünge. »Hans Rot feierte in dieser Zeit in Eisenstein mit den Schützen, Fanni Rot entdeckte die Leiche auf dem Falkenstein, und Leni Rot hatte in ihrem Elternhaus eine mehrstündige Unterredung mit Jonas Böckl.«

Sprudel schluckte, dann fragte er: »Worüber?«

»Ich weiß nicht, warum sich Leni letztens öfter mit Jonas getroffen hat«, antwortete Fanni. »Aber was auch immer sich als Grund dafür herausstellt, es wird nichts an seinem Alibi ändern.«

Fanni wusste erst nicht recht, ob sie darüber erleichtert sein sollte oder enttäuscht, dann aber gewann die Erleichterung allmählich die Oberhand.

Sprudel nahm ihr den Stift aus der Hand und schrieb in der Zeile unter »b)« auf das Blatt: »c) Jonas Böckl ist im Fall Annabel durch ein stichhaltiges Alibi entlastet.« Er unterstrich den Satz, faltete den Bogen zusammen und verstaute das Papier wieder in der Brusttasche. Dann bat er das Serviermädchen um die Rechnung.

»Ein Schritt nach vorne, zwei zurück«, sagte er zu Fanni, als sie über den Kirchplatz zum Wagen liefen. Fraglos meinte Sprudel damit nicht ihre Gangart.

12

War Sprudel eingeschlafen? Fanni klopfte an seine Zimmertür.

Sie hatten sich für halb sieben zum Abendessen in der Gaststube des Hotels verabredet. Fanni war die Treppe hinuntergelaufen, pünktlich auf die Minute, aber Sprudel saß nicht wie sonst an der Bar. Deshalb war sie umgekehrt und hatte an seine Tür gepocht.

Auf sein Rufen hin trat sie ein.

Sprudel kam in Freizeithose und T-Shirt aus dem Badezimmer.

»Verzeih mir, Fanni«, bat er. »Mir ist vorhin der Gedanke gekommen, ins Polizeirevier rüberzufahren – auf einen Sprung nur. Ich wollte mich wirklich nicht lange aufhalten. Aber dann habe ich Kriminalkommissar Hofer getroffen, und er hatte interessante Neuigkeiten.«

»Severins Laptop wurde geknackt«, riet Fanni.

Sprudel nickte. »Und du hattest wieder einmal recht, Miss Marple.« Er zog sie in den geblümten Lehnstuhl und setzte sich ihr gegenüber auf einen Hocker. »Severin hat sich im Netz eine nette Einkommensquelle aufgebaut.«

Fanni sah ihn gespannt an.

»Er hat«, fuhr Sprudel fort, »unter dem Decknamen Azrael einen Callgirlring mit tschechischen Mädchen aufgezogen. Die Spezialisten von der Kripo fanden heraus, dass er seit knapp einem Jahr via Internet junge tschechische Mädchen an vornehme reiche Freier mit speziellen Wünschen vermittelte. Irina Svetla gehörte zu Severins Angebot an ›Honigbienen‹. Mit seinen eigenen Dateien konfrontiert, gab Severin unumwunden zu, was sich ohnehin nicht abstreiten ließ.«

»Callgirlring«, sagte Fanni. »Deshalb ist Irina als Bedienung in der Zwiesler Waldhausalm geblieben. Zur Tarnung quasi. Aber wo ist sie ihrem Gewerbe nachgegangen?«

»In Böhmisch Eisenstein. Sie hatte dort eine Wohnung angemietet. Seit der Grenzöffnung gibt es einen Wanderweg von Zwiesler Waldhaus über Ferdinandstal nach Böhmisch Eisenstein. Man braucht eine knappe Stunde für die Strecke. Irina schaffte sie bestimmt in kürzerer Zeit. Und natürlich hat sich niemand gewundert, wenn sie im Wald herumlief. Irina ging ja auch regelmäßig auf den Falkenstein.«

»Wo vermutlich alles begann, weil sie dort – kurz nachdem sie die Stelle in der Zwiesler Waldhausalm angenommen hatte, um hier Fuß zu fassen – mit Severin zusammentraf«, überlegte Fanni laut.

Sprudel nickte. »Im Grunde habe ihn Irina Svetla auf die Idee mit den Bienen für besondere Wünsche gebracht, sagt Severin. Sie plapperte ja von nichts anderem als der guten Partie, die sie zu machen hoffte. Und da kam Severin der Gedanke, ihr und anderen Interessentinnen das Sprungbrett hierfür zu bieten. Alles schien gut zu gehen, bis Annabel dahinterkam.«

»Deshalb hat sie zu Heide gesagt, sie wäre fertig mit Severin Ruckerbauer, weil er ein widerwärtiges perverses Schwein sei.«

»Falls Annabel auch noch gedroht hat, sein kleines Unternehmen auffliegen zu lassen, hat Severin ein starkes Motiv gehabt, sie zu töten«, ergänzte Sprudel.

»Was sagt der Junge dazu?«, fragte Fanni.

Sprudel zuckte die Schultern. »Er beharrt darauf, zur Tatzeit auf seinem Computer zu Hause World of Warcraft gespielt zu haben. Aber das Verhör ist noch lange nicht abgeschlossen. Severin wird wohl auch ein paar Fragen zu Irinas Tod beantworten müssen.«

Fanni nickte. »Allmählich scheint sich ja einiges zu klären. Nur die Infektionen passen immer noch nicht ins Bild.«

»Da tappen die Beamten von der Kripo völlig im Dunkeln«, stimmte ihr Sprudel zu. »Ich habe vorhin Lenis Idee von dem Laborgau zur Sprache gebracht, aber Hofer sagt, Arznei- oder Chemiefabriken, die Forschungslabore betreiben könnten, gäbe es hier in der Gegend nicht. Und wer würde schon Labormüll aus Berlin oder Hamburg ausgerechnet im Bayerischen Nationalpark entsorgen? Falls aber doch, dann wurden alle Spuren verwischt.« Er hob nachdenklich die Augenbrauen. »Es fällt nie leicht, einzusehen, dass man sich ab und zu in Situationen findet, die einem zum Kapitulieren zwingen.«

Sprudel lächelte Fanni wehmütig an, und sie wusste, dass er nicht nur die mysteriösen Infektionen und die unaufgeklärten Todesfälle vom Falkenstein meinte.

»Wir sollten hinuntergehen«, sagte Fanni.

»Gib mir noch fünf Minuten für ein frisches Hemd und eine seriöse Hose«, bat Sprudel. »Du darfst dir inzwischen den Katalog meiner gepressten Pflanzen ansehen. Ungarischer Enzian: Seite drei.« Damit verschwand er im Badezimmer.

Fanni nahm das Büchlein vom Tisch, auf das er gezeigt hatte, und klappte es auf. Im Gefolge einer gepressten Ringelblume samt Rezept für Ringelblumensalbe fand sie die Taubnessel als »Ungarischer Enzian« deklariert. Fanni grinste und blätterte weiter. Seite vier bot ein kleinblättriges Kraut mit vielen winzigen weißen Blüten, darunter stand: »Vogelmiere, menstruationsfördernd.«

»Seltsam«, sagte Fanni leise, »ich hätte das für Labkraut gehalten. Außerdem habe ich neulich gelesen, dass ein Extrakt aus Wurzeln der Vogelmiere bei Schnupfen und Husten heilsam sei.«

Sie blätterte noch mal um und sog scharf die Luft ein. Auf Seite fünf klebte zweifellos ein Gänseblümchen. Daneben hatte Sprudel »Blutwurz, gegen Skorbut« geschrieben. Fanni starrte das Gänseblümchen an und kaute dabei nachdenklich auf ihrer Unterlippe.

»Ich sehe dich beeindruckt«, sagte Sprudel neben ihr.

»Sprudel«, entgegnete Fanni, »das ist ein Gänseblümchen! Das muss doch selbst dir aufgefallen sein.«

»Na ja«, meinte Sprudel, »mir kam es ja auch so vor. Aber es handelt sich um Blutwurz. Weißt du, bestimmte Pflanzen unterscheiden sich nur sehr geringfügig voneinander. Eine Blattwölbung mehr oder weniger, eine winzige Schattierung heller oder dunkler, solche Kleinigkeiten können zu großen Irrtümern führen.«

»Irrtümern«, wiederholte Fanni betroffen.

»Schau«, sagte Sprudel, »unser Doc hat doch Biologie mit Schwerpunkt Botanik studiert. Er kennt sich aus mit Kräutern, kann jedes einzelne identifizieren und aus dem Stegreif erklären, wie es wirkt. Ein Laie dagegen …«

Fanni starrte das Gänseblümchen böse an.

»Du musst dir das Pflänzchen mal genau ansehen«, verteidigte Sprudel seine Etikettierung. Es hat eher runde Blütenblätter als spitze, und alle zeigen einen Stich ins Gelbe.«

Fanni konnte das nicht abstreiten. »Trotzdem«, beharrte sie. »Blutwurz ist ein Kraut mit winzigen gelben Blüten und sternförmigen Blättern am Stängel. Die Blutwurz lässt sich in keinem Reifestadium mit einem Gänseblümchen verwechseln, da bin ich mir sicher.« Sie legte das Löschblatt über die gepresste Pflanze und klappte das Buch zu.

Sprudel schüttelte verwirrt den Kopf. »Warum sollte mich der Doc hereinlegen wollen?«

»Vielleicht hat er gemerkt«, mutmaßte Fanni, »dass dein Interesse an Pflanzen und Kräutern nur vorgeschoben ist.«

Das gab Sprudel zu denken.

»Lass uns zu Abend essen«, schlug Fanni vor, »Hunger schwächt den Verstand.«

Sprudel nickte und wandte sich zur Tür.

Bevor Fanni ihm folgte, nahm sie das Büchlein mit den gepressten Pflanzen an sich. »Wir sollten das nachprüfen«, sagte sie, »vielleicht besitzt der Hotelchef ein Pflanzenlexikon, das wir uns kurz ausleihen dürfen.«

Der Hotelchef kam persönlich an den Tisch, um ihre Bestellung aufzunehmen. Er empfahl seinen Gästen den Krustenbraten, der – wie er betonte – heute besonders resch und knusprig sei. Fanni und Sprudel entschieden sich beide für seinen Vorschlag und ließen sich auch bei der Auswahl des passenden Rotweins von ihm beraten.

Nachdem der Wein eingeschenkt, probiert und gewürdigt war, fragte Fanni nach einem Pflanzenlexikon. Der Hotelchef schüttelte bedauernd den Kopf.

»Wir wollten nachprüfen«, erklärte Sprudel, »ob ich meine gesammelten Kräuter richtig beschriftet habe. Frau Rot zweifelt daran.«

Der Hotelchef schmunzelte. »Ach, dazu müssen Sie nicht in einem Lexikon nachschlagen. Wenden Sie sich doch an Frau Mader, die an dem Tisch in der Ecke sitzt. Sie unterrichtet in der Realschule Biologie und kennt sich sehr gut mit Pflanzen aus. Kommen Sie, ich mache Sie mit ihr bekannt.«

Frau Mader lächelte freundlich und stimmte bereitwillig zu, sich Sprudels gepresste Pflanzen anzusehen. Sie schlug das Büchlein auf, und ihr Lächeln erstarb.

Wäre Sprudel einer ihrer Schüler, dachte Fanni, dann würde sie ihm jetzt einen Verweis erteilen, Verweis plus Arrest.

Frau Mader hatte das Büchlein schon wieder zugeklappt. Sie reichte es schweigend an Sprudel zurück und sah ihn erbost an.

»Oh«, machte Sprudel und schluckte.

»Tut mir leid«, mischte sich Fanni ein, »wir hatten selbst den Verdacht, dass uns jemand einen Bären aufbinden will. Ich glaube, das haben Sie uns soeben bestätigt.«

»Gänseblümchen«, knurrte Frau Mader, »wollen Sie mir weismachen, dass Sie es nicht erkannt haben? Sind Sie auf dem Mars aufgewachsen, oder wollen Sie sich einen dummen Scherz mit mir erlauben?«

»Eben weil ich es erkannt habe, genauso wie die Taubnessel und die Schafgarbe weiter hinten, die als Beifuß deklariert ist, wollte ich nachprüfen, ob ich recht habe.«

»Sie haben recht«, betonte Frau Mader. »Wieso kamen Ihnen Zweifel?«

Fanni warf Sprudel einen fragenden Blick zu, und er beeilte sich zu antworten: »Der Herr, mit dem zusammen ich die Pflanzen gesammelt habe und der mir ihre Namen und Wirkungsweisen erklärt hat, ist ein Fachmann auf dem Gebiet, ein Doktor der Biologie.«

Frau Mader schüttelte den Kopf. »Er hat Sie zum Narren gehalten. Es sieht fast so aus, als wollte er prüfen, wie viel Unsinn Sie sich einreden lassen würden. Das Ergebnis heißt: Jeden!«

Fanni fand, das reichte jetzt. Sie und Sprudel wurden hier abgekanzelt wie verstockte Schüler. Sie nahm das Büchlein, bedankte sich bei Frau Mader ausdrücklich für die *Lektion* und trat den Rückzug an.

Sprudel dankte ebenfalls und wollte Fanni folgen, da sagte Frau Mader noch: »Schmeißen Sie das Ding da schleunigst weg. Die Pflanzen werden sowieso schimmeln und faulen. So konserviert man nicht!«

Sprudel nickte und trat ab. Als er an den Tisch zurückkehrte, reichte ihm Fanni sein gefülltes Weinglas.

»Warum?«, fragte Sprudel, nachdem er einen trostreichen Schluck genommen hatte.

»Verbittert, übellaunig, unzufrieden«, bot Fanni an.

»Der Doc?«

»Frau Mader.«

Das hübsche Mädchen im Dirndlkleid brachte den Krusten-braten.

Fanni starrte nachdenklich in ihren Espresso.
»Warum also?«, fragte Sprudel.
Fanni sah ihn an. »Mir geht Frau Maders Antwort darauf nicht aus dem Kopf: Doc Haller wollte ausprobieren, wie weit er gehen kann.«
Sprudel zuckte die Schultern. »Natürlich denkt Frau Mader so. Sie kennt das von ihren Schülern – Schwachstelle entdecken, Kumpel hereinlegen. Meinst du, Doc Haller würde derart hinterhältig handeln?«
»Kommt drauf an«, sagte Fanni.
»Worauf?«
»Darauf, ob Doc Haller ein Wolpertinger ist.«
Sprudel stöhnte.
»Woraus besteht ein Wolpertinger?«, sagte Fanni. »Aus Teilen anderer Geschöpfe, wie wir wissen. Einem Wolpertinger werden Entenflügel nachgesagt, was nicht heißt, dass er fliegen kann. Er wird mit Schwimmflossen abgebildet, schwimmen kann er aber nicht.«
Sprudel stöhnte lauter. »Fanni, könntest du nicht einfach klipp und klar sagen, worauf du hinauswillst?«
»Scheint mir etwas kompliziert«, murmelte Fanni.
»Mir auch«, sagte Sprudel, »und darum schlage ich vor, es mit Klartext zu versuchen.«
Fanni nickte und schwieg.
»Du gehst von der Annahme aus«, nahm Sprudel das Gespräch wieder auf, »dass Doc Haller ein undurchsichtiger ...«
»Halunke«, half Fanni aus.
»... ein undurchsichtiger Halunke ist. Schaut man ihn von vorne an, erscheint er als seriöser Doktor der Biologie. Von rechts gesehen wirkt er wie ein alter, tattriger Opa, der sich nach Enkeln sehnt. Begegnet ihm einer von links, dann könnte derjenige einen Ausdruck von Bosheit an ihm entdecken.«
Fanni strahlte. »Sprudel, du bist wie eine Sonne, die mein vernebeltes Hirn erhellt.«
»Aber was zeigt uns diese Belichtung?«, entgegnete Sprudel.

»Einen Menschen mit vielen verschiedenen Seiten. So sind wir doch alle!«

»Trotzdem«, sagte Fanni. »Wir sollten diesem Doc noch mal auf Herz und Nieren prüfen. Interessiert es dich denn gar nicht, weshalb er dich so auf den Arm genommen hat?«

»Unter Humor versteht halt jeder etwas anderes«, winkte Sprudel ab. »Bergwacht-Rudi erzählt schlüpfrige Witze und lacht sich schlapp darüber. Einer von den Nationalparkrangern sagt regelmäßig zu Heide: ›Komm her, unterhalten wir uns über Kunst. Kunst mir Geld leihen?‹, und er findet das zum Schreien komisch. Doc Haller gefällt es eben, einen pensionierten Kriminalbeamten hereinzulegen.«

»Und wann lacht er darüber?«, fragte Fanni.

Sprudel stutzte, dann lenkte er ein. »Gut, versuchen wir, uns über die Motive für diese Posse Klarheit zu verschaffen. Ich wüsste allerdings nicht, wie.«

Nachdem beide den letzten Schluck ihres Rotweins getrunken hatten, sagte Fanni: »Wenn wir mehr über Doc Haller herausfinden wollen, sollten wir uns morgen trennen. Du begleitest ihn noch ein Mal beim Pflanzensammeln, und ich besuche inzwischen seine Frau.«

»Morgen?«, schnaufte Sprudel. »An unserem letzten gemeinsamen Tag?«

»Nur für zwei Stündchen«, hielt Fanni dagegen.

»Du kennst seine Frau doch gar nicht«, meinte Sprudel. »Wie willst du denn dein Auftauchen vor ihrer Haustür erklären?«

»Ich könnte …«, begann Fanni und versandete.

Sprudel musste lachen. »Du könntest ihr die Brotzeitdose des Doc zurückbringen«, schlug er vor. »Er hat sie bei unserer letzten Wanderung an einem Rastplatz vergessen. Ich habe sie in meinen Rucksack gepackt und später nicht mehr daran gedacht, sie ihm zu geben. Die Dose ist in meinem Zimmer oben.«

Fanni und Sprudel kamen überein, den folgenden Vormittag zu opfern, um Doc Haller auszuspionieren. Untergehakt stiegen sie die Treppe hinauf.

»Aber mittags«, sagte Sprudel, »treffen wir beide uns im Dorfwirtshaus von Ludwigsthal. Und dort schließen wir die Akte Falkenstein zeremoniell.«

Fanni nickte kräftig.

Sprudel hielt sich inzwischen schon eine ganze Woche länger als geplant im Bayerischen Wald auf. Übermorgen würde er abfahren, und Fanni würde nach Erlenweiler zurückkehren.

Seine Vortragsreise hat sich aber gelohnt, dachte Fanni, wir durften eine Menge Zeit miteinander verbringen. Und jede Minute davon hat uns Freude gemacht, auch wenn wir bei der Aufklärung der Todesfälle und der rätselhaften Infektionen kläglich versagt haben.

Da habt ihr euch die Latte zu hoch gehängt!

Schluss und aus mit Fanni Rots Karriere als Miss Bayerwald-Marple.

Am Samstag kommt Hans Rot wieder zurück und mit ihm der triste Alltag in Erlenweiler!

Mal halblang, da ist ja noch Leni. Und Leo besucht uns auch hin und wieder.

Max und Minna nicht zu vergessen!

Sie brauchen dich, und du brauchst sie, sagte sich Fanni wieder einmal. Sie lieben dich, und du liebst sie. Das Schicksal hat dir Sprudel als außerordentliche, kostbare Gabe zugedacht. Zeig dich dankbar, in dem du die Stunden mit ihm als Geschenk annimmst und dich nicht dazu verleiten lässt, mehr zu verlangen. Denn dann würdest du mit Sprudel in einem anderen Alltag enden.

In dieser Nacht träumte Fanni von einem Wolpertinger, der Doc Hallers Brille trug und mit einem Kräuterbüschel winkend in einem Cabrio saß.

Als sie aufwachte, zweifelte sie keinen Augenblick daran, dass ihr der Traum nur gezeigt hatte, was offensichtlich war. Der Doc *war* ein Wolpertinger. Er trieb ein falsches Spiel.

Aufgrund einer seltsamen Art von Humor?, überlegte Fanni. Oder weil er Pflanzen selbst nicht auseinanderhalten kann und Sprudel sowie allen anderen nur irgendwelchen Unsinn erzählt, um von etwas Wichtigerem abzulenken?

Von zwei toten Mädchen mit Krankheitserregern im Blut?

Aber der Doc kommt als Schuldiger an Annabels Genickbruch nicht infrage. Niemand schafft den Anstieg auf den Falkenstein zu Fuß ...

ZU FUSS!

Fanni schnappte nach Luft. Er könnte gefahren sein.

Er ist gefahren! Mit Rudi!

Ja, so war es. Plötzlich erinnerte sich Fanni.

An dem Abend, als sie mit den Bergwächtern, den Zöllnern, dem Doc, Max und Sprudel am Stammtisch in der Schutzhütte saß, hatte Rudi gesagt: »Am vergangenen Sonntag hätten wir beinah einen Wolpertinger überfahren, gell, Doc?«

Aber warum wusste keiner davon?

Weil Rudi nicht extra erwähnte, dass er den Doc mittags irgendwo auf der Strecke aufgelesen und mit nach oben genommen hat!

Und Sepp? Die beiden waren doch angeblich die ganze Zeit zusammen. Sepp hätte zu Protokoll geben müssen, dass Rudi mit dem Geländewagen unterwegs war.

Hätte er? Er wurde ja nur hinsichtlich der Tatzeit befragt, und die lag zwischen eins und zwei.

Fanni kniff die Augen zu und versuchte, die Mittagsstunden des Sonntags wie einen Film ablaufen zu lassen:

Die Bergwächter sitzen auf der Hütte, es ist elf oder halb zwölf. Aus irgendeinem Grund beschließt Rudi, mit dem Geländewagen noch mal ins Tal zu fahren.

Sie brauchen Nachschub!

An Verbandsmaterial.

An Bier!

Rudi steigt ein, fährt hinunter, erledigt seinen Auftrag.

Inzwischen ist der Doc auf dem Parkplatz angekommen und losmarschiert.

Rudi sieht ihn gehen und nimmt ihn mit.

Es ist kurz vor halb eins.

Etwas nach Viertel vor eins erreichen sie die Dienststelle bei der Hütte. Der Doc steigt aus.

Und jetzt hat er noch fast eine Stunde Zeit, mit Annabel zu streiten und sie gegen den Stein zu stoßen!

Nette Theorie, Miss Marple! Wer soll sie beweisen?

13

Noch vor dem Frühstück wählte Sprudel Doc Hallers Handy-
nummer und fragte, ob er ihn ein letztes Mal beim Pflanzensammeln begleiten dürfe. Der Doc sagte zu und verabredete sich mit
Sprudel für zehn Uhr in Zwiesler Waldhaus.

Auf dem Weg dorthin machte Sprudel in Ludwigsthal Halt und
setzte Fanni ab.

»Du musst die Straße vor dem Ludwigsthaler Glaskunsthaus bis
ganz zum Ende hinuntergehen«, sagte er, als sie ausstieg. »Rechts
am Waldrand findest du Doc Hallers Häuschen. Er hat mir den
Weg einmal so beschrieben.«

Fanni nickte ihm ein »Bis später« zu und schloss die Wagentür.
Sprudel ließ das Fenster herunter und rief: »Du musst bei Haller
klingeln, Dr. Theo Haller.«

Fanni schnitt ihm eine Grimasse und machte sich auf den Weg.

Frau Haller öffnete weder beim zweiten noch beim dritten Läuten,
und Fanni beschloss, sich ein wenig umzusehen. Vielleicht kehrte
Frau Haller ja inzwischen zurück.

Links von der Haustür befanden sich zwei mit Stores verhange-
ne Fenster, unter denen jeweils ein schier zugewachsener Kellerschacht lag. Einer verschwand fast völlig im Efeugeranke.

Ans Hauseck schloss sich ein Gartenzaun an. Fanni ging hinüber und entdeckte, dass er einen Kräutergarten begrenzte. Am
Zaun entlang führte eine Steintreppe zur Straße hinunter. Dieser
Weg war kürzer als der über die Garagenzufahrt, auf dem Fanni
gekommen war, aber er sah wenig einladend aus. Unkraut wucher-
te aus allen Ritzen, und die Zweige einer Birke hingen so weit her-
ab, dass man sich tief hätte bücken müssen, um darunter durchzu-
schlüpfen.

Das gesamte Anwesen wirkte nicht besonders gepflegt. Nur der
Kräutergarten stach heraus. Er hätte in der Zeitschrift »Garten-
freund« abgebildet sein können.

Fanni klingelte ein viertes Mal erfolglos, dann gab sie auf.

Enttäuscht stiefelte sie den Weg in Richtung Ortsmitte bis zum

Ludwigsthaler Glaskunsthaus zurück. Dort blieb sie stehen, weil es noch viel zu früh war, um sich in dem mit Sprudel verabredeten Dorfwirtshaus einzufinden, und sah sich die Objekte im Schaufenster an. Mitten in einer Gruppe bizarr geformter Vasen entdeckte sie zwei, an denen ein Schild mit der Aufschrift »Gravur: Annabel Scheichenzuber« hing.

Eine der Vasen gefiel Fanni ausnehmend gut. Um ihre Kegelform rankten sich stilisierte Blätter aufwärts, vereinigten sich hier und dort, trennten sich wieder und liefen in Spiralen aus.

Annabel, dachte Fanni, war ein hübsches junges Mädchen, geschickt, begabt, tüchtig – und tot. Severin, ihr Freund, ist ein hübscher junger Mann, geschickt, begabt, tüchtig – und vermutlich ihr Mörder.

Falls es nicht doch ein anderer war!

Fanni seufzte, starrte die Vase an, die Annabel so kunstvoll verziert hatte, seufzte wieder und fragte sich, was sie nun machen sollte. Sprudel würde erst in zwei Stunden von seiner Exkursion mit dem Doc zurückkehren.

Du könntest da hineingehen, flüsterten ein paar unbeschwerte Gedanken in ihrem Kopf. *Könntest dir Glasobjekte ansehen, dies und jenes kaufen – Annabels Vase vielleicht, als Erinnerung.*

Fanni wandte sich ab.

Du könntest auf dem Wanderweg zu dem kleinen Ort Kreuzstraßl laufen und wieder zurück. In eineinhalb Stunden ist das leicht zu schaffen, meldeten sich die Gesundheitsapostel in Fannis Hirn.

Sie hörte nicht auf sie.

Ein leises Wispern im Hinterkopf gewann ihre Sympathie: *Es kann doch nicht schaden, sich ein wenig im Kräutergarten von Doc Haller und seiner Frau umzutun – bloß mal nachschauen, was sie so anpflanzen.*

Bevor ihre Vernunft Argument für Argument dagegenhalten konnte, setzte Fanni sich wieder Richtung Ortsrand in Bewegung.

Sie mied die Zufahrt und stieg vorsichtig über die Steintreppe am Rand des Kräutergärtchens hinauf, würdigte die Gewächse jedoch keines Blickes. Sie hatte schon zuvor Schnittlauch, Petersilie, Salbei, Dill und ein halbes Dutzend weiterer Küchenkräuter identifiziert. Sie hatte das Schöllkraut erkannt, den Frauenmantel, das Hirtentäschel. Die Namen der anderen Kräuter konnte sie ohnehin nur raten.

»Cannabis-, Hanf- und Cocapflanzen sind aber wohl nicht darunter«, murmelte sie und bog ums Hauseck.

Schon von vorne wirkte Doc Hallers Anwesen wenig ansprechend, hinten sah es geradezu schlampig aus.

Ein halb verfallener Schuppen war gegen die rückwärtige Mauer gesackt. An seinen zersplitterten Brettern, die er hilfesuchend ausstreckte, lehnten abgenutzte Gartengeräte. Neben dem Schuppen lag ein Haufen Brennholz, darüber klapperte ein schmaler Fensterflügel im Wind.

Das Toilettenfenster, dachte Fanni.

Sie bezog vor dem Holzhaufen Position und begutachtete den Durchschlupf.

Doc Haller und seine Frau müssen sich keine Sorgen machen, dass hier jemand ins Haus eindringt, dachte sie. Wer könnte sich denn da schon durchzwängen, ein Kind allenfalls. Jeder Erwachsene würde stecken bleiben.

Jeder – außer Fanni! Hat die Dame nicht ihre Wanderhose in der Kinderabteilung von Sport Scheck gekauft? Aber Fanni Rot sollte nicht mal dran denken, durch dieses Fenster zu steigen, das wäre nämlich Hausfriedensbruch!

Fanni winkte ungehalten ab. »Carpe diem!«, verkündete sie und beäugte den Holzhaufen. Sie würde auf diese losen Scheiter klettern müssen, um das Fenster zu erreichen.

Halsbrecherisch!

Schnauze!

Fanni klammerte sich am Fallrohr der Dachrinne fest und setzte den Fuß auf einen dicken Prügel. Er hielt. Langsam hangelte sich Fanni aufwärts. Als sie das Rohr losließ, ihr Gewicht verlagerte und mit beiden Händen das Fensterbrett packte, knackte es bedenklich unter ihren Füßen. Sie verharrte ganz still, musste ohnehin verschnaufen.

Durch das Fenster, das sich nun in Höhe ihres Brustbeins befand, schaute Fanni auf eine geschlossene Tür. Sie beugte sich vorsichtig in den Raum hinein und sah ein Waschbecken aus der Wand ragen, daneben stand die Toilette mit offenem Deckel.

Salto vorwärts in die Kloschüssel?

Fanni kaute auf ihrer Unterlippe. Ich müsste, dachte sie, meine beiden Füße aufs Fensterbrett stellen. Dann könnte ich mich mit den Beinen voran auf der anderen Seite hinunterlassen, mich am Waschbecken ein bisschen abstützen und auf den Boden springen.

Aussichtslos!

Hm, stimmt! Es ist unmöglich, auch nur einen Fuß hinaufzubekommen, geschweige denn beide. Aber wie wär's mit dem Hintern?

Sie drehte sich behutsam um, stemmte sich hoch und kam auf dem Fensterbrett zu sitzen.

Da saß sie nun.

Salto rückwärts in die Kloschüssel?

Fanni schob ihren Oberkörper durch das Fenster und blickte dabei nach oben, um sich den Kopf nicht am Fenstersturz zu stoßen. Ein Stück Wand kam in Sicht und dann eine Rohrleitung. Sie verlief waagerecht oberhalb des Fensters und schien fest im Putz verankert.

Doc Hallers Haus ist eine Bruchbude. Du wirst samt Wasserleitung und Ziegelschutt auf die Bodenfliesen stürzen.

Wer nicht wagt, der nicht gewinnt!

Sie klammerte sich an das dünne Rohr und schob den Hintern in den Raum. Die Beine folgten ordnungsgemäß, und als die Füße das Fensterbrett erreichten, hingen neun Zehntel von Fannis Gewicht an der Wasserleitung. Putzbröckchen klimperten ins Waschbecken. Fanni zog ihre Füße ganz ins Innere, setzte sie auf den Mauervorsprung unter der Fensteröffnung und ging in die Hocke. Die Halteklammern der Leitung ächzten. Fanni begann zu bereuen.

Zu spät!

Sie biss die Zähne zusammen und löste vorsichtig eine Hand vom Rohr. Dann senkte sie den Arm, schob ihn durchs Fenster hinaus und umklammerte die Kante des äußeren Fensterbretts. Die andere Hand folgte automatisch. Diese Maßnahme brachte Fanni in eine unbequeme, aber relativ stabile Position. Langsam ließ sie die Füße an der Wand hinunterrutschen. Beide fanden auf dem Rand der Kloschüssel Halt. Fanni ruckelte ein bisschen hin und her, bis sie sich im Gleichgewicht fühlte, dann sprang sie auf den Fußboden. Na also.

Einbruch!

Fanni öffnete die Toilettentür und trat in einen Flur.

Viel kann Doc Haller für das betagte Häuschen hier am Rande

des Nationalparks nicht bezahlt haben, dachte sie, während sie den engen, dunklen Gang entlangschlich.

Elektrische Kabel zogen sich, teils frei hängend, unter der Decke dahin. Fanni hielt auf einen schwachen Lichtschein zu. Er fiel aus einer Tür mit Glaseinsatz. Fanni öffnete sie vorsichtig und stand gleich darauf in der Küche: neue Einbauschränke, ein Küchentisch aus Kiefernholz, Eckbank, bestickte Sitzkissen – sauber, ordentlich aufgeräumt.

Doc Haller renoviert sein Häuschen wohl peu à peu, überlegte Fanni.

Sie kehrte in den Flur zurück und betrat forsch das nächste Zimmer: Schrankwand aus den Siebzigern, Couchgarnitur, Fernsehapparat, Blumentöpfe auf einem Stufenpodest.

So sieht das Wohnzimmer der Hallers vermutlich schon aus, seit sie verheiratet sind, dachte Fanni, nichtssagend, stereotyp.

Sie warf einen Blick ins Badezimmer auf der anderen Seite des Gangs. Waschbecken und Badewanne strahlten in neuwertiger Herrlichkeit.

Ohne Zögern wandte sich Fanni der Tür nebenan zu, die – so nahm sie jedenfalls an – ins Schlafzimmer führte. Diese Tür war verschlossen. Der Schlüssel steckte außen. Fanni drehte ihn um.

Es reicht jetzt, Fanni! Du spionierst hier dieses nette alte Ehepaar aus. Schämst du dich nicht? Gar nicht zu reden von all den Gesetzen, die du dabei übertrittst.

Gut, lenkte Fanni ein, ich verschwinde.

Sie ging über den Flur zurück auf die Haustür zu. Ihre Hand lag schon auf der Klinke, da fiel ihr der Treppenaufgang ins Auge.

Bloß ein kurzer Blick noch, rechtfertigte sie ihren Fuß auf der ersten Stufe und stieg entschlossen weiter hinauf.

Das Obergeschoss am Ende der Treppe öffnete sich als einziger, sehr lichter Raum. Darin lagerten Roste, Körbe und Säcke, gefüllt mit getrockneten und halb trockenen Kräutern: Kamillenblüten, Frauenmantel, Salbei, Pfefferminz.

Doc Haller ist imstande, eine komplette Armee mit Arzneitee zu versorgen, dachte Fanni.

Das Trockenkraut war harmlos. Selbst ungekocht verzehrt würde es vermutlich nicht einmal Durchfall verursachen.

Fanni eilte die Treppe wieder abwärts, und jetzt erst sah sie, dass die Stufen nicht im Erdgeschoss endeten. Sie führten weiter hinunter in den Keller.

Fanni folgte ihnen.

Am Ende der Stiege trat sie in einen Gang, ebenso schmal, aber noch dunkler als der darüber. Fanni blieb stehen, kniff die Augen zu und horchte.

Kennt man doch von früher, diese veralteten Elektroinstallationen, freute sie sich, als sich der Lichtschalter durch ein leises Summen verriet. Sie tastete danach und drehte an dem Schaltknopf: Abwasserrohre, ein Gewirr elektrischer Leitungen, ein altertümlicher Sicherungskasten und drei Türen wurden sichtbar.

Die erste Tür führte in den Heizraum, wo der Brenner rachitisch röchelte, die zweite in die Waschküche. Auf der vordersten Leine hing eine ordentliche Reihe blütenweißer Schlüpfer Größe 48.

Die dritte Tür war verschlossen.

Fanni schaute sich suchend um, und dann sah sie dort nach, wo Vera in der vergangenen Weihnachtszeit den Schlüssel zu ihrem Schlafzimmer versteckt hatte, um Max und Minna daran zu hindern, schon im Advent mit den Weihnachtsgeschenken zu spielen: im Sicherungskasten.

Zwei Schlüssel hingen in der rechten oberen Ecke an einem Haken. Fanni nahm beide an sich. Sie steckte den größeren ins Türschloss, er drehte sich glatt.

Fanni betrat Doc Hallers Labor.

Sieht aus wie eine gewöhnliche Küche, dachte sie auf den ersten Blick, Edelstahlspüle, Anrichte, Mülleimer.

Beim zweiten fiel ihr allerdings auf, dass ein Bunsenbrenner den Kochherd ersetzte und statt Töpfen und Pfannen Petrischalen, Reagenzgläser und Messbecher auf den Wandborden standen. Die Spüle glänzte, die Glasbehälter spiegelten Fannis Nase.

Unser Doc hat wohl schon länger keine Ringelblumensalbe mehr hergestellt, sagte sie sich.

Sie ging an der Anrichte entlang, die nicht mal einen Wasserfleck aufwies, und blieb vor zwei seltsam anmutenden Kühlschränken stehen, die eine gesamte Ecke des Raumes einnahmen.

Sie ließen sich nicht öffnen.

Fanni probierte erfolglos den zweiten Schlüssel aus dem Sicherungskasten.

Genug, genug, genug, du verduftest jetzt!

Gut, stimmte Fanni diesem drängenden Rat zu. Es ist wirklich am klügsten, schleunigst Leine zu ziehen.

Am allerklügsten aber wäre es, fand Fanni, Sprudel zu verheimlichen, was sie an diesem Vormittag getrieben hatte.

Ich könnte, überlegte sie, noch schnell im Glaskunsthaus Annabels Vase kaufen und so tun, als hätte ich die ganze Zeit in dem Geschäft zugebracht.

Aber zuerst raus hier.

Fanni setzte sich in Bewegung.

Als sie an dem abgewetzten Schreibtisch in der Lichtschneise unter einem der Kellerschächte vorbeiging, zögerte sie wieder.

Nur ein ganz kurzer Blick, verteidigte sie sich und zog die Schublade auf. Der Schlüssel zum Öffnen der Kühlschränke kann ja letztendlich nicht weit sein.

Im Schubladenfach lag er nicht. Sie wollte es eben wieder schließen, da fiel ihr Augenmerk auf eine Liste mit Namen. Der zweite von oben lautete »Annabel Scheichenzuber«.

Fanni setzte sich an den Schreibtisch, nahm den Papierbogen aus der Schublade und studierte die Namen. Zehn davon schienen ihr unbekannt, die restlichen waren ihr geläufig: Annabel Scheichenzuber, Heide Schuster, Severin Ruckerbauer, Max Buchinger, Rudi … Außer den Namen stand nichts auf dem Blatt. Sie durchforstete die Schublade und fand zwischen unleserlichen Notizen eine zweite Namensliste. Sie deckte sich mit der ersten, wies aber oben rechts einen roten Kringel auf. Fanni legte beide Blätter nebeneinander, und da erst bemerkte sie, dass vor jeden Namen ein Strichmuster gezeichnet war.

Ein Code, dachte Fanni.

Wo willst du die nächsten Jahre verbringen, Fanni? Im Gefängnis oder im Irrenhaus?

Man müsste vielleicht doch in Erfahrung bringen, grübelte Fanni, was Doc Haller in diesen Kühlschränken eingeschlossen hat.

Einen Wolpertinger?

Fanni stand auf. Sie würde dem Schlüssel schon auf die Spur kommen, und dann konnte sie nachschauen, was die Kühlschränke verbargen. Sie würde Doc Hallers Geheimnisse lüften.

Stattdessen hörte sie vor dem Haus einen Wagen halten.

Frau Haller kommt!
Dann müsste sie einen eigenen Wagen haben. Mit einem ist ja der Doc unterwegs.
Wer dann?
Der Postbote vielleicht, der Stromableser, ein Versicherungsvertreter. Das Auto wird sicher gleich wieder abfahren.
Sicher?
Es blieb da, und Fanni hörte erschrocken, wie die Haustür aufgeschlossen wurde. Sie lief zu der Fensterluke unter dem Kellerschacht, öffnete sie, beugte sich hinaus und spähte nach oben, wo sie einen roten Kotflügel ausmachte.
Doc Hallers alter Opel besaß vier von diesen tomatenroten Kotflügeln.
Raus hier!
Fanni wurde flau. Sämtliche Fluchtwege – der einfachste führte durch die Haustür – verliefen durchs Erdgeschoss. Doch dort stiefelte inzwischen Doc Haller herum. Fanni hörte seine Schritte. Wieso war er eigentlich schon zurück? Bis Mittag fehlte noch eine gute halbe Stunde.
Spielt das jetzt eine Rolle?
Fanni schüttelte den Kopf und entschied, im Keller abzuwarten, bis sich eine Chance zum Entkommen bot.
Könnte Tage dauern!
Vielleicht holt er nur was und fährt gleich wieder weg.
Träum weiter!
Fanni schlich in den Gang, hängte die Schlüssel zurück in den Sicherungskasten und löschte das Licht.
Sie hatte die Wahl: Heizraum, Waschküche, Laborraum, Treppe.
Du könntest dich in der Waschküche hinter Frau Hallers Schlüpfern verbergen.
Fanni machte eine schnelle Bewegung auf die Waschküche zu und zuckte zusammen, weil plötzlich Wasser durch ein Rohr an der Wand rauschte. Eine Sekunde später begann der Brenner im Heizraum zu zischen und zu röhren.
Fanni erstarrte.
Die Schritte oben im Flur waren verklungen.
Fanni lauschte.
Da hörte sie ein Tapsen auf der Treppe.

Fanni floh zurück in den Laborraum und drückte die Tür hinter sich ins Schloss.

Was, wenn er hier hereinkommt?

Man müsste ihn irgendwie dazu bringen, wieder hinaufzugehen. Aber vielleicht macht er das sowieso. Falls nämlich der Brenner soeben seinen Geist aufgegeben hat, muss er einen Handwerker anrufen.

Und wenn nicht?

Man könnte *ihn* anrufen, dann würde er ...

Nummer?

Fanni wusste Doc Hallers Telefonnummer natürlich nicht. Aber eine andere kannte sie auswendig – die von Sprudel.

Anrufen! Herbeordern! Sprudel kann den Doc ablenken, bis du draußen bist!

Fanni riss den Reißverschluss an der Innentasche ihrer Jacke auf und zog das Handy heraus. Sie wollte eben Sprudels Nummer eintippen, da merkte sie, dass das Display dunkel war.

Ausgeschaltet!

Fanni presste den Daumen auf das winzige Knöpfchen an der Schmalseite.

Pincode!

Ich ...

Dann denk nach!

Fanni dachte angestrengt über den Pincode nach. Sie hatte ihn doch erst heute Morgen ... Oder war das schon gestern gewesen?

Das Display zeigte vier Leerstellen an. Vier Zahlen, vier Zahlen, vier Zahlen.

Ein Geburtsdatum!

15.3.50.

Das sind fünf!

Ja, und mein eigenes Geburtsdatum kommt sowieso nicht infrage.

Leni und Leo!

Entschieden tippte Fanni 3-5-75 ein.

Das Display reagierte mit einem lässigen »ok« und tischte ihr im Gegenzug zum Geburtsdatum der Zwillinge die Uhrzeit auf: »12:00.«

Fanni wollte eben Sprudels Handy anwählen, als sie hörte, wie der Schlüssel ins Türschloss geschoben wurde.

Deckung!

Der Raum bot nicht den kleinsten Schlupfwinkel.

Der Schlüssel wurde wieder herausgezogen.

Fannis Blick fiel auf die Luke unter dem Kellerschacht.

Der Schlüssel fuhr von Neuem ins Schloss.

Fanni riss die Fensterluke auf, sprang in den Stütz, schob den Oberkörper durch die Öffnung und strampelte mit den Beinen hinterher. Als sie in den Schacht krabbelte, spürte sie nasse Blätter, Erdbrocken und Kieselsteine unter ihren Händen. Sie drehte sich um, griff zurück und zog das Fensterchen zu.

Ein kleiner Spalt blieb störrisch offen.

Fanni sah noch, wie sich die Labortür öffnete, dann drängte sie sich tief in eine Ecke des Schachtes, wo Efeu rankte, der von draußen seinen Weg hierher gefunden hatte. Sie drapierte das Geschlinge so gut es ging vor Gesicht und Körper. Eine fette Spinne schoss unter einem Blatt hervor, raste über ihren Arm, über Handrücken und Finger und fiel auf ihren Schuh.

Fanni biss auf ihre ohnehin schon zerkaute Unterlippe. Sehnsuchtsvoll dachte sie an Leni, an Leo, an Sprudel, an Max und Minna und Vera, sogar an Hans Rot, und sie versprach ihnen allen, sich nie wieder so in die Bredouille zu bringen, falls sie ungeschoren hier herauskam.

Doc Haller rumorte im Labor. Plötzlich ging Fanni auf, warum er früher als geplant zurückgekommen war: Es hatte angefangen zu regnen. Dicke Tropfen platschen durch das Gitter, das den Schacht abdeckte.

Fanni schob vorsichtig die Efeuranke vor ihren Augen beiseite und riskierte einen Blick durch die Luke in den Raum. Ein Kühlschrank stand offen, Doc Haller hantierte mit Petrischalen, wie sie zur Anzüchtung von Bakterien verwendet werden. Eine davon trug er zu der Anrichte neben der Spüle, wo ihn Fanni nicht mehr sehen konnte.

Und er kann dich von dort aus nicht sehen!

Fanni rührte sich nicht. Eine zweite Spinne, schlanker als die erste, aber dafür mit haarigen Beinen, erschien in ihrem Blickfeld und steuerte auf ihr Knie zu. Das brachte Fanni in Bewegung. Sie richtete sich auf, bis ihr Kopf an das Gitter über dem Kellerschacht stieß. Die Spinne krabbelte auf ihren Fuß. Fanni hob die Arme, krallte die Finger um scharfkantiges Metall und drückte nach oben. Das Ding saß fest. Fanni ließ die Arme wieder sinken.

Vielleicht von Schmutz und Wurzeln einzementiert. Versuch es noch mal – aber kräftig!

Gehorsam hob Fanni die Arme, atmete tief durch und drückte mit aller Kraft. Eine Ecke des Gitters löste sich mit einem Schmatzlaut. Fanni biss die Zähne zusammen und schob nach, bis sich eine weitere Ecke löste.

Dann musste sie verschnaufen.

Rütteln, damit es sich weiter lockert!

Fanni begann, die lose Seite des Gitters auf und ab zu bewegen.

Langsam und vorsichtig. Mach bloß keinen Krach!

Nach einer Weile merkte sie, dass sich der Gitterrost nun auch horizontal verrücken ließ. Sie schob, und da tat sich über ihrem Kopf eine dreieckige Öffnung auf, gerade groß genug für sie.

Fanni warf einen letzten Blick ins Labor. Doc Haller war nirgends zu sehen, was vermuten ließ, dass er immer noch bei der Spüle stand. Sie hoffte inständig, er würde dort bleiben, packte mit beiden Händen den oberen Rand des Kellerschachtes und zog sich hinauf, wobei sie sich mit den Füßen an der Wand abstützte. Nachdem ihr Oberkörper weit genug draußen war, warf sie sich platt auf den Rasen und robbte vorwärts. Als endlich auch ihre Füße ebene Erde erreicht hatten, stand sie auf und rannte los.

Sie brauchte keine fünf Sekunden, um Doc Hallers Wagen, Doc Hallers Zufahrt und Doc Hallers Anwesen hinter sich zu lassen.

Die Dorfstraße hinunter lief Fanni langsamer und dankte Gott und allem, was ihr heilig war, dass es in Strömen regnete. Damit konnte sie ihre Eile und ihr ramponiertes Aussehen erklären.

Sprudel saß bereits im Dorfwirtshaus. Er trank soeben einen Schluck aus seiner Kaffeetasse und warf dabei einen Blick aus dem Fenster, als Fanni herankam. Im selben Moment schien er zu wissen, dass ihr etwas anderes widerfahren war als Schlechtwetter. Er legte ein paar Münzen auf den Tisch, fing Fanni an der Tür ab und brachte sie zu seinem Wagen. Dort wickelte er sie in eine Decke und verfrachtete sie auf den Beifahrersitz.

14

Fanni kauerte, frisch geduscht und warm eingepackt, eine dampfende Tasse Tee vor sich, in dem Lehnstuhl, der in Sprudels Zimmer im Hotel Zur Waldbahn stand. Sie hatte Sprudel kleinlaut jedes Detail ihrer Eskapade gebeichtet, aber nun sagte sie aufmüpfig: »Doc Haller stellt in seinem Labor nicht nur Ringelblumensalbe her. Er züchtet auch Bakterien.«

»Fanni«, erwiderte Sprudel, »hast du nicht eben selbst zugegeben, dass du nicht erkennen konntest, was er aus dem Kühlschrank genommen hat? In der Petrischale hätten Lakritzbonbons sein können.«

»Die schließt man nicht extra ein«, belehrte ihn Fanni und fügte hinzu: »Er muss den Schlüssel die ganze Zeit bei sich getragen haben.«

»Muss er nicht«, widersprach Sprudel.

»Trotzdem«, sagte Fanni.

»Fanni«, entgegnete Sprudel ernst, »es gibt keine Möglichkeit herauszukriegen, was Doc Haller in seinem Kühlschrank ausbrütet. Selbst wenn ich deine Beobachtungen haarklein an die Ermittler weitergeben würde – was nicht anzuraten wäre –, es würde gar nichts nützen. Man kann nicht einfach so in Doc Hallers Haus marschieren und die Kühlschränke inspizieren. Und komm mir jetzt bloß nicht mit einem Durchsuchungsbefehl. Dafür muss ein begründeter Verdacht vorliegen.«

Fanni schniefte. Sie hatte eine Heidenangst ausgestanden, hatte sich Hände und Unterarme aufgeschürft, die Hose ruiniert. Und – sie hatte ein verdächtiges Labor in einem Keller entdeckt. Wofür? Um am Bürokratismus zu scheitern.

»Komm«, sagte Sprudel sanft, »wir gehen in die Gaststube hinunter und versuchen die Vanillecremetorte, die unser Hotelier heute anpreist. Cappuccino dazu, und dann sehen wir weiter.«

Fanni nickte kläglich und schälte sich aus der Decke.

Es ging auf drei Uhr nachmittags zu. Die Gaststube war nur spärlich besetzt. An Werktagen lohnte sich das Geschäft im Restaurant wohl nur abends. Das hübsche Mädchen im Dirndl wurde durch eine ältliche Frau vertreten, die schwarze Hosen und einen dunkelgrauen Rollkragenpullover trug. Sie servierte ihnen zwei große Stücke Vanillecremetorte.

Der Hotelchef hatte nicht zu viel versprochen. Fanni ließ die Creme auf der Zunge zergehen, löste den Biskuit mit Cappuccino zu einem köstlichen Mus auf. Sie beschwor sich dabei, Annabel und Irina endlich in Frieden ruhen zu lassen, betreffs Severin Ruckerbauer auf die Kompetenz seiner Richter zu vertrauen und Doc Haller samt allen Stammtischbrüdern zu vergessen. Abschließend versicherte sich Fanni eindringlich, dass es weit Schlimmeres gab als ungelöste Rätsel.

Nachdem sie den letzten Kuchenkrümel vom Teller gekratzt hatte, fiel ihr ein, dass Sprudel einen Teil des heutigen Vormittags mit Doc Haller verbracht hatte. Sie erkundigte sich, wie der Ausflug mit ihm verlaufen war.

»Wir kamen nicht weit«, berichtete Sprudel, »schon als es zu tröpfeln anfing, sind wir umgekehrt.«

»Hast du ihm wegen der falsch benannten Pflanzen auf den Zahn gefühlt?«, fragte Fanni.

»Ich habe es versucht. Aber es kam nichts dabei heraus.« Er zögerte.

»Du hast von den Pflanzen gesprochen, die du gemeinsam mit ihm gesammelt und nach seiner Anweisung beschriftet hast«, insistierte Fanni, »und er hat nicht ›April, April‹ gerufen«?

»Doc Haller hat nach wie vor so getan, als ob alles seine Ordnung habe«, gab Sprudel widerstrebend zu.

»Das entlarvt ihn als Lügner«, folgerte Fanni.

Sprudel nickte stumm, winkte der Dame in Dunkel und bestellte Mineralwasser. Eine Minute später kam der Hotelchef mit zwei kleinen Flaschen samt Gläsern an den Tisch und schenkte ein.

»Haben Sie es auch schon gehört?«, fragte er. »Vom Finkenschlag bis hinüber nach Flanitz wird gemunkelt, dass Severin Ruckerbauer ein Geständnis abgelegt hat.«

»Severin hat den Totschlag an Annabel gestanden?«, fragte Fanni.

Der Hotelier schüttelte den Kopf. »Seine Aussage soll aber etwas mit dem anderen toten Mädchen zu tun haben – Irina Svetla.«

Fanni und Sprudel nickten. Darüber wussten sie Bescheid.

»Ich begreife nicht«, fuhr der Hotelchef fort, »weshalb die Polizei partout nicht herausfinden kann, ob Severins Alibi, was den Mord an Annabel …« An der Rezeption begann das Telefon zu klingeln. Er eilte davon.

»Da fällt mir ein«, sagte Fanni zu Sprudel, »Doc Haller hat kein Alibi für vorletzten Sonntag zwischen ein und zwei Uhr mittags – die Zeit, in der Annabel starb, wie du dich sicher erinnerst.«

Sprudel hob die Augenbrauen. »Nicht?«

»Nein«, sagte Fanni.

Sie erklärte ihm, warum sie glaube, der Doc sei zur Tatzeit bereits auf dem Falkenstein gewesen, und endete mit Rudis Worten zur Rechtfertigung ihrer Theorie: »Am vergangenen Sonntag hätten wir beinah einen überfahren, gell, Doc?«

Sprudel klappte seine Wangenfalten hierhin und dorthin.

Jetzt denkt er aber enorm intensiv nach!

Nach etlichen Minuten sagte er: »Vielleicht sollte ich doch ein Wörtchen mit Hofer reden.«

»Gut«, antwortete Fanni. »Und bring ihm auch das hier mit.« Sie brachte zwei zusammengeknüllte Blätter Papier zum Vorschein. »Die muss ich ganz unbewusst in meine Hosentasche gesteckt haben.«

»Namen«, sagte Sprudel, nachdem er die Blätter glatt gestrichen und eine Weile studiert hatte. »Namen, sonst nichts!« Er sah Fanni fragend an.

»Bekannte Namen«, entgegnete Fanni. »Namen von Leuten, die an Infektionen leiden – oder litten. Das hier«, sie deutete auf »Willi Probst«, »könnte unser Typhuspatient sein.«

»Irina Svetla fehlt«, stellte Sprudel fest.

»Sprich mit Hofer«, sagte Fanni.

Sprudel nickte. »Ich rufe ihn an, jetzt gleich.«

Er strich sachte über ihre Hand, dann angelte er sein Handy aus der Brusttasche, stand auf und ging hinaus.

Bereits fünf Minuten später kam er zurück. »Hofer ist gerade wegen einer Schlägerei im Stadtpark unterwegs. Ich soll ihn am eisernen Steg treffen. Der liegt …«

Fanni wusste, wo der eiserne Steg lag: gleich hinter dem Gymnasium. Schon vor mehr als vierzig Jahren führte dieses Brückchen über den Weißen Regen in den Stadtpark. Am eisernen Steg hatte Fanni in den Sechzigern ihr erstes Rendezvous mit einem Schüler aus der Parallelklasse gehabt. Fanni war fünfzehn, der Junge ein Jahr älter. Beide schwänzten an diesem Tag den Nachmittagsunterricht und wurden prompt erwischt. Damals gab es Verweise. Was würde Fanni heute blühen?

Eine Anklage?

Sie war durch ein offenes Fensterchen in Doc Hallers Haus eingestiegen, unerlaubt und rechtswidrig. Sie hatte dabei in der Toilette dieses Hauses den Wandverputz beschädigt. Anschließend hatte sie sämtliche Räume des Hauses betreten. Zu guter Letzt war sie ins verschlossene Labor des Doc eingedrungen und hatte von dort Schriftstücke entwendet. Um ihre Flucht bewerkstelligen zu können, hatte sie das Gitter über einem Kellerschacht aus der Verankerung gerüttelt.

Fanni erhob sich und folgte Sprudel aus der Gaststube.

Er blieb am Fuß der Treppe stehen. »Ruh dich aus, Fanni. Ich werde Hofer alles erzählen und seine Fragen beantworten.«

Fanni nickte erleichtert. Sprudel würde ein gutes Wort für sie einlegen.

Er ging zur Tür, drehte sich dort jedoch noch mal um und sagte: »Lass vorsichtshalber dein Handy an, Fanni, falls es Unklarheiten gibt.« Dann war er weg.

Fanni lief in ihr Zimmer hinauf, griff nach ihrer Jacke und ließ die Hand durch den offenen Reißverschluss in die Innentasche gleiten.

Die fühlte sich leer an.

Muss rausgefallen sein, ist ja offen gewesen!

Fanni schüttelte den Kopf. Selbst bei offenem Reißverschluss hätte das Handy nicht einfach herausfallen können. Dazu war die Innentasche zu tief und zu schmal.

Fanni dachte nach.

Sie hatte das Handy im Laborraum herausgenommen und eingeschaltet. Und dann – hatte sie es in ihrer Hast bloß in die Außentasche gesteckt.

Fanni schaute dort nach.

Nichts.

Hier hätte es leicht herausfallen können!

Ich muss es verloren haben, als ich in den Kellerschacht gekrabbelt bin.

Und da liegt es nun!

Ich muss es holen. Sofort.

Bist du jetzt komplett irre?

Fanni blickte aus dem Fenster. Es regnete immer noch so stark, dass es den Nachmittag dämmrig machte.

Wenn ich die dunkle Jacke nehme, die Kapuze über den Kopf ziehe und mich über die Steintreppe zum Kellerschacht hinaufschleiche, wird mich keiner sehen.

Tu's nicht!

Sie machte sich fertig.

15

Als sich Fanni über das noch immer schräg stehende Gitter des Kellerschachts beugte, durch das sie knappe vier Stunden zuvor geflüchtet war, hörte sie plötzlich Doc Hallers Stimme hinter sich.

»Suchen Sie das hier?«

Fanni richtete sich auf. Doc Haller hielt in einer Hand ihr Handy, in der anderen eine Injektionsspritze mit einer langen, bösartig aussehenden Nadel.

Er warf ihr das Handy zu.

In diesem Moment gelang Fanni etwas, das ihr während ihrer gesamten Schulzeit bei sämtlichen Ballspielen im Sportunterricht verwehrt geblieben war.

Sie fing es.

»Hier entlang, Frau Rot«, sagte der Doc, trat nah an sie heran und deutete mit der Spritze zur Haustür.

Hau ab!

»Und denken Sie nicht einmal dran, mir wegzulaufen«, fügte er hinzu.

Die Nadel war zu Fanni zurückgekehrt und zeigte mit der Spitze auf ihre Halsschlagader.

Folgsam ging Fanni vor Doc Haller her zur Haustür. Er dirigierte sie zu der Treppe, die in den Keller führte.

Als Fanni einige Stufen hinuntergestiegen war, sah sie unten ein voluminöses Bündel liegen und zögerte.

Doc Haller gab ihr einem Stoß, sodass sie die Treppe vollends hinunterstolperte. Kurz vor dem Bündel fing sie sich wieder. In diesem Moment löste es sich in einzelne Bestandteile auf: zwei Paar Füße, zwei Paar Arme, ein grauer Lockenkopf.

Docs Frau!

Haller schob Fanni von hinten an und zwang sie damit, über seine Frau hinwegzusteigen und den Gang hinunter zum Laborraum zu gehen. Er folgte ihr hinein, dann schloss er die Tür.

»Ihre Frau …«, stammelte Fanni.

Doc Haller winkte unwillig ab und zeigte auf einen Hocker neben der Anrichte.

Fanni setzte sich.

Haller blieb vor ihr stehen. »Meine Frau«, sagte er, »war noch ein ganzes Stück dümmer als Sie, Frau Rot. Elsbeth dachte, sie könnte klammheimlich Beweise gegen mich zusammentragen. Gegen Doktor Theo Haller! Sie hat sogar hier drin herumgeschnüffelt. Als die Sache mit Annabels Polioinfektion ans Licht kam, wollte sie mit allem herausrücken. Ich konnte es ihr ansehen. Natürlich bin ich ihr zuvorgekommen.«

»Sie haben Ihre Frau fast zwei Wochen lang eingeschlossen!«, japste Fanni.

»Dank ihrer selbst hergestellten Baldriantinktur hat sie die meiste Zeit geschlafen«, antwortete Haller. »Und das hätte noch lange so bleiben können.« Die Nadel machte eine kleine Bewegung auf Fannis Hals zu. »Aber wer musste denn Elsbeths Kerker aufschließen? Sie, Frau Rot. Sie allein sind schuld, dass Elsbeth jetzt hier auf dem Betonboden liegt. Ich habe meine Frau am Telefon erwischt und musste sie wegschubsen. Elsbeth ist zu schwer und zu ungelenk, als dass sie sich fangen hätte können.« Er lachte. »Sie hätte mehr laufen sollen. Aber wenn sie auf den Falkenstein wollte, hat sie immer nach einer Mitfahrgelegenheit Ausschau gehalten.«

Fanni schwieg.

Doc Haller senkte die Nadel und lehnte sich an die Anrichte. »Sie hätten Ihr Spürnäschen dort lassen sollen, wo es hingehört, Frau Rot – am Kochtopf.« Plötzlich schlug er sich mit der freien Hand an die Stirn. »Nun hätte ich beinahe vergessen, dass ich vorhin extra für Sie mein Spezialgetränk zubereitet habe: Honigmilch mit Kognak.«

»Woher wussten Sie, dass ich komme?«, sagte Fanni.

»Davon ging ich aus, nachdem ich das Handy mit all den eingespeicherten Rot-Nummern – Leni Rot, Leo Rot und so weiter – entdeckt hatte«, antwortete Haller blasiert, nahm ein volles Glas von der Anrichte und hielt es Fanni hin.

Sie rührte sich nicht.

Der Doc schien amüsiert. »Trinken Sie ruhig. Es schmeckt hervorragend und wirkt sehr entspannend.«

Fanni verschränkte die Finger und presste die Lippen aufeinander.

Haller lachte. »Keine Angst, die Honigmilch ist sauber.« Er hob die Spritze an. »Wir wollen uns doch vorher noch ein wenig unterhalten, nicht wahr, Frau Rot?«

Fanni nahm das Glas und trank zögernd. Was hatte sie angesichts der Spritze schon für eine Wahl?

Die Honigmilch schmeckte ihr wirklich gut.

»Warum haben Sie Annabel getötet?«, fragte sie.

Doc Haller seufzte. »Ja, das ist eine traurige Geschichte. Annabel war so ein fröhliches, gescheites Kind. Zu gescheit. Sie ist hinter meine geheimen Studien gekommen.«

»Weil Sie Taubnessel nicht von Enzian unterscheiden können?«, fragte Fanni.

Sehr gut, verwickle ihn in ein Gespräch! Hinhalten! Zeit gewinnen!

Ich könnte ihm das Milchglas in die Visage …

Vergiss das! Unterschätz ihn nicht! Er rechnet vermutlich mit einer Attacke!

»So sind Sie draufgekommen, nicht wahr, Frau Rot?«, sagte Haller. Dann warf er sich in die Brust. »Ein Genius wie ich gibt sich doch nicht mit Unkraut ab. Ein Genius forscht. Und dafür muss er Risiken eingehen. Enorme Risiken.«

Für wen hält der sich?

»Aber der Kräutergarten«, entgegnete Fanni, »die Ringelblumensalbe, die Kräutertränke?«

Haller deutete mit dem Daumen der freien Hand über seine Schulter. »Elsbeth. Kräuter waren Elsbeths Domäne. Der ganze Dachboden ist voll von getrockneten Pflanzen. Haben Sie den Dachboden nicht besichtigt, Frau Rot?« Er grinste. »Elsbeths Naturmedizin hat mir meine Forschungen sehr erleichtert. Wegen dieses ganzen Kräutertheaters vertrauen mir die Leute hier. Sie schlucken alles, was ich ihnen gebe. Freilich, Elsbeths Ringelblumensalbe ist nicht zu verachten. Ebenso wenig wie ihr Hustensaft aus Spitzwegerich, ihr Holunderlikör und natürlich ihr Baldriantrank – ganz zu schweigen von all den Teesorten, die sie auf Lager hat.«

Haller nahm die Brille ab und blinzelte. »Sie hätten sich aus allem raushalten sollen, Fanni Rot. Habe ich Sie nicht oft genug gewarnt? Aber nichts war Ihnen eine Lehre. Gar nichts.« Er schob die Brille wieder an ihren Platz. »Nun gut, als ich Sie in der Kapelle am Finkenschlag eingesperrt hatte, konnten Sie viel zu schnell wieder entkommen. Ich dachte, Sie müssten die ganze Nacht in dem Bunker zubringen. Hatte damit gerechnet, dass die alte Hexe glaubte, sie selbst hätte die Tür bereits geschlossen. Erstaunt war ich allerdings«, fuhr Haller fort, »dass Ihnen mein Angriff im Stadtpark nicht zu denken gegeben hat. Sind Sie so dumm?« Er studierte Fannis Gesichtsausdruck. »Ah, Sie haben die Sache missdeutet. Und die Schokoladenherzen – sie waren ja eigentlich für Heide gedacht –, die haben ihren Zweck auch nicht erfüllt.«

Die Schokoladenherzen hat dir der Doc aufs Kopfkissen gelegt, sie waren präpariert!

Max! Max hat sie in meiner Handtasche gefunden.

Und er hat das Stückchen abgebissen, das fehlte. Deshalb war ihm schlecht!

Fanni fuhr hoch. Der Doc zielte mit der Spritze auf sie.

»Sie hätten beinahe meinen Enkel ermordet!«, schrie Fanni. »Max ist gerade mal fünf.«

Haller gluckste vor Belustigung. »Ein paar Staphylokokken bringen niemanden um, der ein intaktes Immunsystem hat, wie wir an Rudis Geburtstag auf der Hütte erleben durften. Ein kleines Kind? Hm, möglich. Das wäre dann aber Ihre Schuld gewesen, Frau Rot.« Er nahm ihr das leere Milchglas ab.

Fanni steckte beide Hände in die Taschen ihrer Jacke. Die Linke ballte sie zur Faust, die Rechte krallte sie um das Handy, das sie darin fühlte.

»Wirklich schade um Annabel«, seufzte Haller. »An dem Nachmittag, als sie einen ganzen Arm voll Blüten und Stängel auf dem Stammtisch ausbreitete, habe ich mir richtig Mühe gegeben, sie zufriedenzustellen. Aber das Mädel hatte sich zu gut vorbereitet. Ich konnte ihre Prüfung nicht bestehen.«

»Nachdem Annabel Sie als Betrüger entlarvt hatte«, sagte Fanni, »hat sie sich gefragt, ob Sie Ihre Patienten vielleicht krank machen, statt ihnen zu helfen. Es gab auffällig viele Infektionen rund um die Hütte. Heides Blasenentzündung, die eitrigen Mandeln von Sepp …«

Doc Haller nickte betrübt. »Annabel ist sehr böse geworden. Lange habe ich versucht, ihr alles zu erklären. Ihr zu vermitteln, wie wichtig meine Forschungen auf dem Gebiet der Bakteriologie sind. Ich habe ihr von Escherichia coli erzählt, von den unvergleichlichen Streptokokken, von Mycobacterium tuberculosis und Salmonella typhi. Und von den Antibiotika, die dagegen helfen, gegen die die Erreger aber bereits Resistenzen entwickeln. Aber Annabel hat meine Studie …«

Fannis rechte Faust begann plötzlich zu zittern.

Handy, lautloser Klingelton!

Ich kann jetzt nicht.

Heb ab! Heb einfach ab! Heb ab, heb ab!

Fanni ließ ihren Daumen über die Tastatur gleiten, bis sie zwei Tasten fühlte, die ein Stückchen von den anderen entfernt nebeneinander angeordnet waren.

Welche?

Glückssache!

Fanni drückte eine.

»Annabel«, sagte Doc Haller gerade, »hat mich fürchterlich angeschrien. Sie werde mit all den Smarties, die sie noch habe, zur Polizei gehen.«

»Wie kamen Sie eigentlich auf den Gedanken, Annabel mit Polio zu infizieren?«, fragte Fanni laut und deutlich.

»Muss man Ihnen denn wirklich alles vorkauen«, antwortete Haller ungehalten. »Nachdem Annabel einmal beiläufig erwähnt hatte, dass sie überhaupt keinen Impfschutz habe, war sie für mich natürlich die Versuchsperson schlechthin.« Er warf Fanni einen verächtlichen Blick zu.

Halt ihn mehr bei Laune!

»Ihre Polioerreger waren wohl bester Qualität«, sagte Fanni.

Doc Haller nickte stolz. »Als Annabel Grippesymptome spürte, vermutete sie allerdings sofort, dass die nicht von ungefähr kamen.«

»Und deshalb hat sie Ihnen vorletzten Sonntag wieder Vorhaltungen gemacht.«

»Sie hat mich aus dem Geländewagen steigen sehen und ist wie eine Furie aus der Hütte geschossen.« Er nahm die Brille ab. »Zum Glück war Rudi schon im Dienstraum verschwunden, als sie mich abfing. Ich bin – so weit als möglich in Deckung der Bäume – schleunigst in Richtung Gipfel gelaufen, damit niemand aus der Hütte sehen konnte, wie sie auf mich einschimpfte oder gar hören konnte, was sie sagte. Annabel musste wohl oder übel mitkommen, wenn sie mit ihren Drohungen und Vorwürfen fortfahren wollte.«

»Wie haben Sie Annabel denn über die Planke in die Telefonschneise gekriegt?«, fragte Fanni.

»Wie gesagt«, antwortete der Doc, »sie ist einfach neben mir hergelaufen, und plötzlich standen wir unter dem Stein. Vor lauter Besessenheit, mich irgendwelcher Verbrechen zu überführen, hat Annabel auf nichts anderes mehr geachtet. Und sie war völlig verdattert, als ich sie auf einmal gepackt ...« Er setzte die Brille wieder auf. »Aber das wird mir nie jemand beweisen können. Ich habe schließlich ein Alibi für die Tatzeit.«

»Das falsch ist. Und sobald man Rudi die richtige Frage stellt, wird man dahinterkommen«, entgegnete Fanni. »Warum, Doc Haller?«

Sehr gut, halte ihn hin, betone seinen Namen und bete, dass du auf deinem Handy die Taste mit dem kleinen grünen Hörer erwischt hast!

»Was warum?«

»Warum haben Sie Bakterien gezüchtet, Doc Haller, und Ihre Freunde damit infiziert?«

Er beäugte die Spritze. »Sie sind strohdumm, Frau Rot. Reiner Zufall, dass Sie mir wegen der albernen Taubnessel auf die Spur kamen. Annabel war viel klüger. Sie hat meine Motivation verstanden.« Er gluckste. »Wenn auch nicht gebilligt. ›Doc Haller‹, hat sie mich angeschrien, ›wollen Sie Gott spielen?‹. Ich frage Sie, Frau Rot, was gibt es Erstrebenswerteres?« Er schüttelte den Kopf. »Nein, ich frage Sie nicht, Sie sind zu beschränkt.« Er hob die Spritze an, ließ fachmännisch ein Luftbläschen entweichen.

Frag was, schnell!

»Wo ... woher hatten Sie all diese Keime?«, stotterte Fanni.

»Ach Frau Rot, Sie enttäuschen mich mehr und mehr. Wo, glauben Sie denn, war ich vor meinem – äh, Rücktritt jahrzehntelang beschäftigt?«

»Sie haben die Kulturen in einem Labor geklaut.«

»Beleidigen Sie mich nicht auch noch, Frau Rot. Ich habe nur die Früchte meiner Arbeit mitgenommen.« Haller deutete angeberisch auf die beiden Kühlschränke.

Das sind wohl eher so was wie Brutkästen!

»Ich besitze schier jede Art von bakteriellen Erregern«, prahlte er »– eingefroren, auf Nährböden, in Lösungen. Mit Viren bin ich leider weniger gut bestückt.«

»Haben sie auch den Syphiliserreger auf Lager?«, fragte Fanni.

»Treponema pallidum? Nein, leider nicht. Treponema ist sehr schwer zu kultivieren. Wie kommen Sie darauf ... Ach, das andere tote Mädchen. *Ich* habe sie nicht infiziert, kannte sie kaum. Aber ich habe sie liegen sehen, drüben im Höllbach.«

»Sie haben ...«

Doc Haller lachte. »Das war einer dieser seltsamen Zufälle, die uns ab und zu widerfahren. Zwei tote Mädchen an einem Tag!« Er stützte den Ellbogen auf die Anrichte, um eine bequemere Stellung zu finden. »Ich will Ihnen noch erzählen, wie ich über Irina Svetla stolperte, und dann machen wir Schluss.«

Sein Blick fiel auf das leere Milchglas. Er nahm ein Töpfchen von einem Drahtgestell und schenkte den Rest Milch, der sich darin befand, in das Glas. Das reichte er Fanni.

Sie nahm es entgegen und hielt es mit beiden Händen fest.

Haller stellte sich wieder bequem hin. »Merk auf, Kindchen, jetzt kommt die allerletzte Gute-Nacht-Geschichte: An dem Sonntag, als Annabel starb, bin ich am späten Nachmittag von der Schutzhütte übers Höllbachgspreng abgestiegen. Ungefähr auf Höhe der Abzweigung zum Albrechtschachten habe ich auf halber Böschung zum Bach etwas Blaues leuchten sehen. Ich ließ mich ein Stück den Hang hinunterrutschen, und was erkenne ich da? Eine Fotokamera an einem blauen Band. Kurz entschlossen habe ich sie in meinen Rucksack gesteckt.«

»Sie hätten sie dem rechtmäßigen Besitzer zurückgeben können«, unterbrach ihn Fanni. »Sie müssen doch am Tag darauf mitbekommen haben, wem sie gehörte.«

Haller winkte unwillig ab. »Ich hätte sie auch gar nicht finden können, dann wäre sie für den Besitzer genauso verloren gewesen.«

»Nein«, widersprach Fanni. »Dann hätte sie wenig später der Ranger gefunden, und der hätte sie zurückgegeben. Sie sind ein ganz gewöhnlicher Dieb, Doc Haller. Und damit es niemand merken sollte haben Sie ein, zwei Tage darauf – nachdem der Passauer

Tourist abgereist war vermutlich – in der Kapelle das blaue Band abmontiert und dort liegen lassen.«

Willst du ihn auf die Palme bringen?

Er rammt mir doch sowieso gleich diese Nadel in den Hals.

Haller grinste mokant. »Was für ein vorwitziges Spürnäschen Sie doch haben, Frau Rot. Aber jetzt halten Sie besser den Mund, damit Sie die Geschichte noch zu Ende hören können: Gerade als ich die Böschung wieder hochklettern wollte, fiel mir ein zweiter blauer Klecks ins Auge. Dieser Klecks befand sich mitten im Wasserlauf des Höllbach. Weil ich nicht gleich erkennen konnte, worum es sich dabei handelte, bin ich weiter ans Ufer hinuntergeschlittert und ein paar Schritte ins Wasser gewatet. Der Fleck entpuppte sich als Mädchen, präzise gesagt, als die Jacke eines Mädchens.«

»Warum haben Sie nicht versucht, Irina zu helfen?«, rief Fanni vorwurfsvoll.

»Nun machen Sie …«

Fanni spürte einen Luftzug und richtete den Blick auf die Tür. Irritiert sah sich Doc Haller um.

Jetzt! Greif ihn an, solange er abgelenkt ist!

Fanni holte aus, um ihm das Glas an den Kopf zu schmettern. Doc Haller aber musste ihre Bewegung aus den Augenwinkeln bemerkt haben.

Er tauchte weg.

Das halb volle Milchglas flog in einem Bogen davon und zerschellte am Türrahmen.

Eine Sekunde später fühlte sich Fanni von zwei Armen umklammert und gegen einen Körper gepresst. Sie konnte sich nicht bewegen, ihr Blickfeld beschränkte sich auf ein Stück Stoff mit blauen Streifen.

Minuten vergingen, bis es Fanni dämmerte, dass die blauen Streifen zu Sprudels Freizeithemd gehörten.

16

Spät abends saßen sie bei einer Flasche Wein im Hotel Zur Waldbahn, Fanni, Sprudel und Hofer.

Fanni hatte noch mal geduscht und sich für ein Stündchen aufs
Bett gelegt. Sprudel hatte sie bewacht. Sämtliche Schwüre Fannis,
bei allen Heiligen des Himmels nicht einen einzigen Schritt aus dem
Zimmer zu tun, hatten ihn nicht davon abbringen können.

Er saß neben dem Bett und hielt Fannis Hand.

Das tat ihr gut.

Gegen halb acht waren sie hinuntergegangen, um eine Kleinig-
keit zu essen. Eine Stunde später war Hofer zu ihnen gestoßen.

»Frau Haller wird den Sturz von der Treppe überleben«, sagte
er gerade. »Sie hat eine schwere Gehirnerschütterung, etliche ge-
brochene Rippen, ein geprelltes Knie – nichts, was sie jetzt noch
umbringen könnte.«

Hofer nahm einen Schluck aus seinem Weinglas. »Frau Haller
hat Ihnen ihr Leben zu verdanken, Frau Rot. Eine Nacht auf dem
Betonboden hätte sie wohl nicht überlebt.«

Fanni schüttelte den Kopf. »Ich bin schuld an ihren Verletzun-
gen«, sagte sie bedrückt. »Wenn ich den Schlüssel nicht umgedreht ...«

Sprudel legte ihr die Hand auf den Arm. »Fanni! Glaubst du,
Doc Haller hätte seine Frau ein halbes Leben lang auf Beruhigungs-
mittel setzen und einsperren können?«

Hofer trank sein Glas leer und schenkte sich sofort nach. »Hal-
ler hält sich für ein Genie«, sagte er stöhnend. »Doc Haller, der
Mann, der Krankheiten ausbrechen und verschwinden lässt. Doc
Haller, der Herr der Keime.« Er nahm wieder einen tiefen Schluck.
Dann fragte er Fanni: »Was meinte Haller eigentlich, als er sagte, er
habe Sie mehrfach gewarnt?«

Sprudels Finger schlossen sich um Fannis Handgelenk.

Sie druckste eine Weile herum.

Als die beiden Männer nicht aufhörten, sie anzustarren, erzählte
sie dem Tischtuch von der Kapelle am Finkenschlag, von der Brücke im Stadtpark und von den Schokoherzen. Erst nachdem sie

mit ihrem Bericht schon eine Weile fertig war, sah sie auf und schaute in Sprudels Augen.

Derart vorwurfsvoll hat er dich noch nie angesehen!

Schuldbewusst senkte sie den Blick auf Sprudels Schulter. »Sprudel, dein Hemd ist ja voller Flecken!«

Vis-à-vis hörte sie Hofer lachen. »Sie hätten nicht mit einem fast vollen Glas Milch nach ihm werfen sollen.«

»Ich hatte auf den Doc gezielt.«

Jetzt musste auch Sprudel grinsen. Hofer gluckste und prustete und musste sich die Lachtränen aus den Augen wischen. In diesem Moment bemerkte Fanni, dass seine rechte Hand rot entzündet und ein wenig geschwollen war.

»Hat Doc Haller Sie verletzt, als Sie ihn …?«

Hofer schüttelte den Kopf. »Nein, wir konnten ihn problemlos überwältigen. Das da habe ich mir selbst zuzuschreiben.«

Fanni und Sprudel warteten.

»Es ist während der Vernehmung passiert«, erzählte Hofer. »Mir war aufgefallen, dass Haller ständig seine Brille auf- und absetzte. Ich habe sie ihm weggenommen und inspiziert. Dabei habe ich an einem der Bügel ein kleines, vorne und hinten spitz zulaufendes Röhrchen entdeckt, das er offensichtlich selbst angebracht hatte. Ich dachte … Ach, ich weiß nicht, was ich dachte. Vielleicht habe ich einfach zu viele James-Bond-Filme gesehen. Jedenfalls hab ich versucht, das Röhrchen abzulösen, und dabei habe ich mir eine der Spitzen in den Handballen gerammt.«

»Sie müssen …«, begann Fanni.

»War ich schon«, winkte Hofer ab. »Weil Haller so mokant gegrinst hat, habe ich alles zu einer raschen Untersuchung ins Labor bringen lassen.« Er lachte verlegen. »Doc Haller hatte aber mithilfe des Röhrchens nur den Bügel seiner Brille geflickt, weil der abgebrochen war. In und an dem Ding befand sich nichts weiter als ganz normaler Schmutz. Das bisschen Dreck hat allerdings für eine Entzündung genügt.«

Die drei schwiegen, tranken Wein.

Nach einiger Zeit sagte Fanni: »Wie konnte Doc Haller bloß mein Handy finden? Es muss im Schacht unter den Efeuranken gelegen haben. Da hat man es doch nicht sehen können.«

»Haller hat *Sie* gesehen, Frau Rot«, antwortete Hofer. »Gerade als Sie aus dem Kellerschacht geklettert sind, muss er sich von der Anrichte weg und zum Fenster gedreht haben. Der Doc hat mir erzählt, dass er plötzlich zwei Füße sah, die kurz im Schacht zappelten und dann nach oben verschwanden. Da ist er zur Luke gegangen und hat sofort bemerkt, dass sie nicht ganz geschlossen war. Er hat sie aufgemacht, und da lag das Handy.«

Hofer wollte sich wieder nachschenken, aber die Flasche war leer. Er sah von Sprudel zu Fanni. »Höchste Zeit, laut und deutlich ›danke‹ zu sagen und nach Hause zu gehen!«

Das Frühstück am nächsten Morgen, es war Samstag, der 30. September, verlief in gedrückter Stimmung.

Beide hatten bereits ihre Koffer gepackt. Fanni hatte sogar schon ihr Zimmer bezahlt, um Sprudel damit zuvorzukommen.

Nun schluckte sie mit dem Kaffee eine Portion Tränen hinunter.

Ein halber Satz genügt, pochte es in ihrem Kopf, und du kannst augenblicklich mit Sprudel ans Meer fahren. Nie wieder Straßenfest in Erlenweiler, nie wieder Geburtstagsfeier im Schützenheim. Kein Hans Rot mehr, der sich mit seinem Dauerzahnstocher aus Plastik im Mund herumpult. Der sich selbst für Kommodore Clever hält und Klein-Fannilein für seinen Kajütenjungen. Nie wieder Alltag in Erlenweiler.

Stattdessen Alltag mit Sprudel. Nie wieder heimliche Telefongespräche mit ihm. Nie wieder freudiges Warten auf seine Ankunft. Nie wieder jede Sekunde eines vollen Tages genießen, weil sich alle Tage zu sehr ähneln.

Fanni hatte die Wahl, und sie entschied, wie sie seit letzten Herbst schon ein paarmal entschieden hatte: Sprudel ist mir zu wertvoll, um ihn an den Alltag verlieren zu wollen.

Sie lächelte ihn an, und er wusste, dass er wieder allein in sein Häuschen an der Küste Liguriens zurückkehren würde. *Er* hatte keine Wahl.

17

Fanni kreiste mit ihrem Einkaufswagen in einem Supermarkt an der Strecke zwischen Zwiesel und Erlenweiler. In ein paar Stunden würden Hans Rot und Leni zurückkommen. Dafür mussten Kühlschrank und Speisekammer aufgefüllt werden.

An der Käsetheke klingelte ihr Handy.

»Mami, wir fahren jetzt in Klein Rohrheim los. Ich bringe Max und Minna mit, weil Vera und Bernhard heute Abend zu einer Geburtstagsparty in Regensburg eingeladen sind. Sie kommen morgen von dort nach Erlenweiler und holen die Kinder wieder ab.«

Fanni kaufte an der Käsetheke außer Emmentaler für Hans Rot und Gorgonzola für Leni noch Butterkäse für Vera und Camembert für Bernhard. Dann suchte sie nach dem Regal mit der Schokolade.

Leni bog gegen vier Uhr in die Zufahrt vor dem Haus. Als Fanni aus der Tür trat, um mit dem Gepäck zu helfen, sah sie Max und Minna friedlich im Fond sitzen. Sie winkte ihnen zu, und erst dann bemerkte sie, dass sich neben Leni auf dem Beifahrersitz nicht wie erwartet ihr Mann befand, sondern Erwin, der Plüschteddy. Fanni staunte. Sie trat ans Auto, öffnete die rechte Tür und sagte:

»Hallo, Erwin.«

»Wir haben Erwin mitgebracht, weil er so gut auf Max aufpassen kann«, krähte Minna vom Rücksitz. »Und ich hab jetzt auch überhaupt keine Angst mehr vor ihm. Der Erwin ist unser Beschützer, hat Leo gesagt.«

»Leo meint«, erklärte Leni, »dass Erwin schwer zu übersehen ist. Solange sich die Kinder in seiner Nähe aufhalten, sagt er, gehen sie nicht verloren.«

Fanni schnappte nach Luft, aber Leni winkte bloß lachend ab. »So sind Mathegenies halt – schwer daneben.«

»Und wo habt ihr den Opa gelassen?«, fragte Fanni beim Stichwort »daneben«.

»Opa muss ganz dringend mit seinem Gewehr auf runde Kreise schießen«, belehrte sie Max ernst. »Und wenn er die runden Punkte in den runden Kreisen trifft, dann gewinnen wir den Kopal, ja-wohl.«

Fanni sah fragend zu Leni, die Max das Haar verwuschelte und »Pokal, Mäxchen, Pokal« sagte. Sie half Minna aus dem Wagen und wandte sich dann an ihre Mutter: »Papa hatte heute Morgen schon etliche dringende Anrufe von seinen Schützenbrüdern. In Grafenau findet ein enorm wichtiger Wettkampf statt, und einer der besten Schützen aus Papas Verein hat sich beim Waffenölen den Zeige-finger gequetscht. Da muss Papa natürlich einspringen. Ich habe ihn in Hofkirchen bei einem seiner Schützenbrüder abgesetzt. Mit ihm fährt er dann nach Grafenau.«

»Oma, machst du uns Kirschpfannkuchen?«, fragte Minna.

»Klar«, antwortete Fanni, nahm das Kind an der Hand und ging mit ihm ins Haus. Leni folgte mit Max und Erwin.

Max und Minna wollten beide auf der Arbeitsplatte sitzen, wäh-rend Fanni den Teig anrührte. Das wollten sie immer, und es gab bisher nie ein Problem dabei. Sie verhielten sich stets gesittet, rück-ten eng zusammen, um Fanni genug Platz zum Kochen zu lassen, und saßen ganz still. Leider war die Arbeitsplatte nicht lang genug, damit sie nun auch noch Erwin in die Mitte nehmen konnten. Der Herd kam als Sitzplatz für ihn auch nicht infrage, da würde sich Erwin den Hintern verbrennen, und für die Nische unter den Hän-geschränken war Erwin zu groß. Leni platzierte den Bär auf einen Stuhl im Esszimmer und beschwatzte Max und Minna, ihn von dort aus zuschauen zu lassen.

»Aus größerer Entfernung hat Erwin mehr Überblick als aus der Nähe, weil er so riesig ist. Onkel Leo könnte ganz genau aus-rechnen, wo Erwin sitzen muss, um am besten zu sehen, was Oma da macht. Erwins Kopf, der Stuhl und Omas Rührschüssel müssen ein gleichwinkliges Dreieck bilden. So ungefähr.« Sie schob den Stuhl mit Erwin darauf schräg vor die offene Küchentür. Max und Minna nickten verständig.

Fanni zeigte Leni einen Vogel.

Leni grinste, hüpfte hinaus und die Treppe hinauf.

Nachdem Max und Minna gegessen hatten, wollten sie »Me-mory« spielen, eine Legostadt bauen und den Videofilm anschauen, in dem Vera bei einem Straßenfest in Erlenweiler als Bauchtänze-rin auftrat.

»Gut«, sagte Fanni, »sobald ihr euch über die Reihenfolge einig seid, legen wir los.«

Das zeigte sich schwieriger als angenommen, und deshalb brachte ihnen Fanni das Knobeln bei: Die Schere schneidet das Papier, das Papier umwickelt den Stein, der Stein macht die Schere stumpf. Nach drei Durchgängen siegte Memory. Der Videofilm belegte den letzten Platz, und das kam Fanni sehr gelegen. Es verschaffte ihr Zeit, das Abendessen vorzubereiten.

Kurz nach acht Uhr lagen Max und Minna in ihren Betten; Max in Leos ehemaligem Kinderzimmer, Minna in Veras. Bei der Zimmerverteilung gab es nie Streit. Minna strebte den Barbiepuppen zu, Max den Batmanpostern.

Als Fanni ins Esszimmer zurückkam, saß Leni mit einer Tafel Haselnuss-Schokolade am Tisch. Sie brach für Fanni ein Stück ab und bot es ihr auf dem Silberpapier an. Fanni steckte es in den Mund und ließ es zergehen. Leni schenkte ihr Rotwein nach.

»Jonas Böckl hat mich für morgen Abend zum Essen ins Gasthaus Grauer Hase in Deggendorf eingeladen.«

Fanni verschluckte sich fast. Das Lokal war eines der teuersten im ganzen Landkreis.

»Will er dir einen Heiratsantrag machen?«, fragte sie perplex.

Leni lachte sich schlapp. »Mit diesem edlen Abendessen will er sich bei mir bedanken«, sagte sie nach der letzten Lachattacke. »Weil ich ihm einen todsicheren Tipp dafür geliefert habe, wer für einen Heiratsantrag infrage kommt und wer nicht.«

In diesem Augenblick dämmerte Fanni, was Leni in den vergangenen zwei Wochen mit Jonas zu schaffen gehabt hatte.

»Er hat wohl ein paar Vaterschaftsprozesse an der Backe?«, fragte sie Leni.

Leni nickte. »Beinahe.« Sie wirkte einen Augenblick lang nachdenklich, dann fuhr sie fort: »Jonas Böckl ist kein übler Kerl, aber er kann nicht anders, als über die Stränge zu schlagen.«

»Beim Straßenfest letzten Sommer hat mir seine Mutter erzählt, dass Jonas als kleiner Bub einmal alle ihre Topfpflanzen mit Böckls Waffenöl gegossen hat«, sagte Fanni. »Das Alpenveilchen verfärbte sich dunkellila und ging innerhalb von zwei Stunden ein, die Kakteen sackten in sich zusammen wie perforierte Luftballons, die Yuccapalme hielt noch zwei Tage durch.«

Leni prustete. Dann sagte sie ernst: »Ich bin sicher, Jonas wollte die Pflanzen nicht umbringen. Was er gemacht hat, war –«

»Ein Experiment«, half Fanni aus.

Leni nickte. »Ja, er hat getestet, wie Pflanzen reagieren, wenn sie Waffenöl zu trinken bekommen. Aus demselben Grund hat er immer wieder durchexerziert, was passiert, wenn er Bene Klein hänselt. Er hat auch ausprobiert, wie sich eine Lehrerin verhält, wenn der Kartenständer zusammenbricht, weil er angesägt wurde, und so weiter. Damit hat sich Jonas den Ruf eines Schuftes eingehandelt – zu Unrecht.«

»Warum hat denn Jonas im Laufe der Jahre nicht gelernt, dass ihm seine *Experimente* nur Ärger einbringen?«, fragte Fanni.

Leni dachte eine Weile darüber nach, dann antwortete sie: »Jonas lernt *durch* seine Eskapaden. Das macht das Leben ein wenig kompliziert für ihn.«

Plausibel, dachte Fanni, Leni ist eben ein kluger Kopf. »Und du hast ihm geholfen, es wieder zu vereinfachen?«, fragte sie.

»Ein bisschen«, sagte Leni. »Nach aussichtsreich vollendeter Pubertät«, fuhr sie fort, »hat Jonas – so scheint es – eine Menge Geschick darin entwickelt, hübsche junge Mädchen um den Finger zu wickeln. Besonders in Tschechien, wo er mit seinem Vater oft zur Jagd ist, konnte er massenhaft Erfolge verbuchen.«

»In unserem Nachbarland öffnet ein Eheversprechen halt noch Tür und Tor«, murmelte Fanni und fragte dann laut: »Wie viele von Jonas' Liebchen wurden denn schwanger?«

»Drei«, antwortete Leni. »Eine hat allerdings abgetrieben.«

»Bleiben zwei«, sagte Fanni trocken, »eine zu viel.«

Leni nickte. »Jonas weiß natürlich schon lange, dass ich mich mit DNS-Analysen beschäftige.«

»Natürlich«, stimmte Fanni zu. »Was bleibt schon unentdeckt in Erlenweiler.«

Leni lachte. »Was lag also für Jonas näher, als sich an mich zu wenden und mich zu bitten, heimlich die nötigen Vaterschaftstests für ihn zu machen?«

Ja, was schon?

»Als Jonas vor gut zwei Wochen zu mir kam, hatten beide Frauen längst entbunden«, erzählte Leni. »Evas Sohn ist jetzt ein halbes Jahr alt. Mit Eva ist Jonas schon seit fünf Jahren zusammen. Er mag sie, sie mag ihn, und er wird sie vermutlich eines Tages heiraten. Allmählich wird er wohl auch damit aufhören, jedem verheißungsvollen Rock nachzustellen.«

»Aber leider hat er noch ein zweites Eisen im Feuer liegen – ein überzähliges«, sagte Fanni.

Leni nickte. »Jonas hat mir geschworen, dass er sich nicht um die Alimente drücken will. Aber er möchte Beweise. Mit – ich hab den Namen vergessen …«

»Eva II«, schlug Fanni vor.

»Mit Eva II«, nahm Leni den Faden wieder auf, »sei es nämlich so eine Sache, sagt Jonas. Sie hatte auch andere Liebhaber – sogar eine ganze Latte, wie sich Jonas ausdrückt. Auf einen Vaterschaftsprozess im Ausland will er es allerdings nicht ankommen lassen. Und deshalb wollte er von mir wissen, ob er der Vater von dem Kindchen ist oder nicht.«

»Und du hast mal kurz einen DNS-Abgleich für ihn gemacht«, stellte Fanni fest.

»Ich hab ihm den Gefallen getan«, sagte Leni, »warum auch nicht. Das Kind hat ein Recht darauf, zu erfahren, wessen Gene es prägen. Jonas' Genpool scheidet aus. Wer es tatsächlich war, der sein Erbgut in Evas Sprössling gepflanzt hat, wird sich hoffentlich bald erweisen.«

Fanni nippte an ihrem Rotwein, schwieg, nippte wieder, und dann sagte sie leise: »Irina Svetla aus Bergreichenstein war auch schwanger.«

Leni sah irritiert auf. »Du meinst, von Jonas? Aber warum hätte er mich über Irina belügen sollen?«

»Nein«, beeilte sich Fanni zu erwidern. »Jonas' Darstellung passt zu dem, was Severins Dateien ans Licht gebracht hatten.« Sie stand auf und brachte die leeren Gläser in die Küche. Während sie spülte, erzählte sie Leni von Severins Callgirlring.

»Honigbienen«, feixte Leni, »da wird wohl schwer herauszufinden sein, von wem Irina schwanger war.«

»Und wer sie mit Syphilis infiziert hat«, ergänzte Fanni. Sie stellte die Gläser in den Schrank. »Wo die anderen Keime herkamen, wissen wir inzwischen.«

»Haller muss glatt verrückt sein, wenn er das getan hat«, sagte Leni nachdem sie von Hallers Machenschaften mit Krankheitserregern erfahren hatte.

»Er ist ein Wolpertinger«, antwortete Fanni.

Leni sah sie derart konsterniert an, dass sich Fanni genötigt sah, ihr zu erklären: »So ein Wolpertinger hüllt sich in das Fell eines Hasen wie Doc Haller in das Image eines Botanikers. Der Wolpertinger trägt das Geweih eines Rehbocks und die Flügel einer Ente wie Doc Haller seinen Doktortitel und seine Leutseligkeit. Er legt sich Schlappohren zu wie …«

»Doktor Theo Haller?«, unterbrach sie Leni. »Ich kenne den Namen. Als ich damals in unserem Labor in Nürnberg anfing, war mal von ihm die Rede. Haller wurde geschasst, weil an seinem Arbeitsplatz immer wieder – wie hieß es noch – Unregelmäßigkeiten vorkamen.«

»Er hat alles Mögliche mitgehen lassen«, sagte Fanni.

»Er plante wohl schon damals ein derartiges Versuchsprojekt«, mutmaßte Leni. Dann fragte sie, wie man Doc Haller als Wolpertinger entlarvt habe.

»Du kannst dir doch selber denken, wie so was läuft«, antwortete Fanni. »Hier ein Hinweis, dort eine Beobachtung.«

Leni grinste. »Miss Marple hat diesmal nicht die Hauptrolle gespielt?«

Fanni schwieg.

Eines Tages würde sie Leni von Doc Hallers Keller erzählen, von der Honigmilch, der Injektionsnadel. Von ihrem Handy, auf dem Sprudel angerufen, Hallers Stimme gehört und sofort die richtigen Schlüsse gezogen hatte. Eines Tages, nicht heute und morgen auch nicht.

Leni wünschte ihrer Mutter eine gute Nacht und verschwand nach oben.

Fanni ging noch mal zurück ins Wohnzimmer und starrte aus der Terrassentür.

Ich habe ihr Unrecht getan, dachte sie. Wie konnte ich bloß glauben, Leni würde auf einen wie Jonas Böckl hereinfallen? Für Leni ist Jonas noch immer der kleine Nachbarsjunge, der sich ständig in die Bredouille bringt. Sie wollte nichts weiter, als ihm heraushelfen.

Honi soit, qui mal y pense!

18

Sonntag, der 1. Oktober, verging wie all jene Sonntage, an denen Hans Rot zu Hause und Vera samt Familie zu Besuch da war: strapaziös für Fanni.

Am Montag frühmorgens, als Hans Rot Erlenweiler in Richtung Kreiswehrersatzamt verlassen hatte, rief Fanni bei Sprudel an. Er war am späten Samstagabend in Levanto angekommen. Die Temperaturen seien angenehm mild, sagte er, und er hätte gestern im Meer gebadet. Ob Fanni nicht Lust auf Urlaub an der Mittelmeerküste hätte.

»Große Lust«, antwortete Fanni, »ich werde demnächst anreisen.« Und damit war das Thema erledigt. Fanni sprach einfach weiter: »Ich muss mich jetzt auf der Stelle in die Hausarbeit stürzen, Max und Minna haben ein halbes Bücherregal ausgeräumt und aus den Büchern eine Mauer um ihre Legostadt gebaut. Dabei haben sie Kekse gegessen, ein halbes Dutzend davon liegt zerkrümelt auf dem Teppich.«

»Willst du nicht wenigstens frühstücken, bevor du loslegst?«, fragte Sprudel.

»Damit warte ich, bis Leni herunterkommt«, antwortete Fanni. »Sie war gestern mit Jonas Böckl aus.«

Erst Sprudels überraschter Ausruf brachte Fanni auf den Gedanken, dass er ja noch nicht wissen konnte, warum sich die beiden in letzter Zeit so oft getroffen hatten. Hastig berichtete sie ihm von dem DNS-Abgleich, den Leni für Jonas gemacht hatte. »Hinsichtlich Eva II ist Jonas dank Leni aus dem Schneider«, sagte Fanni. »Und nach dem, was wir ermittelt haben, ist er auch nicht der Vater von Irina Svetlas Kind.«

Das Kabel des Staubsaugers ratterte soeben in sein Gehäuse zurück, als Leni herunterkam.

»Müsli?«, fragte Fanni.

Leni nickte. Sie begann einen Apfel klein zu schneiden, während Fanni Haferflocken, Quinoapops und Braunhirse mit Joghurt verrührte.

Beim Zerstückeln einer Banane und zwei Kiwis beschrieb Leni ihrer Mutter das Menü, das sie am Abend zuvor verspeist hatte. »Jonas hat sich nicht lumpen lassen«, grinste sie.

»Wird er Eva I heiraten?«, erkundigte sich Fanni.

Leni sammelte alle Obstschalen auf und warf sie in den zweckentfremdeten Blumenübertopf, den Fanni zumindest einmal täglich auf ihren Komposthaufen entleerte. »Ich bin zur Hochzeit eingeladen«, sagte sie grinsend.

Während sie ihr Müsli löffelten, sagte sich Fanni, dass Murphys Chaosströmung manchmal Pause machte. Doc Haller war überführt, Jonas hatte seine Lektion gelernt, Severins kriminelles Dasein als Azrael war aufgeflogen.

Alle konnten wieder ruhig schlafen.

Alle außer Fanni Rot. Die fragt sich in stillen Momenten wie diesen, wer Irina Svetla in den Tod trieb.

Fanni kam Mirza in den Sinn, ihre Nachbarin aus Tschechien, die in Fannis Vorgarten erschlagen worden war.

»Vielleicht sollte ich heute Nachmittag böhmische Golatschen backen«, sagte sie zu Leni. »Du weißt schon, diese Hefeteilchen mit Quark und Marmeladenfüllung nach Mirzas Rezept.«

Die Hefeküchlein in der Backröhre setzten einen wulstigen braunen Rand an, genau so, wie es sich gehörte. Fanni nahm sie heraus und stellte sie zum Auskühlen in den Wintergarten. Es ging auf vier Uhr nachmittags zu. Hans Rot war zum Mittagessen hier gewesen, hatte im Nudelauflauf herumgestochert und dabei von dem gebratenen Wammerl geschwärmt, das ihm abends auf der Vereinsfeier des Kegelclubs serviert werden würde. Ansonsten hatte er sich von der jovialen Seite gezeigt, die Fanni an ihm gar nicht leiden konnte.

Was kannst du denn überhaupt an ihm leiden?

Sei still!

Kurz nach eins hatte sich Hans Rot wieder zu seinem Schreibtischstuhl im Kreiswehrersatzamt aufgemacht.

Fanni setzte Teewasser auf, und wie auf Kommando kam Leni herunter: »Kann man sie schon essen?«

Leni biss in einen der Golatschen, verdrehte die Augen zum Plafond und seufzte ein genießerisches »Hhm«.

Fanni lächelte und dachte daran, wie sie Sprudel damals, kurz nach Mirzas Tod, einmal böhmische Dalken serviert hatte. Er hatte ganz genauso reagiert.

Leni schaffte es, weitere zwei Golatschen zu vertilgen, während ihr Fanni von Irina Svetlas Großmutter erzählte, die sie und Sprudel in Bergreichenstein kennengelernt hatten. Dann lehnte sie sich zurück, hielt sich den Bauch und machte: »Uff.«

»Irina hätte wirklich gute Chancen gehabt«, sagte Fanni, »auch wenn sie weder den Bäcker noch den Druckereibesitzer heiraten wollte. Sie hätte ja noch einen Beruf erlernen ...«

»Das arme Mädel muss einen Knacks weggehabt haben«, entgegnete Leni. »Als Callgirl am östlichen Grenzstreifen auf einen Mann zu hoffen, der ihr die große weite Welt zu Füßen legt. Glaubte sie, deutsche und tschechische Staatsgeheimnisse in Erfahrung zu bringen und damit handeln zu können? Wollte sie eine zweite Mata Hari werden?«

Ist Mata Hari die Erste nicht eines gewaltsamen Todes ...?

Der Alltag begann wieder, das Regiment zu übernehmen.

Der 2. Oktober verging mit Kochen, Waschen und Bügeln – und damit, dass Fanni vor dem dritten graute.

Fanni hasste den 3. Oktober wie sonst keinen Tag im ganzen Jahr. Das Kreiswehrersatzamt blieb natürlich auch an allen anderen Feiertagen geschlossen; Rasenmähen oder Heckenschneiden schied als Zeitvertreib wegen des damit verbundenen Lärms auch an den übrigen Feiertagen aus. Aber am Tag der Deutschen Einheit schliefen zudem sämtliche Vereinsaktivitäten.

Hans Rot hatte sich deshalb angewöhnt, im Vorgarten herumzulungern, bis sich einige Nachbarn um ihn einfanden. Dann pflegte er das Grüppchen ins Haus zu schleppen. Fanni füllte immer schon tags zuvor vorsorglich den Kühlschrank mit verschiedenen Wurst- und Käsesorten. Linzer Schnitten und Nussecken stellte sie unter Klarsichtfolie im Wintergarten bereit, denn die Gäste mussten schlimmstenfalls bis Mitternacht verpflegt werden.

In diesem Jahr saßen nachmittags um zwei sechs Nachbarn um Fannis Tisch im Esszimmer: das Ehepaar Praml, das Ehepaar Molk, Herr Weber und Herr Böckl. Fanni hatte vergeblich gehofft, dass ihr die Kreissägenstimme von Frau Praml am diesjährigen Einheitstag erspart bleiben würde. Das Ehepaar Molk kannte sie kaum; beide wohnten wochentags in einem Appartement in München, wo sie arbeiteten, und kamen nur an Wochenenden und Feiertagen nach Erlenweiler. Herr Weber würde sich nicht allzu lange halten. Für ihn hatte Hans Rot den Petziball von oben holen müssen, denn Herr Weber litt an einem Bandscheibenschaden und weigerte sich, auf Stühlen zu sitzen. Und Böckl?

»Ich dachte, Papa kann Böckl nicht leiden«, raunte Leni ihrer Mutter in der Küche zu, als sie kurz herunterkam, um sich mit Proviant einzudecken. Leni wollte lieber in Gesellschaft ihres Computers zu Abend essen.

»Mein Gott, Leni«, flüsterte Fanni zurück. »Das spielt doch jetzt keine Rolle. Kommt es nicht einzig und allein darauf an, diesen langen Tag totzuschwätzen? Mit Schlawiner Böckl, mit Säge Praml, mit Krüppel Weber, mit Pendler Molk.«

Leni prustete. Fanni hatte genau die Namen verwendet, mit denen Hans Rot gemeinhin seine nun anwesenden Nachbarn bedachte. Sie gab ihrer Mutter einen Kuss auf die Backe, sagte: »Warum besuchst du mich mit deiner Kaffeetasse nicht für ein Stündchen in meinem Zimmer?« und verzog sich.

Fanni hätte am liebsten den Rest des Tages in Lenis Zimmer verbracht. Aber sie wusste, dass ihr Mann lauthals nach ihr rufen würde, sobald sie aus seinem Sichtfeld verschwand. Da war es wohl besser, in der Küche zu rumoren und in regelmäßigen Abständen für ein, zwei Minuten den freien Stuhl am Esszimmertisch zu besetzen. An keinem anderen Tag im vergangenen Jahr war Fanni so nahe daran gewesen, ihre Koffer zu packen und in einen Zug nach Genua zu steigen, um nie wieder nach Erlenweiler zurückzukehren.

Sie horchte auf, weil im Esszimmer plötzlich alle durcheinanderriefen. Im nächsten Moment sah sie Böckl aus dem Haus stürmen und den Erlenweiler Ring hinunter auf seine Einfahrt zurennen.

Hatten sich Hans Rot und Böckl gestritten? Fanni eilte ins Esszimmer hinüber.

»... nicht mehr mit rechten Dingen zu«, sagte Frau Praml gerade.«

»Wundert mich nicht, dass ihm mal einer die Visage poliert hat«, sagte Hans Rot.

»Wir wissen doch gar nicht, was ihm passiert ist«, sagte Herr Weber.

Es dauerte eine Zeit lang, bis Fanni herausfand, worum es hier ging. Böckl hatte soeben auf seinem Handy einen Anruf erhalten, der ihn darüber informierte, dass sein Sohn Jonas mit einer nicht ungefährlichen Verletzung ins Zwiesler Krankenhaus eingeliefert worden war.

»Den Jonas hat doch jemand auf dem Kieker«, meinte Molk. »Zuerst der BMW, jetzt er.«

»Wo ist denn der – ähm – Unfall geschehen?«, fragte Fanni.

»In Böhmisch Eisenstein, ganz in der Nähe vom Spielcasino«, bekam sie zur Antwort. »Einer von den Angestellten dort hat ihn ins Krankenhaus gefahren und dann Böckl angerufen.«

Die erschreckende Nachricht erlöste Fanni frühzeitig von ihren Besuchern. Sie verabschiedeten sich bald.

Am Mittwochnachmittag gegen zwei klingelte Kommissar Hofer an der Haustür. Er überreichte Fanni einen Herbstasternstrauß und sagte, er wolle sich damit – ganz inoffiziell natürlich – bei ihr bedanken. Ohne Fannis Courage wäre man Doc Haller nie und nimmer auf die Spur gekommen.

Fanni bat Hofer ins Haus, ließ ihn ins Esszimmer eintreten, stellte die Blumen ins Wasser und kochte Kaffee.

Hofer trank Tasse um Tasse, während er erzählte, was Severin Ruckerbauer bei seinem letzten Verhör eingestanden hatte. Fanni versuchte, sich den Jungen vorzustellen, obwohl sie ihm nie begegnet war. Sie kannte nur ein Zeitungsbild von ihm, das einen schlaksigen jungen Kerl zeigte, hellhaarig, hübsch, mit einem leicht arroganten Zug um den Mund.

Irina hatte Severin vor ihrem Unfall schon seit Tagen mit Beschimpfungen und Vorwürfen attackiert.

Als ob das seine Schuld gewesen wäre, sagte Severin, dass sie schwanger geworden war und sich dazu auch noch mit Syphilis infiziert hatte. Er sei ja nichts anderes gewesen als ein Vermittler. Was könne der Server für die E-Mails, die verschickt werden, der Postbote für die Briefe, die Telefongesellschaft für die …

Außerdem, sagte Severin, wäre Irinas kleines Problem doch

recht einfach zu lösen gewesen. Das Kind konnte sie abtreiben, und um die Syphilis loszuwerden, musste sie nur ein paar Penicillinpillen schlucken.

Aber statt cool zu bleiben und Nägel mit Köpfen zu machen, sei Irina in Panik geraten. Bevor er sie zur Vernunft bringen konnte, sei sie zu Annabel gerannt und habe ihr die ganze Sache brühwarm aufgetischt.

Daher also wusste Schneewittchen, was der geheime Azrael trieb!

»Hat sie sich damit den Schanker vom Hals schaffen können oder den Bastard?«, rief Severin erbittert. »Hat sie nicht. Dafür ist es ihr gelungen, Annabel aufzuscheuchen. Was glauben Sie, was ich zu hören bekam?«

Perverses widerwärtiges Schwein?

Severin Ruckerbauer war stinkwütend auf Irina Svetla. Nachdem er eine erboste Annabel in der Falkenstein-Schutzhütte abgesetzt hatte, stürmte er nach Hause und schaltete seinen Computer ein, um sich bei World of Warcraft abzureagieren.

Selbst Stunden später hatte sich seine Wut kein bisschen gelegt. Deshalb beschloss er – so gegen vier Uhr nachmittags –, zur Zwiesler Waldhausalm hinüberzufahren und ein scharfes Wörtchen mit Irina zu reden. Von ihrer Kollegin erfuhr er, dass sie sich nach der Mittagsschicht in Richtung Falkenstein aufgemacht hatte. Severin rannte ihr hinterher. Als er im Höllbachgspreng bis kurz vor die Abzweigung zum Albrechtschachten gelangt war, blieb er stehen und überlegte, welchen Weg er nehmen sollte: den schmalen Pfad nach rechts oder den weiter am Bach entlang über die Felsen zum Bergkamm.

Severin schaute sich um. Als sein Blick dem Bachlauf bergwärts folgte, sah er Irina beim Aufstieg.

»Severin Ruckerbauer«, betonte Hofer, »schwor im Verhör Stein und Bein, dass er nicht in Irinas Nähe gelangte.«

Irina Svetla befand sich gut fünfzig Meter oberhalb von Severin auf der anderen Seite des Höllbachs, als sie plötzlich stehen blieb. Er konnte beobachten, wie sie zurückzuckte und einen Moment lang erstarrte.

Wieso hat sie sich vor Severin derart erschreckt?

Plötzlich drehte sich Irina um und begann, am unwegsamen, rechten Ufer des Gewässers talwärts zu hasten.

Severin rief nach ihr, sehen konnte er sie nun nicht mehr. Hin und wieder vernahm er das Knacken eines Astes über das Rauschen des Höllbachs hinweg.

Er rief noch ein paarmal, seltsamerweise tönte ein Echo zurück. Dann war es still. Severin wartete noch ein Weilchen, aber Irina tauchte nicht mehr auf.

Hofer trank seine vierte Tasse Kaffee aus, lehnte eine fünfte dankend ab, seufzte und sagte: »Meine Kollegen und ich glauben, dass Severin die Wahrheit sagt. Der Junge ist im Grunde kein schlechter Kerl, nicht gerade ein Moralist, aber auch nicht kriminell. Severin beteuert übrigens, er hätte weder Irina noch ein anderes Mädchen dazu überredet, geschweige denn gezwungen, bei ›Azrael‹ mitzumachen. Ganz im Gegenteil, die ›Honigbienen‹ hätten sich eine Menge von dem Konzept versprochen, und die Vermittlungsgebühren bereitwillig an ihn bezahlt. Severins Provision floss in einen Bausparvertrag ...«

Hofer merkte, dass ihm Fanni nicht mehr richtig zuhörte, und brach ab.

Ich habe mich geirrt, dachte Fanni, Irina ist nicht am linken Ufer des Höllbach, an dem der Pfad entlang führt, auf den quer liegenden Baum geklettert, sondern am rechten. Sie steckte im Dickicht fest und sah keinen anderen Ausweg als diesen glitschigen Stamm als Brücke zu benutzen. Sie hat es fast geschafft, erst kurz vor dem Ziel rutschte sie ab. Und ich dachte ... alle dachten das – weil ja quasi eine Schneise ins Wasser führte. Aber die hatten der Doc und der Ranger geschaffen.

»Das Gericht wird entscheiden müssen«, sprach Hofer nun weiter, »inwieweit sich Severin strafbar gemacht hat. Dank Ihnen, Frau Rot, kann ich die Ermittlungen jetzt guten Gewissens beenden.« Er reichte Fanni die Hand.

Sie blickte ihm sinnend nach, als er davonfuhr.

Wieso ist Irina eigentlich nicht weiter bergwärts gelaufen, wenn sie vor Severin fliehen wollte?, fragte sie sich. Sie ist ja, wenn auch am anderen Ufer, mehr oder weniger auf ihn zugerannt.

Fanni versuchte sich die Szene vorzustellen, und dabei fiel ihr ein, dass Hofer gesagt hatte, Irina wäre erstarrt, dann hätte sie sich umgedreht und sei sofort talwärts gerannt.

Wenn sie sich da erst umgedreht hat, dachte Fanni, dann hatte sie Severin ja noch gar nicht gesehen.

Was ist das denn für eine Wortklauberei? Sie hat vorher halt nur kurz zurückgeschaut, hat bloß den Kopf eine wenig nach hinten geneigt dabei!

Und dieses Echo? Seit wann hört man am Höllbach ein Echo wie sonst nur am Königssee?

»Teufel auch«, rief Leni, als ihr Fanni von Severins Geständnis erzählte, »nicht nur Doc Haller, sondern auch Severin Ruckerbauer hat sich als Wolpertinger entpuppt.«

»Ach Leni«, antwortete Fanni, »Wolpertinger sind wir doch alle, wir montieren uns Flügel an, wo bei genauem Hinsehen nur räudiges Fell zum Vorschein käme. Die Frage ist: Wie weit darf man es treiben?«

»Richtig«, sagte Leni zwinkernd, »wo liegt die Grenze? Geht es zu weit, den eigenen Ehemann zu belügen?«

»Vermutlich«, meinte Fanni, »aber lügt, wer schweigt?«

Bevor Leni antworten konnte, klingelte das Telefon. Sprudel erkundigte sich nach Fannis Befinden.

Das Gespräch zog sich dann noch ungebührlich in die Länge, weil Fanni von Hofers Besuch berichtete, woraus sich eine ausgiebige Debatte über die von Fanni und Sprudel aufgestellten Hypothesen entwickelte.

»Du hattest auf ganzer Linie recht«, sagte Sprudel.

»Unsinn«, widersprach Fanni, »ich habe Severin Ruckerbauer als Schuldigen an Irinas Unfall nie in Betracht gezogen. Insgeheim dachte ich immer, ein und derselbe Täter habe beide Mädchen auf dem Gewissen. Als Doc Haller in seinem Keller all die Ungeheuerlichkeiten zugab, die er verübt hatte, habe ich fest damit gerechnet zu hören, dass Irinas Tod auch auf sein Konto ging. Und außerdem – nie wäre ich auf den Gedanken gekommen, dass Irina den Bach schon fast überquert hatte, als sie hineinstürzte.«

»Meinst du nicht«, fragte Leni, nachdem Fanni aufgelegt hatte, »dass ihr beide, du und Sprudel, eine Menge Geld sparen würdet, wenn du dich dazu entschließen könntest, zu ihm nach Ligurien zu ziehen?«

Fanni sah zuerst Leni an, dann ließ sie den Blick über die Wohnungseinrichtung schweifen – das Klavier, auf dem Leo spielen gelernt hatte, die gerahmten Fotos von ihren Kindern und von Max und Minna, die überall in den Regalen standen – die Bücher.

»Ich helfe dir, die Bücher zu verpacken«, sagte Leni, »dreißig Stück pro Karton, macht hundert Schachteln voller Bücher. Kein großer Auftrag für eine Speditionsfirma mit den nötigen Kapazitäten.«

Fanni trat nah an Leni heran, legte ihr die Hand auf den Arm und sagte: »Was würde ich schon dabei gewinnen, Erlenweiler nach Ligurien zu verlegen?«

»Vielleicht fällt es dir irgendwann ein«, entgegnete Leni lachend. Dann wurde sie ernst. »Ich sehe mal nach Jonas. Sein Vater hat ihn heute aus dem Krankenhaus abgeholt, und mich würde schon interessieren …«

19

Fanni ging in den Garten hinaus, um eine Handvoll Schnittlauchstängel für den Tomatensalat zu holen, den sie später fürs Abendessen zubereiten wollte. Sie bückte sich, setzte das Messer an und schrie. Eine schwere Pranke hatte sich auf ihre Schulter gelegt.

»Frau Rot?«, grollte eine tiefe Stimme.

Fanni biss die Zähne zusammen und richtete sich auf.

Die Pranke war verschwunden. Stattdessen fand sie sich einem Grizzly gegenüber.

»Matyáš Labém«, sagte er.

Fanni schluckte. »Der Bäckerssohn aus Bergreichenstein?«

Der Grizzly nickte. Er hatte eine schwarze Mähne, einen dunklen Bart, der schon mehr als drei Tage überlebt hatte, und eine Statur wie ein – eben.

Stark wie Bär, geduldig wie Kamel und gutmütig wie Kindchen von Schaf!

Letzteres hoffe ich sehr, dachte Fanni und fragte: »Wie haben Sie mich gefunden?«

Der Grizzly zeigte ihr die Gelbe Karte.

Fanni starrte das Papier an. Endlich ging ihr auf, dass es sich um ihren Büchereiausweis handelte.

»War in Ritze von Tresen«, sagte Matyáš Labém. »Alena hat aufbewahrt. Sie mich hergeschickt, mit Ihnen sprechen. Alena sagt, winzige Fanni Rot klüger als aufgeblasene Polizei – wird verstehen, wird helfen.«

Fanni bat Matyáš Labém ins Haus.

Er musste sehr lange radebrechen, bis ihr klar wurde, was ihm widerfahren war.

Er selbst, seine Eltern, Irinas Großmutter und mit ihnen halb Bergreichenstein waren seit vielen Jahren der Ansicht gewesen, dass er und Irina zusammengehörten. Nur Irina wollte nichts davon hören. Mehr und mehr verrannte sie sich in diese irrwitzige Idee von einem Ehemann mit einem Bankkonto wie Bill Gates und glaubte, sie in einem Bordell in Cheb verwirklichen zu können.

Etliche Monate vergingen, dann kam sie wieder nach Bergrei-
chenstein, besuchte ihre Großmutter und erzählte ihr, sie habe in
Cheb ihre Koffer gepackt und wolle sich einen Job jenseits der
Grenze suchen. Nach einigen Wochen erhielt Alena eine Ansichts-
karte mit einem Farbfoto der Waldhausalm. In diesem Lokal, schrieb
Irina, würde sie als Bedienung arbeiten.

»Könnte besser nicht passieren«, gab Matyáš wieder, was Alena
damals zu ihm sagte: »Wird Irina selbst sehen, dass Bäckersfrau sein
ist viel nobler als sein Kellnerin.«

Matyáš begann zu hoffen.

Eines Tages befand er sich in Železná Ruda, um sich auf dem
Vietnamesenmarkt mit CDs einzudecken, da sah er Irina. Sie verschwand soeben in einem Haus schräg vis-à-vis der Spielbank.

Er sah sich die Namen über den Klingelknöpfen an. »Eva Kosak«,
»Karel und Ana Mlyn«, »I. S.«.

Matyáš war verwirrt. Irina arbeitete in Zwiesler Waldhaus und
wohnte in Železná Ruda. Warum?

Er trieb sich eine Weile vor dem Haus herum, und dabei kam er
auf die Idee, sich die in der Nähe geparkten Autos anzusehen. Die
Nummernschilder waren teils deutsch, teils tschechisch, die Mar-
ken so gewöhnlich, dass Irina keinen der Wagen eines zweiten Blickes gewürdigt hätte. Keinen, bis auf einen weißen BMW, der etwas abseits stand.

Von da an nutzte Matyáš jede Gelegenheit, um einen Abstecher
nach Železná Ruda zu machen und nach Irina Ausschau zu halten.
Er sah sie noch zwei-, dreimal im Haus verschwinden, und immer
stand der weiße BMW in der Nähe. Als er Irina wieder einmal ins
Haus gehen sah, der BMW jedoch fort war, ging er hin und klingelte. Irina öffnete, kaum dass er vor ihrer Wohnungstür stand.

Als Matyáš sie sah, verschlug es ihm die Sprache. Sie trug nichts
als Goldfransen, die an einem Ring um ihren Hals befestigt waren.

Irina reagierte schneller als Matyáš.

Sie wünschte ihn zum Teufel.

»Macht Augen kalt wie Eis, sagt: ›Geh weg, Matyáš Labém! Will
ich nicht Bäckerssohn, nicht einmal für Sterbenmüssen‹.«

Das schlug die erste große Bresche in Matyáš' Gutmütigkeit.

Er fuhr nach Hause und berichtete Alena, was er erlebt hatte.
Sie riet ihm, Irina zu vergessen. »Kind ist verdorben, verkorkst. Hat

falsches Weg genommen. Such dir andere, Matyáš, such dir gute Frau. Hast du gute Frau verdient.«

Aber es bohrte und arbeitete in Matyáš. Er konnte es nicht lassen, immer wieder nach Železná Ruda zu fahren und die Wohnung zu beobachten. Einmal hörte er Lachen aus einem der Fenster im oberen Stock. An der Straße stand der weiße BMW.

An diesem Tag reifte in Matyáš der Gedanke, Irina Furcht einzujagen. Immer wieder malte er sich aus, wie sie vor Angst zitterte, wie sie keinen anderen Ausweg mehr sah, als Schutz bei ihm, in seinem Heim in Bergreichenstein zu suchen.

Bald darauf packte er ein paar Sachen, verließ das Elternhaus, suchte sich in Böhmisch Eisenstein ein billiges Zimmer und schmiedete Pläne.

Was, wenn er Irina entführte und sie eine Zeit lang bei Wasser und Brot in einem Keller gefangen hielt? Aber vor wem, überlegte Matyáš, müsste sie dann Angst haben? Doch wohl vor ihm.

Er entwarf und verwarf und wollte schon wieder aufgeben, da fiel ihm eines Abends im Kofferraum seines Wagens der alte Wildererstutzen ins Auge. Er hatte die Büchse Ende August in der Scheune neben der Bäckerei gefunden, die er zusammen mit seinem Vater abriss, um Platz für eine neue Garage zu schaffen. Mit dem Vorhaben, den Stutzen bei Gelegenheit auf dem Schwarzmarkt zu verhökern, hatte er ihn in ein dunkles Tuch eingewickelt und in den Kofferraum gelegt.

Oh ja, eine Spukgestalt mit altertümlicher Büchse im Anschlag würde Irina Angst einjagen, dachte Matyáš. Und kurz darauf würde ihr Retter auftauchen: Matyáš Labém.

Gelingen konnte so ein Plan allerdings nur im passenden Umfeld. Vorzugsweise im dunklen Wald. Doch das würde kein Problem darstellen, der Wald fing ja gleich hinter der Waldhausalm an. Matyáš musste Irina bloß abpassen.

Am Sonntag, den 17. September fuhr er am Nachmittag zur Waldhausalm, versteckte den Wagen hinter einem Schuppen und begann vorsichtig, die Alm zu umkreisen. Er sah Irina die Gäste bedienen, die unter dem Vordach an einem Biertisch saßen.

Matyáš hockte sich in eine grasige Mulde in der Nähe des Hintereingangs, beobachtete und wartete. Nach einer Weile erschien ein junger Bursche in der Tür und zündete sich eine Zigarette an.

»Kommst du nach deiner Schicht mit nach Zwiesel?«, rief er ins Haus. »Wir könnten …«

»Ganz bestimmt nicht«, tönte Irinas Stimme recht schroff zurück.

»Was machst du denn, wenn du hier fertig bist?«, rief der Bursche. Matyáš spitzte die Ohren. »Falkenstein … Heide und Annabel … übers Höllbachgspreng.«

Er konnte sein Glück kaum fassen. Irina würde am Höllbach entlang auf den Falkenstein laufen, und genau dort wusste Matyáš eine Stelle, die für Geistererscheinungen wie geschaffen war: die Felsnische unter der Steilwand, gleich hinter den Trittsteinen, über die der Wanderweg den Bach querte.

Matyáš holte den Stutzen aus dem Wagen und machte sich auf den Weg.

Er hatte viel Zeit, alles vorzubereiten – das schwarze Tuch legte er sich als Umhang um – und genau die passende Stelle für seinen Auftritt zu finden.

Erst nach gut einer halben Stunde tauchte Irina auf.

Matyáš brachte die Flinte in Anschlag.

Irina erstarrte, als sie sein Gesicht über dem Gewehrlauf sah.

Und dann ging alles schief.

Irina hielt ihn nicht für einen spukenden Räuber Kneissl, sondern für den schwer gekränkten Bäckerssohn, der er war.

»Matyáš«, flüsterte sie entsetzt. Es war deutlich zu sehen, dass sie glaubte, er wolle sie erschießen.

Irina drehte sich um und stürzte davon.

Matyáš rief ihr nach.

Irina rannte.

Er hörte sie im Dickicht auf der rechten Höllbachseite rumoren.

Matyáš hängte sich den Stutzen um und versuchte, ihr zu folgen. Er durchkämmte das Dickicht bis hinunter zur Höllbachschwelle.

Irina fand er nicht mehr. Darum glaubte er, sie sei ihm entwischt und längst wieder zur Waldhausalm zurückgekehrt.

Er hatte es vermasselt.

Das schlug die zweite Bresche.

Noch am selben Abend verscherbelte er den Stutzen. Dann verkroch er sich in sein tristes Zimmerchen. Dort sagte er sich, dass er nach Hause zurückkehren sollte, um zu tun, was Alena ihm geraten hatte. Aber er brachte es nicht fertig.

Weil seine Barschaft knapp wurde, fragte er nach Gelegenheitsjobs herum und hatte Glück. Der Geschäftsführer des Spielcasinos suchte Ersatz für seinen Hausmeister, der mit Gallenkolik im Krankenhaus lag.

Matyáš fegte die Eingangstreppe und den Vorplatz und behielt nebenbei das Haus schräg vis-à-vis im Auge.

Weder Irina noch der BMW tauchten während der folgenden Tage auf.

Am Samstag bekam Matyáš eine Zeitung zu Gesicht, die ein Bild von ihr zeigte mit der Überschrift: »Im Höllbach ertrunken«.

Das zertrümmerte Matyáš' Gutmütigkeit. Als er am Sonntag den BMW in einem Seitengässchen parken sah, holte er den Vorschlaghammer aus dem Werkzeugschuppen des Casinos.

Matyáš wusste nicht mehr, was er eigentlich fühlte: Wut? Trauer? Scham? Entsetzen? Es war wohl eine Mischung aus allem.

Eine Woche lang wechselte er im Casino Glühbirnen, reinigte verstopfte Abflüsse, säuberte bemooste Wegplatten und wurde sich langsam darüber klar, dass er wieder halbwegs der Alte werden musste, um nach Hause zurückkehren und endlich tun zu können, was ihm Alena schon vor Wochen geraten hatte.

Am Freitag, den 3. Oktober, stand Matyáš auf einer Leiter, die er an den Seitenbalkon des Casinos gelehnt hatte, und schlug zerbrochene Ziegel aus einer Säule, um sie durch neue zu ersetzen.

Er hatte soeben einen scharfkantigen halben Ziegel herausgeschlagen, als er den weißen BMW am Straßenrand halten sah. Ein junger Kerl stieg aus und ging pfeifend auf das Haus zu, in dem Irina ihre Wohnung gehabt hatte.

Ohne sich bewusst zu sein, was er da eigentlich tat, holte Matyáš aus und warf den Ziegel. Er hatte auf den Kopf des Mannes gezielt. Und getroffen.

Der Mann brach zusammen.

Im gleichen Moment stürzte eine junge Frau aus dem Haus vis-à-vis und warf sich über den Verletzten. »Jonas, was ist passiert?«

Da begriff Matyáš blitzartig, dass der BMW nie Irinas wegen vor dem Haus gestanden hatte.

Das stellte seine Gutmütigkeit wieder her.

Er lief hin, beugte sich ebenfalls über den jungen Mann, und nun erkannte er ihn. Es war Jonas, der Sohn von Böckl, dem Jäger.

»Wir müssen was tun!«, schrie die Frau, die wie Matyáš annehmen durfte, Eva Kosak hieß.

»Ich bringe ihn ins Krankenhaus nach Zwiesel«, bot er an und half Jonas auf die Beine und fuhr mit ihm davon.

Zwei Stunden später kehrte er nach Železná Ruda zurück, räumte die Leiter weg, kündigte beim Geschäftsführer des Casinos seinen Job und fuhr auf direktem Weg zu Alena und erzählte ihr alles.

Nachdem er geendet hatte, schlug sie das Kreuzzeichen, murmelte vor sich hin, bekreuzigte sich wieder. Nach einer Weile stand sie auf, holte Fannis Büchereiausweis aus ihrer Kommode, deutete auf die Anschrift, die draufstand, und sagte:

»Geh nicht zu Polizei. Fahr dorthin, erzähl ihr, was mir erzählt. Winzige Fanni Rot klüger als aufgeblasene Polizei.«

Fanni stand am Fenster und starrte hinaus. Matyáš saß vor einem Glas Wasser und hatte das Gesicht in den Händen vergraben.

Nun ist es doch ein Dämon gewesen, der Irina am Höllbach aufgelauert hat, dachte Fanni. Ein Dämon mit einer Büchse, die – eingewickelt in das schwarze Tuch – seit zwei Wochen bei uns im Keller liegt.

Hans Rot hatte vergessen, sie Böckl zu geben.

Aber Irina, sinnierte Fanni weiter, fürchtete sich gar nicht vor Dämonen. Sie fürchtete sich vor Matyáš Labém, den sie hinter der Maskerade erkannte. Irina nahm an, Matyáš wolle sie erschießen, aus Zorn, aus blanker Wut darüber, dass sie ihn wieder und wieder abgewiesen hatte.

Durchaus logisch, sagte sich Fanni, durchaus einleuchtend und durchaus falsch. Irinas Verderben war einzig und allein, dass sie nicht wusste, womit Matyáš sie da bedrohte: einer altertümlichen, ramponierten Flinte, die nicht mal mehr »klick« machen würde.

Fanni seufzte.

Wie auch immer, Matyáš hatte Irina in den Tod getrieben.

Eine Woche darauf hatte er, um sich schlagend wie ein verwundeter Riesenbär, Jonas' BMW demoliert, und gestern hatte Matyáš den Ziegelstein geschleudert, der Jonas traf.

Doch für nichts von alledem steht Matyáš Labém unter Verdacht, überlegte Fanni. Für nichts von alledem gibt es einen Beweis.

Severin hat Irina erstarren und wegrennen sehen. Er dachte, sie sei vor ihm geflohen. Für den Schaden an Jonas' Wagen werden Rowdys verantwortlich gemacht. Und der Ziegelstein? Es wird sich wohl niemand finden, der Matyáš damit werfen sah.

Matyáš könnte auf der Stelle nach Hause fahren und wieder Teig kneten, Brötchen backen, Torten verzieren. Alena, Irinas Großmutter, würde ihn gewiss nicht verraten.

Nein, denn sie hatte die Entscheidung Fanni zugeschoben.

Wie fühlt es sich an, einzige Richterin zu sein, ohne Beisitzer, ohne Anwälte? Wie fühlt es sich an, Macht in den Händen zu halten?

Ungut, dachte Fanni.

Sie drehte sich zu Matyáš Labém um.

»Matyáš«, sagte sie, »ich halte es für verkehrt, so zu tun, als sei nichts geschehen. Einfach heimzugehen und hinter einer falschen Fassade ein falsches Leben zu führen.«

Hört, hört, auf einmal kennt auch Fanni Rot die Regeln!

»Gleich morgen«, fuhr Fanni fort, »suchen wir gemeinsam Kommissar Hofer auf. Ich werde ihm alles erklären, und er wird es verstehen. Ich kenne ihn. Hofer wird dafür sorgen, dass all den besonderen Umständen Rechnung getragen wird. Wir machen Nägel mit Köpfen, Matyáš. Auf Lügen lässt sich nicht aufbauen.«

Da schau her! Nennt man so was nicht doppelte Moral?

Das lässt sich doch nicht vergleichen, dachte Fanni. Durch mein Schweigen über den wirklichen Vater von Leni und Leo, durch meine heimliche Freundschaft mit Sprudel ist nie ein Mensch verletzt ...

Ach nicht? Gelten Hans Rots Gefühle nicht als verletzt, nur weil er keine Ahnung davon hat, wie ihm mitgespielt wird?

Hier geht es um Recht und Ordnung, um Gerechtigkeit ...

Und wie sieht deine Art von Gerechtigkeit aus? Saures für Ma-tyáš Labém, Honigmilch für Fanni Rot!

Danksagung

Wie schon zu früheren Romanen hat meine Familie auch zu diesem eine Menge beigetragen.

Dr. Katrin Mehler und Linda Mehler berieten mich in allen medizinischen Fragen.

Philipp Mehler machte mich mit World of Warcraft bekannt.

Mein Mann beantwortete Fragen ähnlich dieser: Wie lange braucht ein Geländewagen von Zwiesler Waldhaus zur Falkensteiner Schutzhütte? Wenn auch die erste Antwort darauf lautete: Das kommt drauf an, wer fährt, zeigte sich die zweite durchaus zufriedenstellend.

Ich danke dem Team vom Emons Verlag. Ganz besonders meiner Lektorin Stefanie Rahnfeld, die netterweise jede Kritik in Honigmilch tränkt.

Und wie immer danke ich auch Dr. Matthias Auer von der Aulo Literaturagentur.

Jutta Mehler
MOLDAUKIND
Gebunden, 304 Seiten
ISBN 978-3-89705-452-3

»Eine eindrucksvolle Familiensaga« Süddeutsche Zeitung

Jutta Mehler
AM SEIDENEN FADEN
Gebunden, 240 Seiten
ISBN 978-3-89705-504-9

»Das Schicksal eines todkranken Teenagers, frei von Weinerlichkeit und voller Humor.« Buchmarkt

www.emons-verlag.de

Jutta Mehler
SCHADENFEUER
Gebunden, 288 Seiten
ISBN 978-3-89705-580-3

»Wohltuend karg, realistisch und pointiert«
Unser Bayern

Jutta Mehler
DER KLEINE FLÜCHTLING
Gebunden mit Schutzumschlag,
288 Seiten
ISBN 978-3-95451-090-0

»Alle Erzählstränge und Lebenslinien verknüpft Jutta Mehler zu schicksalhaften Begegnungen, die bisweilen erschütternd drastische Folgen haben.« Deggendorfer Zeitung

www.emons-verlag.de

Jutta Mehler
SAURE MILCH
Broschur, 208 Seiten
ISBN 978-3-89705-688-6

Jutta Mehler
HONIGMILCH
Broschur, 208 Seiten
ISBN 978-3-89705-784-5

Jutta Mehler
MILCHSCHAUM
Broschur, 208 Seiten
ISBN 978-3-89705-803-3

Jutta Mehler
MAGERMILCH
Broschur, 208 Seiten
ISBN 978-3-89705-898-9

www.emons-verlag.de

Jutta Mehler
**MILCHRAHM-
STRUDEL**
Broschur, 208 Seiten
ISBN 978-3-89705-963-4

Jutta Mehler
ESELSMILCH
Broschur, 224 Seiten
ISBN 978-3-95451-006-1

Jutta Mehler
**MORD UND
MANDELBAISER**
Broschur, 208 Seiten
ISBN 978-3-89705-803-3